GALAX ACHERONIAN

EIN KLEINER SCHRITT

Koloniewelten 2085

Bibliografische Information der Deutschen Nationalbibliothek

Die Deutsche Nationalbibliothek verzeichnet diese Publikation in der Deutschen Nationalbibliografie; detaillierte bibliografische Daten sind im Internet über http://dnb.d-nb.de abrufbar.

3. Auflage 2019

Covergestaltung und Illustrationen
Galax Acheronian

Lektorat und Korrektorat
Julian Bodenstein

Herstellung und Verlag
TWENTYSIX – der Self-Publishing-Verlag
Eine Kooperation zwischen der Verlagsgruppe Random House
&
BoD – Books on Demand, Norderstedt

ISBN
9783740707484

Ein kleiner Schritt
- 2085 -

»Es geht um Macht! Eine Möglichkeit dorthin ist die Ausgrenzung bestimmter Individuen, da dies bei den ›nicht Ausgegrenzten‹ die Gruppenzugehörigkeit stärkt. Ohne ›die‹ gibt es auch kein ›wir‹.«

2082

Marvin Kilan.

Abteilung Propaganda - NCP

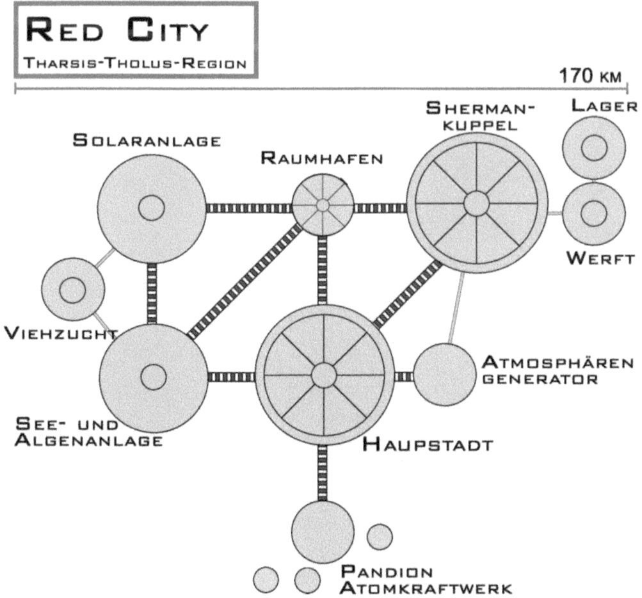

Mars – 2085 n. Chr.

1

Red City - die erste Stadt auf dem Mars und Versorger der Mondkolonien um den Gasriesen Jupiter. Seit über drei Jahrzehnten war man dabei, diesen alten Menschheitstraum zu errichten, die Fertigstellung schien allerdings noch in ferner Zukunft.

Ein vibrierendes Summen hallt stetig durch die von den Ventilatoren in Bewegung gehaltene Luft. Besonders nachts, wenn sich Stille über die Häuser und das Muster von Eiskristallen an das Kuppelglas legte, erinnerte die Sauerstoffversorgung an einen fernen Bienenschwarm. Der angenehm schmeckende Teil der Atemluft kam aus der Algenfarm im künstlichen See sowie den ökologischen Anbaugebieten aus den zwei westlichen Agrarkuppeln und natürlich von den Bäumen, die man für das Heimatgefühl an allen Straßenrändern und öffentlichen Plätzen angepflanzt hatte. Künstliches Licht und eine autarke mit Nährstoffen angereicherte Wasserversorgung hielten hier alle Grünflächen am Leben. Der Marsboden selbst war für Pflanzen bedingt nahrhaft. Einzig Kakteen und andere weniger
anspruchsvolle Gewächse konnten innerhalb der gigantischen Strukturen ganz ohne Eingreifen des Menschen gedeihen. Dennoch waren die Bäume mehr Dekoration denn Sauerstoffproduzenten. Der Hauptteil der Atemluft wurde im Atmosphärengenerator im östlichen Anbau erstellt. Einmal die Woche wurde diese Anlage durch ein irdisches Versorgungsschiff aufgeladen. Wenn man besonders tief einatmete, legte sich ein fahler, leicht chemischer Beigeschmack auf die Zunge, welcher ein kratziges Gefühl im Hals erzeugte, der wiederum einen lästigen Reizhusten erzeugte.

Ein solches Husten, gepaart mit dem Aufschlagen schneller Schritte durch besonders schwere Schuhe, drang widerhallend aus dem Fußgängertunnel, der abseits der Einschienbahnröhre die Hauptstadtkuppel mit den übrigen

Kuppeln verband. Ein langer Schatten schob sich aus dem Tunnel über den jungen Asphalt. Er gehörte zu Professor Doktor Martin Chase, dessen verschwitztes Gesicht kaum Erleichterung zeigte, nun, wo er doch endlich die Zentralkuppel erreicht hatte. Die Lunge des alten Mannes brannte, der Hals kratzte, sein Herz überschlug sich. Mit jedem Schritt fiel ihm das Atmen schwerer.

Dennoch war er seinem Ziel bereits sehr viel nähergekommen. Die Hauptstadtkuppel war der einzige wirklich bewohnte Bereich des riesigen Koloniekomplexes, quasi ein beobachteter öffentlicher Bereich.

Dr. Chase stützte sich gegen einen Baum und rang nur Sekunden nach Atem. Bewegungen dieser Art war er einfach nicht gewohnt.

Langsam blickte er die leere Straße hinunter; kein Taxi war zu finden, ebenso auch keine Menschenseele, was angesichts der Uhrzeit nicht verwunderlich war. Diese fast autarke Stadt war für sehr viel mehr Menschen geschaffen worden, als tatsächlich hier lebten. Die Stille weckte den Eindruck, Dr. Chase sei vollkommen allein. Natürlich wusste er es besser. Sein Verfolger wartete ganz gewiss irgendwo im Verborgenen. Hier oben an der Nordspitze der Kuppel, wo vor Jahrzehnten die ersten Gebäude errichtet worden waren, gab es noch vereinzelte schattige Kanten und Ecken, tiefschwarz und nicht einzusehen, weder von biologischen noch technischen Augen.

Schnaufend setzte Professor Chase seine Flucht fort. Er musste tiefer ins Zentrum, nicht nur, weil es dort belebter war oder die dort aus Stahl und Panzerglas konstruierten Gebäude keine toten Winkel boten, die dem orangen Licht der Kuppelbeleuchtung entgingen, sondern weil er jemanden treffen musste, der bereit war, seine Last zu teilen.

Die Augen des Mannes erstarrten, als ein Geräusch erklang, das nicht zum Summen der Ventilatoren passte. Es glich einem elektronischen, schrillen Pfeifen, das die drückende Stille durchzog. Chase benötigte einen Moment, um die Richtung zu bestimmen, bis er einen dieser seltenen schattigen Plätze zwischen zwei Gebäuden entdeckte. Das

Pfeifen verstummte und der Verstand des Mannes ergab sich, nachdem er das Geräusch zuordnen konnte.

Siebenundsechzig Jahre lagen hinter ihm. Wäre dieser Tag heute anders verlaufen, lägen vielleicht noch einmal dreißig vor ihm. Chase hielt den Atem an und versuchte wenigstens zu erkennen, wer geschickt worden war.

In einem dumpfen, kaum wahrnehmbaren Knall entlud sich eine unsichtbare Macht. Der Körper des Professors krümmte sich zur selben Zeit auf unnatürliche Art und Weise zusammen und stürzte zu Boden. Die Gedanken des Mannes zerstoben und wurden ersetzt von einem unerträglichen Schmerz, der seine Beschreibung darin suchte, wenn man erklären wollte, wie es sich anfühlte, von mehreren Tonnen Stahlplatten zerschmettert zu werden und dabei die Gelegenheit zu haben, darüber zu berichten.
Professor Chase hustete aus seinen zerschmetterten Lungen, blieb liegen und hoffte, dass all dies schnell vorbei sein würde. Seine Gedanken hingen bei seinen beiden Söhnen und seiner vor Jahren verstorbenen Frau fest. Noch einmal erklang das Pfeifen, unendlich lang, gefolgt von dem kaum wahrnehmbaren Knall. Diesmal erhob sich der wehrlose Körper und wurde mit einem Vielfachen seiner Masse gegen ein auf der gegenüberliegenden Straßenseite stehendes Gebäude geworfen. Dort rutschte er aufgrund der abweichenden Schwerkraft des Planeten unnatürlich langsam zu Boden. Die sich nähernden Schritte nahm der Professor nicht mehr war, auch nicht, wie ein Paar Hände seinen Körper in einen anderen schattigen Winkel zog. Es würde wohl erst am Morgen jemand die Leiche entdecken, falls überhaupt jemand hier vorbeikam.

2

Die Sicherheitskontrollen am Bahnhof waren für jeden Einzelnen ein tägliches nerviges Ritual, welches vor vielen Jahren seinen Ursprung auf der Erde gefunden hatte. Das ausführende Personal - pro Sicherheitsschleuse vier Personen - durfte weder sprechen noch lächeln oder sonstige menschliche Regungen zeigen. Auch diese Vorgaben stammten von der Erde - genauer den USA, welche durch die NASA hier in Red City stark präsent waren. In den Regeln war enthalten, dass es unter allen Umständen zu vermeiden war, einen direkten Kontakt zu einem potenziellen Täter *(vorzugsweise einem Terroristen)* aufzunehmen. Dieser hingegen musste sich das Durchleuchten seines Körpers sowie seiner Habe kommentarlos gefallen lassen. Schlechte Scherze wie »Diesmal haben Sie vergessen, in meinen Hintern zu schauen« oder ein simples »Eines Tages trickse ich Sie aus« führten zur sofortigen Verhaftung, im Zweifelsfall sogar zur Abschiebung zur Erde. Dabei spielte es keine Rolle, dass es seit Bestand von Red City noch niemals zu einem echten Vorfall gekommen war oder bis heute kein einziger Terrorist durch diese Maßnahme entdeckt worden war – auch dies hatten Mars und Erde gemein.

Die irdische Leitnation USA behielt sich jedoch das Vorrecht bei, so lange nach Terroristen zu suchen, bis welche gefunden wurden. Dies geschah im Übrigen entgegen jeder Vernunft, denn vor mehr als zwanzig Jahren war der ›Krieg gegen den Islam‹ gewonnen worden, jeder Moslem war registriert und enteignet worden und stand unter Kontrolle. Die Suche aber war seit mehr als achtzig Jahren eine permanent laufende Maschinerie. Passend dazu berichteten monatlich einige bestimmte Mediengruppen in den verschiedensten Ländern äußerst sorgfältig von einem solchen ›Fund‹ irgendwo im Herzen irgendeiner freien Nation.

Nur hier auf dem Mars wurde weitestgehend auf diese Scharade zur Festigung der Angstkulisse verzichtet, schon allein, weil sie hier nicht funktionieren würde. Wie alle Kolonien im Sonnensystem war man einfach zu weit von all diesen möglichen Problemen entfernt.

Auch Officer Marek Zintok, ein eher schmächtiger junger Mann am Beginn der Blüte seines Lebens, wusste bestens über derlei Bescheid. Ebenso auch über die Kriminalrate Red Citys: Sie lag nahezu bei Null. Ferner war er

sogar der Meinung, dass die kriminellsten Elemente dieser Stadt die gleiche Marke trugen wie er - und genau wie er mussten all diese Personen niemals durch die Sicherheitskontrollen. Schließlich waren sie Cops! Die letzte Instanz, wenn es darum ging, den einfachen Mann zu schützen – wenn nötig auch vor sich selbst. Ein nötiges Übel in diesen verrückten Zeiten. Das wusste auch Zintok.
Stolz trug er seit Jahren und zu jeder Tageszeit seine maßgeschneiderte Uniform, einen nachtblauen Jumpsuit mit festen rotbraunen Schutzpolstern an den Schultern, Ellenbogen, den Knien und im Schritt. Seine Dienstnummer sowie sein Name glommen als digitales Abbild auf dem Rücken. Das Emblem seiner Funktion war eine hellblau leuchtende Grafik an seinem Herzen direkt unter seiner Ranggrafik, zwei Winkel und der zentrierte Stern, der ihn zu einem third Officer machte.

Das einzig Echte an der Uniform war ein kleiner silberner Orden an der rechten Brustseite. Unter dem Suit trug er eine Schutzweste, über ihr einen Gürtel mit seinen Dienstutensilien. Alles war dabei, abgesehen von einer Waffe, die man in den Kolonien einfach nicht trug. Die einzige Verteidigung eines Polizisten war ein Taserstab, welchen Zintok bisher allerdings öfter genutzt hatte, um sich am Rücken zu kratzen, als ihn gegen eine potenzielle Bedrohung einzusetzen. Die Kanten des auffälligen Stoffes waren mit einem leuchtenden Rot bestickt. Knöpfe gab es keine, da die Uniform im Inneren ein elektronisches Klettsystem barg. Angeblich bestand sie aus demselben Material wie moderne Raumanzüge – nur eben ein wenig dünner, dafür mit vielen elektronischen Feinheiten, die einen Raumanzug instabil gemacht hätten.

Zusätzlich waren die Uniform und ganz besonders die zugehörigen Stiefel wie jedes andere marsianische Kleidungsstück besonders schwer, um das Laufen auf dem roten Planeten für einen Menschen so natürlich wie nur möglich zu gestalten.
Zu seinen Anfangszeiten im Dienst der roten Stadt ging Zintok jeden Morgen genüsslich und voller Stolz (und natürlich mit deaktivierten Emblemen) durch den vor ihm

liegenden Sondereingang, immer darauf bedacht, dass ihm so viele Menschen dabei zusahen wie nur möglich. Seiner Zeit war es einfach ein zu herrliches Gefühl, besser zu sein als der ganze Rest. Dieser morgendliche Gang weckte stets längst vergrabene Erinnerungen an seine Kindheit und seinen damaligen Schulweg am Rande seiner einstigen Heimatstadt Salinas im Westen der USA.

Gerade mal sechs Jahre war er gewesen, als sein Vater zum Militärdienst eingezogen wurde, um in Amerikas Krieg gegen den Islam zu kämpfen. Stolz und voller Vertrauen hatte der kleine Marek daraufhin Amerikas Flagge auf Brust und Hosenbeinen getragen. Sein Rucksack hatte leuchtend das Emblem der amerikanischen Infanterie gezeigt. Die ununterbrochene Propaganda des Landes stützte den Jungen in allem, woran er glaubte und ließ ihn zu etwas Besonderem werden. Das Kind eines Friedenskämpfers! Als sein Vater fünf Jahre später als Held mit Orden und Medaillen, welche er gegen seine Beine getauscht hatte, zurückgekehrt war, war Mareks Stolz explodiert: Er war nun offiziell das Kind eines Kriegshelden.
Dieser Status wuchs um einen weiteren Faktor, da sein alter Herr aufgrund staatlicher Propaganda, des Kampfes gegen den falschen Glauben und seines eigenen Überlebens als gottesfürchtiger Christ zu seiner Familie zurückkehrte. Ehrgeizig verbreitete sich von da an das Wort Christi in der Familie Zintok und machte Marek zwei Jahre später zu einem ganz besonderen Pfarrerssohn.
Ab hier verblassten die Erinnerungen und Zintok versuchte seitdem, eigenständig etwas Besonderes zu sein. Es war ihm tatsächlich gelungen, wenn auch nicht für sehr lange. *›Hochmut kommt vor dem Fall‹*, so sagte man.

Heute schämte sich Marek fast schon für sein früheres Verhalten an den Sicherheitsschleusen. Denn andere sehr viel wichtigere Dinge hatten sich in den Vordergrund seiner Gedanken gedrängt und hingen dort wie festgenagelt.

Dass er seit fünf Monaten wieder allein lebte war dabei das geringste Pochen in seinem Kopf. Es war mehr der Grund, weshalb dem so war. Dies und wie es dazu kam.
Nichts hatte ihn in den vergangenen Tagen und Nächten mehr beschäftigt. Seit Jessica seine Wohnung hinter sich gelassen hatte, war er nicht mehr er selbst, denn es war eine Frau, die ihm seine größte Niederlage beschert hatte. Sein Ehrgeiz war ebenso verschwunden wie Antrieb und Kraft – nicht aber sein Stolz, den konnte und durfte sie ihm nicht brechen.

Langsam betrat Officer Zintok die Sonderschleuse, die einzig den Zweck hatte, normale Bürger davon abzuhalten, ebenfalls hindurchzugelangen. Im Inneren musste er seine Dienstnummer eingeben, die einzige Kontrolle im automatisierten System. Mit Druck auf seinen Ärmel aktivierte er den Strichcode und schob diesen über den Scanner. Die Sicherheitstür aus dickem Panzerglas öffnete sich und ließ Zintok in den schmalen Sicherheitsbereich ein. Am anderen Ende konnte er die nächste Tür mit erneutem Scannen öffnen.

Gerade als die Tür sich öffnete, wurde die Bahnhofsbeleuchtung merklich schwächer. Ein bekannter Sound ließ ihn und unzählige andere zu den breiten Plasmawerbeschirmen aufblicken, welche den oberen Bereich des Bahnhofs ausfüllten. Eines der berühmtesten Musikstücke dieser Tage spielte langsam zu einem tiefschwarzen Hintergrund an. Normalerweise wurden dort oben jeweils im Wechsel verschiedene Werbespots gezeigt. Mit wenig bewegten Bildern bewarb man die neusten Entwicklungen auf dem Unterhaltungsmarkt: Smartphones, PCPs, die neusten Songs, Trends und Filme. Der nun beginnende Werbespot nahm jedoch alle Schirme auf einmal ein. Aus einer blauschwarzen, mit Sternen gesprenkelten Fläche hob sich eine gigantische Struktur ab. Beinahe in Originalgröße sah man nun ein kompaktes Kolonieschiff der Modulklasse, welche hier in Red City gefertigt wurde. Über neunzig Meter Länge maßen diese in mehrere Sektionen aufgeteilten Raumschiffe aus den Ingenieursschmieden Shermans und der NASA.

Eine weibliche hypnotische Stimme sprach eindringlich durch mehrere Lautsprecher jeden potenziellen Zuschauer an. Beinahe alle Menschen auf dem Bahnhof hatten nun ihre Aufmerksamkeit den Schirmen gewidmet – bis auf das Sicherheitspersonal natürlich.
Jeder einzelne in Red City war in irgendeiner Form daran beteiligt, dass es diese Schiffe gab, dass sie flogen und bemannt wurden. Diese Stadt war einer der größten und wichtigsten Arbeitgeber der Menschheit. Ihr wahrer Zweck war nicht nur die Versorgung der Mondkolonien, sondern die umfangreichste Weltraummission aller Zeiten: die Kolonisierung weit entfernter Welten.

»Seien Sie Teil dieses kleinen Schrittes«, forderte die Frauenstimme gebieterisch auf. Tatsächlich warb sie lediglich um Bewerbungen für die anstehende Bemannung neuer Schiffe. Personen, die bereits hier in Projekten involviert waren, hatten angeblich schon allein deshalb bessere Karten als jemand von der Erde. Fünftausend Menschen wurden für die dritte ausstehende Besiedelung des Alls und den Start in fünfzehn Jahren gesucht.
Innerhalb der nächsten Jahre würden mehrere tausend bereits voruntersuchte Menschen, meist Kinder, Jugendliche und junge Familien, hier in der Stadt eintreffen und sich darauf vorbereiten, ausgewählte Planeten in anderen Sonnensystemen zu kolonisieren. Jeder Einzelne würde eingehend nach einer strengen Eignung getestet werden - über neunzig Prozent aller Kandidaten würden abgelehnt werden. Die übrigen fünftausend sähen sich danach einer langjährigen Ausbildung gegenüber.

Officer Marek Zintok fuhr ein ehrfürchtiger Schauer über den Rücken, wobei er nicht sagen konnte, ob es die Musik, die Stimme oder das Gesamtkonzept war, das ihn so faszinierte und wie so viele andere nach Red City getrieben hatte. Wie gern würde er sich noch einmal bewerben … zu den Besonderen und Auserwählten gehören, das Sonnensystem und alle Menschen hinter sich lassen.
Er gehörte nicht dazu.

Ein offenes Gekicher riss ihn aus seinem alten Tagtraum: Zwei durchaus recht junge Frauen, in der Warteschlange für normale Bürger stehend, lachten über die von den Lautsprechern getragene Stimme. Eine der beiden versuchte die Sprechweise nachzuahmen, die andere beschwerte sich in ähnlicher Stimmenlage, dass es wegen des Werbespots nicht weiterging. Die erste lachte erneut und meinte, dass es egal sei, dass sie zu spät zur Arbeit kommen würden, da man dort eher froh sei, dass überhaupt jemand bereit war, zu ›knechten‹.
Zintok rümpfte die Nase, als er die beiden musterte.

Hat ein Bordell schon am Morgen geöffnet?, war seine gedankliche Frage, als er das Erscheinungsbild der beiden näher begutachtete. Es sprach ihn an, zweifellos, selten war das schöne Geschlecht in seiner Gegenwart mit so wenig Stoff so aufreizend verhüllt. Wobei ›verhüllen‹ in dieser unchristlichen Aufmachung eher das falsche Wort war. Wärme sammelte sich in seinem Lendenbereich und sofort wandte er seinen Blick beschämt ab. Wieder einmal war er froh über das feste und normalerweise leicht unangenehm sitzende Schutzpolster zwischen seinen Beinen. Zintok hasste Frauen!

Er hob seinen Arm und machte einen der Sicherheitsmänner auf die beiden aufmerksam, der zögerlich auf Zintok zutrat. Mit einem verächtlichen Kopfwink deutete der Officer auf die beiden *›Schlampen‹*, wie er sie gegenüber des Sicherheitsmannes in ähnlicher Uniform leise bezeichnete. Als nächstes stellte er die Vermutung in den Raum, dass sie Drogen bei sich hätten.

Es dauerte keine zwanzig Sekunden und die Frauen wurden von mehreren Sicherheitsbeamten in einen separaten Raum geführt, wo sie sich die feinsten Schikanen gefallen lassen mussten, die die geltenden US-Gesetze hergaben. Wenn Zintok besonders gehässig gewesen wäre, hätte er behauptet, sie hätten eine Waffe oder Sprengstoff dabeigehabt und er habe dies gesehen. Ohne Wenn und Aber wären beide Frauen zur Erde und in ein Gefängnis gebracht worden – dabei hätte es keine Rolle gespielt, dass diese beiden nie eine Waffe oder ähnliches besessen hatten. Die USA machte derlei einfach möglich und in Zintoks Augen hatten die beiden dies so verdient! *Alle Frauen haben das verdient*, hämmerte es in seinem Kopf nach. Unkeusch, verräterisch, respektlos! Diese beiden waren wie Jessica, die es gerade mal fünf Monate mit ihm ausgehalten hatte, ehe sie auf fast schon ketzerische Art und Weise das vor Gott gegebene ›Ja-Wort‹ gebrochen hatte.

Neun andere Männer hatte sie in nur einem Jahr verführt. Das waren mit Abstand mehr Kontakte als Marek selbst an Frauen in seinem ganzen Leben berührt hatte - seine Mutter eingeschlossen. Inzwischen war Jessica wieder auf der Erde und doch nicht weit genug weg, als dass er sich von seiner Niederlage ihr gegenüber erholen würde.

Von den beiden Frauen noch immer angewidert stieg er mit eilenden Schritten hinauf zu den Gleisen. Die Warnlampe an den Türen der Einschienbahn mit dem Kürzel ›RRW‹, welches für *›RedRailWay‹* stand, flackerte bereits in einem grässlichen Rotton, um weitere Menschen am Einsteigen zu hindern. Für Zintok nur ein Zeichen, zum Sprint anzusetzen. Mit einem letzten Satz sprang er in den gut gefüllten Zug, der Hunderte Menschen an ihre Arbeitsplätze überall in der Kolonie brachte.

Im Inneren der Zentralkuppel gab es zwei weitere Ringstrecken, die sich an vier Stellen mit den externen Linien trafen. Von dort aus gelangten die meisten Arbeiter in die Seitenkuppeln. Das Streckennetz der ›RRW‹ verband alle Kuppeln und war somit das wichtigste aber auch gefährlichste Transportmittel Red Citys. Sobald einer der externen Züge die Schleuse eines Koloniebereiches hinter sich gelassen hatte, bewegte er sich ungeschützt auf einem Gleis, welches in zehn Meter Höhe auf dem sandigen Marsboden stand. Nur zwei Zentimeter Panzerglas trennten täglich Tausende von der tödlichen Atmosphäre des rotbraunen Planeten. Dies allein rechtfertigte die täglichen Sicherheitskontrollen.

Die RRW#4, Zintoks Linie, fuhr allerdings nur innerhalb der Hauptkuppel ihre Runden. Jedoch kein Grund, auf die

Sicherheitsvorschriften an jeder Station zu verzichten, schon allein der politischen Verbindungen wegen. Die RRW sowie die Produktionsstätte für Elektromobile und zwei Frachtschiffe gehörten zur ›Titan-Machinery‹, einem der vielen Förderer der Republikaner, einer direkten Konkurrenz der Partei, welcher Zintok angehörte. Er mochte den Gedanken nicht, dass er mit dem Kauf der Jahreskarte den Republikanern sein Geld zusteckte und damit seine eigene Stimme verwässerte. Dass er die RRW dennoch benutzte, lag einfach daran, dass diese wiederum gezwungen war, beim einzigen Energiekonzern des Planeten ihren Strom zu kaufen. ›Pandion‹ – direkter Förderer der NCP. Somit wurde sein Geld auf indirektem Weg doch irgendwie seiner favorisierten Partei zugefügt, wenn auch nicht vollständig.
Wie man es am Ende auch sah, es war gut, wie es war, denn die Alternative konnte schlimmer sein. Wäre es damals anders gekommen, hätte seine Partei hier in Red City keinen einzigen Sitz gehabt. Pandion hatte der damaligen Kleinstpartei die Partnerschaft jedoch geradezu aufgedrängt, bis sie nach zähen Verhandlungen endlich eingelenkt hatte. Es war das Beste gewesen, das der NCP je hatte geschehen können, da Pandions Monopol auf dem Mars den Wert der NCP geradezu verhundertfacht hatte.

Sanft verließ der Zug mit christlicher Energie die Station und schob sich völlig geräuschlos zwischen den gläsernen Türmen RedCitys hindurch.
Außerhalb des leicht gelblichen Panzerglases ergab sich der Himmel um das ferne Zentralgestirn in sein tägliches blaues Farbspiel. Das weiche Licht des neuen Tages erlaubte von hier einen überwältigen Ausblick auf diese Stadt in der Flasche.

3

Nur acht Minuten und weniger als dreißig Kilometer später verließ Officer Zintok den Zug und nahm die kleine Treppe hinunter auf den Bürgersteig. Wie aus einem Filmstudio entführt war diese Stadt ein Vorzeigebeispiel an Sauberkeit und intakter Infrastruktur. Nirgends fanden sich Müll, Graffiti oder aus der Gesellschaft verstoßene Subjekte. Anfangs hatte Zintok letzteres sogar ein wenig vermisst. Seine Ausbilder in San Francisco hatten ihm fürchterliche aber auch amüsante Dinge gezeigt, die man als Polizist frei von jeder Konsequenz mit Obdachlosen anstellen konnte. Dinge, die weit über die damaligen Vorstellungen eines Greenhorns hinausgingen und jeden noch so sadistischen Trieb befriedigten - Zintoks Vater hätte höchst wahrscheinlich ebenfalls seinen Spaß daran gehabt.

Heute sah der sehr viel reifere Mann vieles anders. Machtlos wie die Opfer seiner Vergangenheit stand er hier der Gegenwart gegenüber und konnte nichts tun, um diese ungeschehen zu machen. Er war gezwungen, damit zu leben. Sein einziger Trost bestand darin, zu hoffen, dass Gott einen großartigen Plan hatte und Jessicas Taten irgendwie dazugehörten.

Nach nur dreihundert Metern gelangte er zum ersten Polizeirevier, dem ersten und einzigen - seit dreißig Jahren. Es war Teil des ›Mars-Column-Building‹, das mit seinen 1890 Metern das höchste Gebäude der Kolonie war und sogar dreißig Meter über die Kuppel hinausragte. Es war Zentrum und Hauptpfeiler des Glases, das die Stadt umgab. An seiner Spitze trug es den zur Abwehr von Asteroiden und unerwartet starken Sonnenwinden benötigten Gravopulser. Eine von Markus Sherman entwickelte Technologie, die für interstellare Reisen unabdingbar war.
Das Polizeirevier war jedoch nur ein winziger Teilbereich dieses komplexen, alles überragenden Turms. Im Inneren fanden neben Kolonieverwaltung, Politbüros und Kirche auch alle notwendigen Ämter sowie Veranstaltungsbereiche, Fernsehsender und Einkaufszentren ihren Platz. Täglich arbeiteten über siebentausend Menschen allein in diesem Gebäude.

Ein gläserner Aufzug, exklusiv für seine Berufsgruppe installiert, brachte Officer Zintok in das siebente Stock-

werk. Eine ganze Ebene für gerade mal fünfzig Polizisten. Jeder hier oben kannte jeden. Sie alle waren Freunde – bis auf wenige Ausnahmen, wo sich die Chemie einfach sträubte.
»Grüß Gott« - »Gott zum Gruß« und andere alltägliche Floskeln wurden höflich und pflichtbewusst ausgetauscht. Mit Beginn des neuen Jahrhunderts hatte der christliche Glaube in die Köpfe der Menschen zurückgefunden. Es war eine kollektive geistige Antwort auf die damals propagierte Gefahr der islamischen Religion und ›Schutzgedanke‹ gegen die befürchtete ›Islamisierung‹. Mehr denn je waren heutzutage der Glaube an Gott, der Gang in die Kirche sowie das tägliche Gebet Teil des ganz normalen Alltags.

Jemand klopfte Zintok auf die Schultern und erinnerte ihn an eine geplante Party eines Kollegen, dessen Name er nicht genau verstand. Zumal er sich an keine Einladung erinnern konnte. *Hatte er es nur vergessen oder war er gar nicht erst eingeladen worden?*
Er sah den jungen Mann an und nickte ernst. »Sicher, ich werde da sein.« Die Antwort des Kollegen war ein Lächeln, kurz darauf war Zintok wieder allein. Sich mit einem verlegenen Lachen durch das volle dunkle Haar streichend hoffte er insgeheim, dass es ein Versehen war, dass er keine Einladung bekommen hatte. Auf der anderen Seite war es ihm egal, denn dem aufgezwungenen freundschaftlichen Gehabe auf dem Revier konnte er noch nie viel abgewinnen. Es war so falsch wie eine Lüge – und er hasste Lügen! Heute mehr als jemals zuvor.
Die Regeln dieses Spiels, dessen Name ›Leben‹ war, beherrschte er dennoch wie jedes Getue und jeden Gruß an jedem verflixten Morgen.
Sein Schreibtisch stand am hinteren Ende des nach dienstlichem Ansehen sortierten Großraumbüros. Zu seinem Leidwesen war er der Jüngste und Neuste auf dem Revier.
Daher musste er an jedem einzelnen seiner Kollegen vorbei und - natürlich - grüßen, gemäß der Etikette.
An einem der Tische inmitten aller anderen saßen die Detectives Lloyd und Brown, die Schlimmsten in diesem

Kollegium, wie Zintok meinte. Beide Männer waren kahlgeschoren, bullig, laut und hielten auch nicht besonders viel von Kleiderordnung oder Körperhygiene. Aber sie waren unter den Besten auf ihrem Gebiet. Mit einem dritten Kollegen, Sergeant Dekker, aßen sie gierig aus großen asiatischen Pappnudeltöpfen und unterhielten sich in einer durchaus unangebrachten Lautstärke über viel zu schmutzige Dinge. Sie lachten gehässig, während sie einem Vierten eine der Nudelportionen anboten.

Auch Zintok wurde eine angeboten, doch er lehnte mit der erforderlichen Höflichkeit dankend ab. Geschenktes Diebesgut anzunehmen war gleichgestellt mit der Tat selbst. Irgendwo musste man sich einfach an Gottes Regeln halten. Dass Lloyd und Brown dies nicht taten, würde sich eines Tages gewiss auszahlen. Solange aber durften sie ihre amoralischen Charakterzüge auskosten. Einer aus diesem Kollegium war wie jeden Tag in einen der unzähligen Fastfoodläden gegangen, hatte seine Bestellung aufgegeben, erhalten und war gegangen. Keine drei Minuten später war er zurückgekehrt und hatte behauptet, dass etwas fehle – je nachdem, worauf jemand Appetit hatte. Niemand stellte dies in Frage. Wer würde schon das Wort eines Polizisten anzweifeln? Daher gab es immer die geforderte Gratisportion oben drauf. Lloyd und Brown hatten im Laufe ihrer Dienstzeit eine geschickte Route ausgetüftelt, wann welches Restaurant mit dieser Masche dran war, um keinen Verdacht zu erwecken.
Zintok empfand es als widerlich, würde aber ganz sicher nichts dagegen tun, schon allein, weil beide noch sehr viel mehr auf dem Kerbholz hatten – wie auch er.

Vor einem Jahr hatte er in einer Seitengasse einen Typen festgenommen, nur weil er dessen Uhr haben wollte. Mit ein wenig Reue sah Zintok nun auf jenes antike Stück an seinem Handgelenk, das noch mit Zeigern und Zahnrädern funktionierte. Er war zehn Minuten zu spät. Durch die beiden Schlampen musste er wohl doch einen Zug verpasst haben. Er hasste Frauen!

»Gott zum Gruße, Officer Zintok, Sir«, sagte plötzlich eine weibliche Stimme mit starker Zurückhaltung. Sie gehörte zu einer der wenigen Hilfspolizistinnen. Respektvoll hielt sie, nachdem sie aufgestanden war, ihren Blick gesenkt, wie es ihre Pflicht war, sobald ein Mann an ihr vorüberging. Zintok grüßte nicht zurück. Als Mann war dies nicht nötig, vor allem aber tat er es nicht, weil er auch ihren Namen nicht kannte. Es war auch nicht wichtig, sie zu kennen, solange sie sich zu verhalten wusste. Innerlich kochte allerdings das dringende Bedürfnis, sie zu schlagen, schon allein für das, was sie war. Er hielt jedoch an sich und Gott würde dies bestimmt zu schätzen wissen. Nun könnte man Zintok aufgrund dieser Gedanken vielleicht allerlei Schlechtes nachsagen – und sicher gab es den ein oder anderen, der dies hinter vorgehaltener Hand tat. Dies war jedoch ohne Bedeutung, denn die Dinge waren wie sie waren; so war er erzogen worden, so musste es sein; er war ein Mann und somit etwas Besseres als eine Frau. Dass er so geboren worden war, war offensichtlich Gottes Wille gewesen!

Als Zintok seinen Schreibtisch erreichte, war sein Computerterminal bereits online und begrüßte ihn durch ein simples Script. Das automatische System hatte ihn schon erkannt, als er durch die Tür gekommen war. Es bedurfte nur noch seines Daumenabdrucks auf der Schirmmitte, um die letzte Sicherheitssperre zu lösen und die Eingabefelder auf der Tischplatte zu aktivieren. Mit zwei Fingerbewegungen öffnete er das Stammmenü, rief wie immer als erstes seine eingegangenen Nachrichten und anschließend die offenen Falleingänge auf. Seufzend erkannte er, dass die profitabelsten bereits vergriffen waren. Heute würde wohl nichts für ihn extra abfallen. *Verdammte Schlampen!*
Sein Blick galt nun den Fällen, die von seinen Kollegen weniger Aufmerksamkeit bekommen hatten. Es gab nur wenig Unbearbeitetes. Eine Meldung handelte von einem Streit und mutwilliger Sachbeschädigung in der Öffentlichkeit, eine andere von einem widerrechtlich abgestellten

Fahrzeug. Als Krönung gab es eine Meldung über einen umgeworfenen Mülleimer.

»Wahrlich ein Fundus an Kriminalität«, murmelte Zintok, legte seine Fingerspitzen an sein Kinn und fuhr langsam entgegen des Bartwuchses entlang. Leicht schabten die feinen Härchen an seinen Fingerspitzen. Er hasste diese ständig nachwachsenden Stoppeln. Seit einigen Jahren nun schon verdarben sie ihm den Tag. Allein das Rasieren kostete zusammengerechnet mehrere Stunden. Es gab dagegen natürlich diverse Behandlungen, chemisch wie auch genetisch. Beides sollte gezielt den Bartwuchs unterbinden – allerdings auch sonstige Körperbehaarung, was nicht nur die Augenbrauen mit einbezog – seltsamerweise aber nicht das Kopfhaar. Das war es ihm dann wieder nicht wert. Bevor er Jessica kennengelernt hatte, hatte er öfters darüber nachgedacht. Sein weiches Gesicht ertrug einfach keinen Bart, ebenso wie er selbst nicht. Obwohl Zintok bereits über dreißig Jahre war, sah er aus wie gerade eben der Pubertät entwachsen. Eine kleine und irgendwo willkommene Nebenwirkung der Lebensqualitätsverbesserungen moderner Medizin. Dass das Altern der Menschen hinausgezögert wurde, hatte allerdings auch den Nachteil, dass man sehr viel länger einer Arbeit nachgehen musste. Der dienstälteste Polizist, den Zintok je getroffen hatte, war neunzig Jahre alt – und noch immer aktiv im Dienst. Würde er also die kommenden sechzig Jahre darauf warten, dass hier etwas Spannenderes passierte als ein umgeworfener Mülleimer? Und würde er für immer hier an diesem Schreibtisch sitzen, gefesselt von gesetzestreuen Bürgern?

Resigniert darüber, erneut einen ereignislosen Tag absitzen zu dürfen, wollte er gerade die Tabelle schließen, als ihm eine ›#1‹ in der Spalte für Gewaltverbrechen auffiel. Fast schon reflexartig wählte er die Zahl an. Noch nie hatte es hier seit seinem Dienstantritt ein solches Verbrechen gegeben, es schien auch niemand hier dieser Spalte besonders viel Beachtung entgegenzubringen - jedenfalls niemand seinesgleichen.

Seine hellen Augen wanderten einen Augenblick lang durch das weite Büro. Etwa zehn Beamte waren anwesend, pro Schicht waren fünfzehn eingeteilt. Jeder schien irgendwie eine Beschäftigung gefunden haben. Musikhören, einen Film ansehen oder sich lautstark unterhalten. Zintok widmete sich wieder seinem Schirm. Im Grunde hielt er sich nicht für ›seinesgleichen‹, gemessen an den Männern auf diesem Revier. Früher war er einmal ein verdammt guter Cop gewesen. Ein in San Francisco lebender gesetzestreuer und glücklicher Single. Ganz anders als heute. Er verzog missbilligend sein Gesicht bei dem Gedanken an diesen Widerspruch.

Acht Jahre war es her, dass ihn sein größter Fall sprunghaft nach vorn gebracht hatte. Der Lohn war mehr gewesen als nur im Rampenlicht zu stehen. Er hatte das Privileg erhalten, sich seine Versetzung selbst auszusuchen, ob als Deputy in einem anderen Bezirk oder gar als Bundesagent beim FBI. Ihm hatte einfach alles offengestanden. Entschieden hatte er sich für den Mars, gedacht als Zwischenstopp, um *›Teil des kleinen Schritts‹* zu werden.

Schmerzlich hatte er hier aber erfahren müssen, dass Red City seine Endstation sein sollte. Einzig Jessica hatte es geschafft, sein Gemüt zu heben und ihm eine Zukunft in dieser sterilen Stadt zu versprechen. Seit der Hochzeit hatte er versucht, wieder mehr Polizist als Träumer zu sein, Schließlich hatte er das gewisse Etwas: die Dinge zu sehen und zu verstehen, die für niemanden sonst sofort offensichtlich waren. Schon lange hoffte er auf einen erneuten Erfolg, der ihn zurück in die vorige Position bringen würde. Daher arbeitetet er vor allem nachts, da die stillen Stunden ihm die nötige Zeit und Ruhe boten, sich seinen Gedanken hinzugeben. Außerdem trieben sich um diese Zeit auch die ›weniger schlechten Menschen‹ auf dem Revier umher, wie er seine angenehmen Kollegen insgeheim nannte.

Des Nachts war es allerdings auch gewesen, dass seine Ehefrau sich anderen Männern gewidmet hatte, wann immer er nicht in der gemeinsamen Wohnung gewesen war. An seinen dienstfreien Tagen hatten beide nebeneinander hergelebt, wie Freunde, nicht aber wie verheiratet. In seinem christlichen Denken war ihre an den Tag gelegte Keuschheit anfangs ein Zeichen hoher Intelligenz gewesen, was er durchaus sehr schätzte. Ihre wahre Natur hatte er noch nicht einmal ansatzweise erahnt.

An dem Tag, an dem er unerwartet nach Hause gekommen war, hatte er entdeckt, wie sie sich selbst unsittlich berührte. Entsetzen schlug auf ihn ein. Übelkeit und Erregung gleichermaßen kämpften in seinem Geist um die Vorherrschaft. Gewonnen hatte am Ende der Verstand, der der Sache schließlich auf den Grund ging – mit allen Mitteln, vorrangig polizeilich.

Verborgen hatte er ihr nachgesetzt, sie überwachen und ausspähen lassen. Nur drei Wochen später, als die Beweislast selbst für sein Gemüt zu erdrückend geworden war, hatte er sie zur Rede gestellt. Anfänglich hatte sie noch alles geleugnet und heruntergespielt, später hatte sie ihm erklärt, dass sie Abwechslung, Spannung und Neues suche, da er ihr dies nicht bot. Fast war er geneigt, ihr zu glauben, stellte dann aber die falsche Frage: Warum hatte sie diese Abwechslung nicht mit ihm versucht? Ihre Ausflucht war eine angeblich innere Blockade gewesen, geschaffen aus einem schlechten Gewissen aufgrund ihrer Taten, welches aber Nacht für Nacht wie von Zauberhand wieder verschwand, sobald er zurück im Dienst war.

Was sie ihm auch erzählte, es gab keinen Zusammenhang. Nach und nach erkannte er all die Hinweise, die sie in ihrer Achtlosigkeit hinter sich gelassen hatte. Sie waren von Anfang an dagewesen, er hatte diese auch gesehen, doch war er nicht fähig gewesen, alles in die richtige Reihenfolge zusammenzufassen. Schließlich durfte nicht sein, was nicht sein konnte. Fieberhaft hatte er darüber nachgedacht, dass sein Talent, die Dinge zu sehen, kein wirkliches war. Möglich, dass er nur ausreichend Phantasie hatte und sich selbst die richtigen Fragen stellen konnte. Der Held von San Francisco war für seine Ehefrau nur ein Trottel gewesen. Bis heute war er felsenfest davon überzeugt, dass sie ihn auslachte.

Scham stach auf ihn ein. Wenn er auch nur einen der vielen Hinweise früher verstanden hätte, … wenn er nur anders reagiert hätte … Sein Schirm ging in den Ruhemodus und

Zintok erwachte aus dem täglichen Gram seiner Machtlosigkeit. Er reaktivierte das Bild vor sich und sah sich die Einzelheiten zum Fall an. Er brauchte jetzt eine verdammt gute Ablenkung. Der vorläufige Bericht stellte nur eine kurze Zusammenfassung des als Raubmord deklarierten Falls dar. Zintoks Interesse war plötzlich geweckt: Raub? Hier? Er forderte mit einem Klick weitere Details an und verschlang den Bericht geradezu.

4

»Diese beiden Ecken hier …«, Officer Zintok deutete durch die Rückseite des transparenten Schirms seines Vorgesetzten auf einen generischen Grundriss des Tatorts.

»Absolut perfekt, oder?« Erwartungsvoll hob er seinen Blick und sah in die Augen des stattlichen Mannes hinter dem Schreibtisch.

Alle nannten ihn nur Chief Fabio, sein richtiger Name war allerdings Faris Diwari. Niemand - nicht einmal er selbst - benutzte noch diesen Namen. Stets war Diwari darum bemüht, als Westlicher durchzugehen und seine iranische Herkunft zu verbergen, was hier auf dem Mars sehr viel einfacher war als auf der Erde. Vor einigen Jahren hatte er versucht, seine etwas dunklere Haut chemisch aufzuhellen. Das Resultat war nun eine schrecklich fleckige Gesichtsfarbe, die er seitdem mit Make-Up zu kaschieren versuchte.

Er brummte nur, als er erkannte, was sein jüngster Untergebener ihm gerade zeigte. Es war tatsächlich ein Detail, dass in seiner Bedeutung so unwesentlich war, dass es verständlicherweise unterging. Unnötigerweise benannte Zintok es nun deutlich, vermutlich, um jedes Missverständnis auszuschließen. »Wir haben dort keine Kameras, keine Sensoren, keine Scanner … Wer auch immer dort gewartet hat, wusste nicht nur, wo er stehen muss, er wusste auch, wo sein Opfer entlangkommen würde.«

»Na gut«, räumte Fabio frei ein. »Fügen wir Vorsatz und Planung hinzu. Möglicherweise eine organisierte Gruppe.« Er nickte zufrieden. »Sehr aufmerksam, Marek.«

Zintok lächelte siegessicher. »Da ist aber noch mehr Unstimmiges.« Er wies das Computersystem des Chiefs an, den vorläufigen Bericht aufzulisten.

»Raub ist auf keinen Fall das Motiv. Was wurde gestohlen? Nun, eine Geldbörse, das Jackett und die Schuhe, vermutlich noch ein Telefon oder PCP.« Zintok runzelte die Stirn. »Wer klaut denn bitte Schuhe …« Diwari nickte. Es war allgemein bekannt, dass Sherman Schuhe umsonst an alle Bewohner herausgab.

»Oder Kreditkarten? Hier!«, setzte Zintok fort. Kreditkarten waren ohne Daumenabdruck wertlos. Deutlich erkennbar hatte das Opfer auch noch beide Daumen.
Chief Fabio nickte erneut. »Auch da ist was dran. Möglicherweise ein kranker Geist. Ein Schuhfetischist, Mord aus Lust oder Dummheit?« Diwari spekulierte und ärgerte sich im Inneren ein wenig, dass er nicht selbst darauf gekommen war.

»Nein, das Opfer wurde nicht geschändet.« Erklärte Zintok und ließ das System nun die Tatortfotos der Leiche anzeigen. Über die Rückseite des transparenten Kristallschirms schob er die entscheidenden in die Mitte und zoomte den Hals des Opfers heran. »Offizielle Todesursache: ersticken, ausgeführt mit einem Draht.«

»So sehe ich das auch.« Es war offensichtlich.

»Ich habe sowas schon auf der Erde gesehen. Hier gibt es keine Kratzspuren.«
Diwari runzelte die Stirn und verfolgte mit seinen Augen, wie die Finger des jungen Offizers hinter seinem Schirm die nadelfeine Wunde nachzogen und auf das umliegende Gewebe deuteten. »Er hatte auch keine gefesselten Hände, also hätte er doch versuchen müssen, dem Draht zu entkommen, wobei sich Opfer solcher Verbrechen meist mit ihren eigenen Nägeln am Hals entlangkratzen. Ebenso ist der Schnitt in einer Linie, das Opfer hat sich demzufolge nicht einmal gewunden.«
Nun hatte Chief Fabio begriffen. »Er war schon tot, als er erwürgt wurde …«

Zintok nickte. »Durchaus möglich. Hier könnte jemand versucht haben, eine Leiche einfach nur wegzuschaffen.

Was die Frage nach dem ›Warum‹ eröffnet: Warum wurde dieser Mann wirklich ermordet?« Wie ein erklärender Lehrer vergrößerte er den Namen des Opfers, welchen das Labor nach der ersten Untersuchung aufgrund einer DNA-Analyse bestätigt hatte.

»Professor Doktor Martin Chase«, nannte Zintok den Namen laut. »Das ist nicht irgendwer.«

»Sagt mir gar nichts.« Chief Fabio verzog den Mund und schüttelte den Kopf. Sein Untergebener rief wie auf Kommando die Bürgerakte des Verstorbenen auf. »Ist bei der Markus-Sherman-Stiftung ein recht hohes Tier.«

»Und das macht aus dem Mord etwas Besonderes?« Fabio sah keinen Unterschied. Ein Toter war wie jeder andere. Natürlich unterschieden Presse wie auch öffentliche Meinung viel deutlicher, sofern man dies gut verkaufte. Die Leiche einer schönen Frau in einem Stadtpark war immer ein Aufschrei. Ein Dutzend toter Obdachloser wurde nicht einmal beachtet. Im ehemaligen Iran hatte Diwari während des Krieges sehr viele Leichen gesehen. Auch dort hatte niemals jemand gefragt, wer sie waren – und wenn er ehrlich zu sich war, interessierte es ihn ebenfalls nicht. Marek Zintok aber interessierte sich, hier und jetzt. »Was macht ein Mann seines Kalibers um diese Uhrzeit dort? Zu Fuß! Verabredung zum Mord schließe ich einfach mal aus.« Chief Fabio gab sich geschlagen. Aus dieser Perspektive betrachtet musste man wohl einen kleinen Unterschied machen. »Okay! Dann suchen wir also einen Mörder mit einem völlig anderen Profil als bisher angenommen. Mutmaßlich politisch oder wirtschaftlich motiviert.«

»Korrekt.« Zintok schwoll ein wenig die Brust. Dieser Fall gut an die Medien verkauft konnte genau das sein, worauf er gewartet hatte, und ihn voranbringen. Mehr als den Schreibtisch an eine andere Stelle des Büros, nein, er konnte das Freiflugticket in eine sichere Zukunft auf der Erde sein.

»Ich würde mir gerne den Autopsiebericht ansehen …«

»Der ist noch nicht fertig«, unterbrach ihn Chief Fabio, sah auf die Uhr an seinem Schirm und zuckte mit den

Schultern. »Aber ich denke, in einer Stunde kannst du damit rechnen. Ich schick ihn dir dann.«

»Ich habe also den Fall?« Zintoks Herz schlug schneller und seine Gedanken flehten Gott an, ihm den Fall zu geben.

»Aber sicher.« Fabios winkte gleichgültig ab. »Kannst du gut gebrauchen, ich bin ja kein nachtragender Mensch.« Er sah ihn an. »Ich kann sogar vergessen.«

Zintok senkte den Blick und nickte. »Ich auch, Sir.« Er räusperte sich und mied den Augenkontakt mit dem Mann hinter dem Schreibtisch.

Beide gaben sich einen schweigenden Schlagabtausch. Jeder hier auf dem Revier wusste, das Zintok unbefugten Zugriff auf das Zentralcomputersystem genommen hatte, als er seine Frau beschattet hatte. In diesem System wurden von jedem Aufzeichnungsgerät in der Stadt Kopien abgelegt und für zehn Jahre gespeichert. Der illegale Zugriff auf diese Daten war an sich ausreichend, um ihn sofort zur Erde abzuschieben und für immer in Einzelhaft zu bringen.

Chief Fabio hätte derlei auch nur zu gern getan, wäre da nicht das kleine Problem gewesen, dass dieser *Junge* damals Hunderte von ›im Keller verborgenen Leichen‹ entdeckt hatte – auch seine.

Marek Zintok war vollends darüber im Bilde, dass Fabio seinen islamischen Glauben nicht abgelegt, sondern nur verheimlicht hatte. Es gab bestehende Aufzeichnungen, wie er in seiner abgedunkelten Wohnung betete und sich täglich bei Allah entschuldigte, dass er ihn von Gesetzes wegen verleugnen musste. Wenn auch nur eine Behörde auf der Erde davon erführe, wäre er derjenige, der für immer in ein dunkles Loch gestoßen würde. Diese und andere Entwicklungen hatten ihre Ursache wie so vieles, was heutzutage Unrecht war, in Amerikas fast sechzig Jahre lang andauerndem Krieg gegen den Islam.

Seit dem Fall Saudi-Arabiens war es Moslems allgemein verboten, sensible Berufe auszuüben, denn jeder einzelne konnte noch immer Terroristen sein - so jedenfalls die öffentliche Propaganda, der sich das Gesetz unterworfen hatte.

Zintok genoss offen sein ›großes Glück‹, auf der ›richtigen‹ Seite geboren worden zu sein und machte nie einen Hehl aus seiner ›besseren‹ Position, in der er lebte. Diwari hatte einmal gemeint, es sei absurd, da niemand dazu beitrug, an welchem Platz jemand auf dem Planeten das Licht der Welt erblickte. Zintok aber tat dies dennoch.

Einen längeren Moment starrte Fabio in das Gesicht des jungen Mannes, bis er schließlich sehr langsam seine Augen senkte. Vielleicht hatte er was gut, wenn er seinem Jüngsten diesen Fall gab. Denn irgendwie musste er ihn einfach in die Schuld ziehen. Noch waren die Geheimnisse der Stadt unter dem Mantel des Schweigens im gegenseitigen Einvernehmen verborgen. Zintok hatte damals ihm und dem Richter deutlich gemacht, dass er diese Informationen benutzen würde, wenn es erforderlich sein sollte. Für den Fall aller Fälle, so sagte er, habe er sogar eine Kopie angelegt, die auftauchen würde, sobald er unerwartet aus dem Leben schied. Der Deal war also gemacht; Zintok schwieg, behielt seinen Job, seine Wohnung und das ein oder andere Privileg. Seitdem war es Diwaris Aufgabe, Zintok in die Verantwortung zu ziehen, den Deal zu strecken und das Gleichgewicht zu verlagern. »Aber ich lass dich nicht alleine gehen«, erklärte er, als ihm eine großartige Idee kam. »Sollte es wirklich einen oder mehrere Mörder mit zwielichtigen Motiven geben, ist es zu gefährlich allein.«

»Gefährlich?«

Diwari winkte mit einem künstlichen Lächeln ab. »Ich möchte nicht, dass dir etwas passiert.« Ein verhaltenes Hüsteln erklang. »Daher teile ich dir eine Partnerin zu.«

»'Rinn?« Zintok sah Fabio mit geweiteten Augen an. »Etwa eine Frau?« Er war fassungslos. Fabio musste doch klar sein, dass die hier angestellten Beamtinnen alles andere als kompetent waren, echte Polizeiarbeit zu bewältigen, schon allein wegen des genetischen Defizits!

Chief Fabio seufzte nur und unterdrückte damit ein gewisses genugtuendes Lachen. Natürlich wusste er bis in jedes Detail von der Schmutzwäsche, die sein Gegenüber zu Hause bewältigte. Noch deutlicher war ihm bewusst, dass dies wohl niemand auf diesem Planeten mehr verdiente als Marek Zintok, der Frauen vermutlich noch weniger achtete als ein Bordellbesitzer. Auch Diwari war vor sehr vielen Jahrzehnten dazu erzogen worden, Frauen abwertend zu betrachten, nur war er clever genug gewesen, diesen Unsinn nicht zu glauben – und danach hatte er seine großartige Ehefrau kennengelernt.

»Du sollst mit ihr arbeiten! Sie ist eine Profilerin und daher genau die Richtige für einen Fall dieser Art.« Er sah durch die Scheiben seines abgetrennten Büros auf die anderen Uniformierten dahinter.

»Oder willst du dir einen anderen Partner aussuchen?« Zintok musste den Blicken seines Vorgensetzen nicht folgen, um zu wissen, wen er angesehen hatte.

»Dann ist sie keine von unseren hier.«

»Nein, nein. Sie ist seit knapp drei Wochen in der Stadt. Eigentlich fängt sie erst am Ersten an.« Diwari warf einen kurzen Blick auf den Kalender, der die Neunzehn markiert hatte. »Aber was soll's … «

5

»Hab dich!«, rief der Junge mit heller Stimme dem Hologramm vor sich entgegen. In nahezu perfektem 3D wurde dieser zusammen mit der digitalen Umgebungslandschaft vom an der Wand hängenden Plasmaschirm in den Raum projiziert. Das Zusatzgerät, das die normalerweise auf dem Schirm dargestellte Animation in den offenen Raum warf, war viermal so teuer wie der Schirm selbst. Dem Jungen im Bett fehlte es an nichts, er lebte in einem Paradies, von dem jeder andere in seinem Alter nur träumen konnte. Daher träumte er still von anderen, einfacheren Dingen, die für jeden selbstverständlich waren.

Scheppernd und in einer grell animierten Explosion verging inmitten seines Zimmers ein kleiner digitaler Roboter, der nur aus einer Waffe auf vier Rädern und einer Turbine am Rücken bestand. Übrig blieb ein zweites Hologrammobjekt, ein deutlich kleinerer, stark beschädigter Roboter mit einem großen gelben Kopf und einer nicht minder kleinen Kanone, gehalten von vier Armen. Wie ein Sieger hatte die Darstellung ihre Arme winkend in die Höhe gerissen. Darüber erschien der Name ›Farhod‹ in grell leuchtenden Buchstaben.

Ayasha Surona stand geduldig an der Zimmertür und beobachtete ihren Sohn dabei, wie dieser gegen einen anderen Spieler im Netz den Sieg einfuhr. Das Hologramm löste sich auf und ermöglichte wieder den freien Blick auf den projizierenden Schirm an der Wand, der beinahe die Größe des Bettes hatte, in welchem der Junge lebte. Seine letzten Schritte hatte Farhod vor über drei Jahren gemacht, seitdem musste er liegen.

Seine Mutter hatte ihm dennoch das größte Zimmer des neuen Apartments gegeben, da es an der rechten Seite eine Fensterwand hatte, die einen atemberaubenden Ausblick auf die Stadt, das Kuppelglas und die dahinter befindliche Marslandschaft bot. Neben unzähligen Spielsachen hatte sie mehrere Pflanzen unterschiedlicher Größen dazugestellt. Wenn der Junge schon nicht in die Natur kam, so brachte sie die Natur zu ihm.

Das Spiel endete mit lauter Musik und der Punktestand erschien in großen blauen Zahlen auf dem Schirm neben einer langen Reihe verschiedener Namen. Leicht applaudierte sie ihrem Sohn, der dies kaum zur Kenntnis nahm, ihr aber ein flüchtiges Lächeln schenkte. Lohn genug.

Ayasha selbst hatte nie in ihrem Leben gespielt. Ihre Kindheit hatte sie in Kellern und Erdlöchern verbracht, ihre Jugend auf dem Schlachtfeld gegen ihr eigenes Land und doch gönnte sie ihm jede Sekunde Spaß, die er ergattern konnte. Sie erwiderte das Lachen mit ihrer linken Gesichtshälfte. Die andere funktionierte nicht mehr so, wie sie sollte. Ein Teil ihres Gesichts war von einer verchromten Metallplatte verdeckt, die beinahe nahtlos in ihre Haut überging. Das blanke Metall zog sich über die rechte haarlose Kopfhälfte hinunter bis zum Nacken. Ebenso waren der halbe Hals und ihre Schulter aus Metall, genau wie ihr rechter Arm und die daran befindliche Hand. Sie hatte sich am Ende der jahrelangen Prozedur dagegen entschieden, eine künstliche Haut auf das Metall legen zu lassen, zumal man es dieser ebenso deutlich angesehen hätte wie dem Metall. Vorrangig aber wollte sie nie vergessen, welch Glück sie in ihrem Leben gehabt hatte, denn wann immer sie ihren Sohn ansah, wusste sie, dass es überwältigend war. Farhod war zwar nach dem Krieg geboren, doch hatte er bis heute an den Nachwirkungen zu kämpfen, während ihre Spuren alle korrigiert worden waren.

Erneut baute sich eine digitale Landschaft inmitten des Zimmers auf; eine neue Runde begann. Sollte sie ihn unterbrechen, um den Unterricht fortzusetzen?

Die Ärzte hatten ihr geraten, ihn nicht zu überfordern. In Wahrheit meinten sie natürlich, dass es sich nicht lohnte, Farhods kurze gegebene Zeit damit zu verschwenden, lesen oder schreiben zu lernen, anstelle die letzten Jahre zu genießen. Als Mutter war sie jedoch der Meinung, dass Lesen wie Schreiben mehr war als ein Mittel zum Zweck, auch wenn es in der heutigen Zeit tatsächlich kaum noch genutzt wurde. Jedes Buch konnte man sich von einem Computer vorlesen lassen und auch jedem System einen Text diktieren.

Aus dem Eingangsflur, der aufgrund seiner Dimension zugleich Ess- und Arbeitszimmer war, sirrte das dort installierte Terminal. Leise bewegte sie sich über den grauen Teppich zum winzigen Schreibtisch. Auf dem Schirm blinkte ein kleines Audiosymbol und darunter stand als Absender ihre künftige Dienststelle. Behutsam nahm sie ihre dunkle Perücke auf, die neben dem Spiegel auf dem Halter lag, umrundete den Tisch und setzte sich vor den audiovisuellen Scanner. Mit einer vagen Handbewegung vor dem Schirm nahm sie die eingehende Verbindung an und nur Sekunden später erschien das geschminkte Gesicht ihres neuen Vorgesetzten.

»Grüß Gott, Mrs. Surona«, sagte dieser mit einem recht freundlichen Gesichtsausdruck. »Haben Sie sich bereits eingelebt?«

Wie an ihrem ersten Treffen, als Chief Diwari sich sogar die Mühe gemacht hatte, seine neue Mitarbeiterin und ihren Sohn vom Raumhafen abzuholen, war er ausgesprochen höflich. Er kannte ihre Akte bis ins Detail. Selbst Farhods Name war ihm bekannt, wie er eindrucksvoll und fast schon väterlich bewiesen hatte. Obwohl Diwari einige Jahre älter als ihr verstorbener Ehemann war, erinnerte er sie in seiner Art und Weise ein wenig an Jannik. Ganz besonders, wenn er lachte.

Im Moment aber war die freundliche Mimik des Chiefs eine leicht zu durchschauende Fassade. Die dunklen Augen des Mannes wirkten fast schon fehl am Platz in seinem blassen Gesicht. Sie waren auf eine fremde Art besorgt und trugen keine leichte Botschaft mit sich.

Surona setzte ihr bestes Lächeln auf. »Guten Morgen, Chief«, grüßte sie zurück. »Und ja. Ich habe mich nun schon mehrmals auf die Waage gestellt und bin geradezu begeistert«, scherzte sie ein wenig mit ihm und erfüllte somit ihren Part in diesem Spiel der offenen Freundlichkeiten.

»Was verschafft mir das Vergnügen Ihres Anrufes?« Der Mann auf dem Schirm verlor nur ein wenig an seinem Lächeln. »Eine eher ungewöhnliche Frage und sie ist mir durchaus unangenehm, das versichere ich … « Er räusperte sich. »Würden Sie schon heute ihren Dienst anfangen? Quasi jetzt?« Er sah auf jemanden außerhalb des audiovisuellen Aufzeichners. Seine Finger verschränkten sich leicht nervös. »Es ist heute Morgen ein Fall eingetreten, der eher in Ihr Spezialgebiet fällt.«

Surona hob ihre Augenbraue. Er war neben ihr der Einzige, der wusste, was ihre primäre Aufgabe im ersten Revier sein sollte. Es gab jedoch keine Dringlichkeit, schließlich konnte niemand unbemerkt den Planeten verlassen. Fühlte er sich deshalb unwohl? War etwas Unvorhersehbares vorgefallen, das es erforderlich machte, schon heute in den Kreisen des Reviers gegen die dort angestellten Kollegen zu ermitteln?

»Meinem Spezialgebiet? An was genau denken Sie?« Ein scheues Lächeln wurde zu dem Unbekannten geworfen.

»Ein Mord, Mrs. Surona.« Chief Fabio verzog das Gesicht. »Nur ein Mord.« Er räusperte sich noch einmal und beugte sich leicht vor. »Ein gewisser Martin Chase wurde heute Morgen aufgefunden.«

Surona zeigte keine Reaktion, war jedoch erleichtert, dass es etwas vollkommen Gewöhnliches war, weshalb er sie anrief. Sie musste sich innerlich jedoch korrigieren, nachdem sie die wichtigsten Fälle Red Citys im Datenträger ihres Implantats kurz überschlagen hatte. Es hatte zuvor keinen Mord in dieser Stadt gegeben. Offenbar herrschte hier nicht derselbe Alltag wie in New York City und die Dinge waren hier womöglich doch etwas komplizierter. Ansonsten hätte wohl schon jemand anderes diesen Fall übernommen.

»Ich verstehe«, sagte sie leise und verengte ihr echtes Auge. Mit einem Nicken bat sie Diwari, fortzufahren.

Fabio entspannte sich, als er erkannte, dass die Frau auf seinem Schirm nicht sofort ablehnte. »Das Opfer wurde offensichtlich ausgeraubt. Allerdings zweifeln wir am bisherigen Tatmotiv. Der hier ebenfalls anwesende Officer Marek Zintok ist der Meinung, dass hier ein sehr viel tieferes Motiv vorliegt.« Er warf Zintok wiederholt einen schnellen Blick zu.

»Ein tieferes Motiv? Politisch oder wirtschaftlich?« Surona verzog ihren Mund zu einem schiefen Lächeln. »Wo auch immer da der Unterschied sein mag …«

Chief Fabio räusperte sich leicht verlegen. Auch er war fest im Netz aus politischen sowie wirtschaftlichen Interessen verstrickt. Schon zu seiner Dienstzeit auf der Erde hatte er hier und da unter der Hand dem ein oder anderen Bürgermeister einen Gefallen getan und dafür Sonderzuschüsse des entsprechenden Unternehmens bekommen. Dass seine geschlossene Familie mit allen Brüdern, Schwägerinnen und Schwippschwagern ebenfalls in Sicherheit auf dem Mars lebten, verdankte er einem damals ortsansässigen Demokraten, der ein nicht ganz zu verachtendes Drogenproblem hatte. Das Räuspern verschob diesen Gedanken in den schattigen Platz seiner Erinnerungen, an den dieser gehörte. »Nun, das Opfer war einer der führenden Köpfe der Markus-Sherman-Stiftung.«

»Oha …« Ihre Überraschung übermannte Surona absolut unvorbereitet. »Jetzt haben Sie mein Interesse.« Ein Blick aus dem Fenster ließ die Silhouette der baugleichen Kuppel viele Kilometer hinter der Hauptstadt erahnen.
Dem innovativsten Unternehmen der Menschheit einmal auf die Finger zu schauen war es vermutlich wert, heute unerwarteterweise aus dem Haus zu gehen, zumal diese sterile Wohnung trotz ihres Umfangs sie schon zu erdrücken drohte. Chief Fabio aber verzog aufgrund ihrer Reaktion sein Gesicht zu einer eher unglücklichen Mine.
»Das freut mich. Ein toter Frittenverkäufer wäre auch weniger spektakulär.« Erneut ein Satz, den auch Jannik ähnlich hätte gesagt haben können.

»Touché.« Surona sah etwas reumütig auf die Tischplatte. »Ich werde Ihnen natürlich helfen, wenn es denn in meiner Macht liegt.«

In Chief Fabios Ausdruck legte sich eine dankbare Wärme. Er nickte noch einmal dem Unbekannten in seinem Büro zu, dann widmete er sich wieder seinem Schirm.

»Officer Zintok wird Sie abholen. Sie arbeiten mit ihm zusammen, wenn das für Sie in Ordnung ist?« Wieder rutschte ihre Augenbraue ein wenig nach oben. Dass er sie um Erlaubnis fragte, gehörte nicht zum gängigen Ton, den ein Mann in der Gegenwart eines anderen Mannes einer Frau entgegenbrachte. Hinter Diwari steckte wahrscheinlich noch sehr viel mehr, als sie ohnehin schon positiv aufgenommen hatte. »Natürlich, Sir, geben Sie mir eine halbe Stunde, dann bin ich bereit.«

»Die haben Sie. Und vielen Dank.« Die Verbindung wurde beendet und Surona starrte einen Moment lang auf die leere, leicht reflektierende Kristallscheibe. Sie ließ ihre Gedanken kreisen. Der eben genannte Name ›Marek Zintok‹ war ihr schon einmal untergekommen. Mit ihrer linken, natürlichen Hand berührte sie die im Schreibtisch integrierten Kontrollen und rief die Internetsuche auf. Das Netz auf dem Mars war zwar nicht das aktuellste, da es nur einmal im Jahr komplett aktualisiert wurde – abgesehen von Nachrichten, welche wiederum täglich hinzugefügt wurden – dennoch aber war sie sicher, diesen seltsamen Namen auf der Erde schon einmal gehört zu haben. Es war schließlich kein üblicher und schien seine Wurzel im slawischen Raum zu haben. Tatsächlich wurde sie nach dem Gesuchten recht schnell fündig.

Marek Zintok hatte im Jahre 2077 von sich reden gemacht, als er innerhalb weniger Wochen einen großangelegten Terrorakt neutralisiert hatte. Eine Gruppe von amerikanischen Flugzeugtechnikern hatte verschiedene Bauteile für kleine Sprengsätze über viele Wochen hinweg in bestimmte Flugzeuge geschleust. Der damals erst vierundzwanzigjährige, frisch von der Akademie abgegangene Mann konnte jeden einzelnen der vier Fälle aufklären. Drei davon sogar vor der Detonation. Später hatte er zugegeben, Hilfe vom FBI bekommen zu haben. Der entsprechende Agent hatte jedoch entschieden geleugnet, die Dinge so betrachtet zu haben wie der nun ausgerufene Held. Es war dem FBI nur bekannt gewesen, dass die Einzelteile zum Bau einer möglichen Bombe an mehreren Orten auf verschiedenen Wegen den Besitzer gewechselt hatten, niemand aber wusste, wohin diese gegangen waren.

Heutige Scantechniken prüften inzwischen jedes sich über eine Bundesgrenze bewegende Objekt, daher hatten die einzelnen Teile der Logik des FBI nach die entsprechenden Städte nie verlassen. Flugzeuge schieden in derselben Logik als ›Transportmittel‹ aus, da die Sicherheitsvorschriften an Flughäfen derart gewaltig waren, dass niemand mehr unbemerkt eine Amöbe durch die Kontrollen bringen konnte. Diese blinde Selbstsicherheit war von den Tätern schlicht und schamlos ausgenutzt worden.

Zintok hatte erkannt, dass die Bauteile in Städten verschwunden waren, welche zum einen Knotenflughäfen besaßen und zum anderen mit den Abfolgen von landenden Maschinen übereinstimmten. Später hatte er ausgesagt, er habe einzig ›eins und eins‹ zusammengezählt. Ebenso hatte er erklärt, dass er aus seiner Akademiezeit noch wusste, dass beamtetes Dienstpersonal allen Orts mit geringerem

Aufwand bis gar nicht mehr kontrolliert wurde, weshalb diese Personen als einzig mögliche Täter in Frage kamen.

Die Mitglieder der verschworenen Gruppe waren seit Jahren auf insgesamt sieben verschiedenen Flughäfen stationiert gewesen. Jeder Einzelne hatte seinen Teil dem Frachtraum eines Flugzeuges beigelegt und am Ende hatte ein Letzter alles zusammengebaut. Als die erste Bombe explodiert war und vierhundert Leben gefordert hatte, waren alle Behörden durch die Zweifel an ihrer bisher unbestrittenen Überlegenheit, dem Bösen beizukommen, derart gelähmt gewesen, dass niemand mehr sinnvoll hatte agieren können – bis auf Marek Zintok aus der kleinen Stadt Salinas. Über Nacht war dieser junge Mann zum Helden San Franciscos geworden.

Surona legte den Kopf schief. Sie hatte davon gehört und nur wenige Wochen vor diesem Ereignis für Farhod den Dienst quittiert. Die Auffrischung der Details dieses Falls ließ sie in Zintok einen fähigen Mann vermuten, auch wenn dieser vermutlich viel Glück gehabt hatte. Chief Diwari schien dasselbe Vertrauen in ihn zu haben. Gegen die Frage, was so jemand hier auf dem Mars machte, konnte sie sich nicht wehren, schließlich hatte sich hier eine Sammlung sogenannter ›fauler Äpfel‹ eingenistet.

Ihre eigenen Gründe, hier zu sein, waren gleich vielzählig vorhanden. Einer waren die eben bedachten ›Äpfel‹ des ersten Reviers. Ein zweiter, warum ausgerechnet ihr dieser Job angeboten worden war und sie ihn angenommen hatte, war die Tatsache, dass es auf der Erde nicht gerade einfach war, als alleinerziehende Mutter den moralischen Forderungen der Gesellschaft nachzukommen. Der aber wohl wichtigste Grund jubelte derzeit im Nebenraum, da er erneut ein Match gewonnen hatte.

Surona verließ das Terminal und ging der lachenden Stimme ihres Sohnes nach. »Hey, mein Kleiner.«

Farhod pausierte das Spiel. Er merkte sofort, dass sie ihm etwas sagen wollte. »Ja?«

»Weißt du noch, als wir darüber gesprochen haben, dass ich bald wieder arbeiten muss?«

Er nickte stumm.

»Nun …«

»Du musst los, nicht wahr?«

»Tut mir leid, ich weiß, dass wir heute Pizza backen wollten.«

Farhod lächelte sie an, wie nur er es vermochte. Es brach ihr das Herz und ließ es zur selben Zeit vor Zuneigung schneller schlagen. Sie wollte ihn nicht allein lassen und bereute gerade ihre spontane Zusage. Auch das konnte Farhod vermutlich viel zu deutlich in ihrem Auge erkennen.

»Geh, Mom.« Er richtete sich ein wenig auf, um sie direkt anzusehen. »Das ist jokei.« Natürlich war ihm klar, wie sehr seine Mutter darunter litt, rund um die Uhr in der Wohnung zu hocken. Sie hatte mehrere Hobbys angefangen, die sie mit ihm teilen wollte. Selbst das Spiel stand auf der Liste gescheiterer Versuche, denn leider fand weder sie noch er bei all den Dingen echte Erfüllung, weshalb es bei gemeinsamer Nähe belassen wurde. Farhod wusste von früher, als sein Vater noch dagewesen war, wie gern sie Polizistin war und wie sehr es sie erfüllte, Gerechtigkeit zu wirken. »Fang ein paar böse Buben. Rette die Welt. Und dann erzählst du mir alles ganz genau.« Er zwinkerte und seine Mutter konnte daraufhin nur lächeln.

»Ich weiß nicht, ob dieser Fall etwas für dich ist.« Sie zuckte mit den Schultern. »Es geht wohl um schrecklich schleimige Marsmonster.« Sie verzog ein wenig ihr Gesicht, was den Jungen zum Kichern brachte. Natürlich war Polizeiarbeit nichts für Kinder, aber auf der anderen Seite war er sich, wie auch seine Mutter, darüber im Klaren, dass er nie erwachsen werden würde. »Dann will ich es erst recht wissen, Mom.«

Surona lächelte dankbar. »Jokei«, flüsterte sie dieses abscheuliche Wort aus. Es war eines von vielen aus der Geheimsprache, die Jannik dem gemeinsamen Sohn in den Kopf gesetzt hatte. Surona hatte sich bis zum Tod ihres Mannes geweigert, diese Albernheiten mitzuspielen. Heute waren sie ein Stück Leben, das ihr von ihrem Mann geblieben war.

6

Der transparente Aufzug brachte Officer Marek Zintok kaum spürbar und innerhalb von Sekunden in die oberste Ebene des am Stadtrand liegenden Wohnhauses.

Geräuschlos öffnete sich die schmale in der unteren Hälfte aus Milchglas bestehende Gleittür. Vor ihm erstreckte sich ein nur wenig breiterer bläulich beleuchteter Korridor aus schneeweißen Wänden ohne jede Struktur. Der Boden war mit einem weichen, angenehm dunkelgrünen Teppich versehen, der jedes Schrittgeräusch absorbierte. Die in hellen Stahl eingefassten kontrastgrauen Türen glichen sich wie ein Ei dem anderen. Dieses Gebäude war, wie jedes andere in Red City, ähnlich einem Raumschiff konzipiert. Sollten die Gravopulser auf den Kuppeln tatsächlich einmal versagen sowie darüber hinaus in diesem Augenblick ein Asteroid in die Tharsis-Tholus-Region einschlagen und dabei sogar die winzig kleine Kolonie treffen und das stahlgestützte Panzerglas durchschlagen, so war jeder Einwohner in seinem Haus noch immer in Sicherheit. Selbst wenn eines der Häuser beschädigt werden sollte, so wäre auch jener Teil des Hauses weiterhin intakt, der vom Einschlag verschont bliebe. Jede Wohnung hatte einen zusätzlichen Notfallraum mit Sauerstoffvorräten und zehn Raumanzügen. Allein diese und weitere Sicherheiten kosteten Milliarden, was absurd schien, wenn man realisierte, dass die meisten Apartments in Red City seit über zwei Jahrzehnten leerstanden. Dieser Leerstand betraf auch diesen Block, wie die deaktivierten Displays neben den Türsummern erkennen ließen.

Zintok dachte einen Moment darüber nach, ob er die Türen hätte mitzählen sollen. Ayasha Surona lebte im elften Apartment. Er hatte sich Adresse und Apartmentnummer im Notizenfeld seines Uniformärmels notiert.

Diwari hatte ihm neben der Adresse und ›Viel Glück‹ auch die ID-Card für seine neue Partnerin mitgegeben. Innerlich ärgerte Zintok sich noch immer ein wenig darüber, dass der Chief sie um ihr Einverständnis gefragt hatte, mit einem

Partner zu arbeiten. Auf seine Frage hin, wieso, hatte Fabio nur gelächelt und gemeint: »Weil man sich Frauen gegenüber nun einmal höflich verhält.«

Zintok hatte daraufhin nur verächtlich ausgeatmet, schließlich war es die gottesgerechte Pflicht einer jeden Frau, einem Mann Respekt zu zollen, nicht andersherum. Dies war der Lauf der Dinge, der sich so entwickelt hatte. Vorbei war diese lästige Epoche, in der sich Frauen über ihre Beschränkungen erhoben und gefordert hatten, auf gleicher Ebene zu stehen wie ein Mann. Schon der heilige Paulus war vor Jahrhunderten dieser Ansicht gewesen.

Fabio aber sah diese Dinge anders. Nichts von Zintoks US-amerikanischen Sichtweisen wollte er wissen. Mehr noch, der Chief hatte seinem Jüngsten sogar das Versprechen abgerungen, nicht nur höflich zu sein, sondern es Surona so leicht wie nur möglich zu machen. Zum Schluss hatte er noch an Zintoks Religion appelliert, denn als Christ war man natürlich an einen gewissen Verhaltenskodex gebunden, auch wenn dieser für die meisten nur in der Öffentlichkeit seine Gültigkeit hatte. Unter vier Augen sah alles immer ein klein wenig anders aus.

Mit wenig Druck berührte er die glimmende Schalttafel an der Seite der auf dem Display angegebenen Tür und ging einen Schritt zurück. Die Hände auf dem Rücken verschränkt, die Brust geschwollen und mit ernstem Gesichtsausdruck bereitete er sich darauf vor, seiner neuen Partnerin allein mit seinem männlichen Erscheinungsbild zu verdeutlichen, wer hier das Sagen hatte. Nur Augenblicke später öffnete sich die Tür und das kahle, teils metallische Gesicht begrüßte ihn mit einem matten Lächeln. »Ich meinte eine halbe Stunde, nicht fünfzehn Minuten.« Sie drehte sich um und nahm keine weitere Notiz von ihm. Zintok schluckte. Auf dem Kristallschirm des Chiefs hatte Surona wunderschönes dunkles Haar gehabt. Nun aber war es verschwunden und offenbarte das ganze abstoßende Ausmaß ihres künstlichen Schädels. Er erkannte, dass ihr rechtes Ohr sowie ihr rechtes Auge elektronisch waren und das Metall sich in ihrem Hinterkopf in vernarbtes Kopfhautgewebe schob. Das vermutlich unbezahlbare Implantat war äußerst sorgfältig verarbeitet, das hatte er schon auf dem Revier erkennen können. Das helle Metall vertrug sich allerdings nicht sonderlich gut mit ihrer dunklen Hautfarbe. Auch das war ihm schon auf dem digitalen Abbild auf Fabios Schirm aufgefallen.

Unverblümt musste er Fabio die Frage stellen, ob es sich bei ihrem Implantat um eine der in Mode gekommenen biomimetischen Verbesserungen oder eine medizinische Notwendigkeit handelte. Der Alte hatte nur mit den Schultern gezuckt und gemeint, sie sei wohl im Krieg gewesen.

Zintok stand noch immer in der offenen Tür und sah Surona dabei zu, wie sie die Perücke von der Halterung nahm. »Ich war noch duschen«, erklärte sie und setzte ihre Kopfbedeckung sorgfältig auf. »Und vorher musste ich das Kindermädchen bestellen.« Sie widmete ihm einen kurzen Blick. »Ich hatte sie an Ihrer Stelle erwartet.«

Zintok räusperte sich. »Ich kann unten warten.«
Surona schüttelte ihren Kopf. »Sie hat eine Zugangskarte, wir können gleich los.«

Karte! Zintok öffnete seine Uniform an der Seite. »Ich soll Ihnen dies hier geben.« Mit halb ausgestrecktem Arm hielt er der Frau ihre neue Ausweiskarte entgegen.
Surona kam einige Schritte auf ihn zu und nahm die Karte mit den Worten »Nun kommen Sie schon rein« entgegen, anstatt sich zu bedanken, wie es ihre frauliche Pflicht gewesen wäre.

Fraulich, jetzt erst realisierte Zintok, dass sie nur eine enge schwarze Hose und die übliche Schutzweste über einem ebenso schwarzen Oberteil trug. Die Tür schloss sich hinter ihm mit einem leisen Zischen.

Surona war zum Spiegel zurückgekehrt und richtete nochmals ihr Haar. Er musste schlucken. Sie hatte seiner Meinung nach ein sehr attraktives Becken und wunderschöne Beine, so dass er seine Blicke besser auf das Eingangszimmer richtete als auf sie. Ihre Uniform lag noch immer original verpackt auf einem kleinen Schreibtisch, der ordentlicher nicht sein konnte. An der Wand hing das Foto eines Mannes in amerikanischer Polizeiuniform. Daneben einige Orden. Ansonsten waren die Wände des Raumes befremdlich kahl.

Zintok benötigte einige Augenblicke, um zu begreifen, was hier fehlte. Er sah kein einziges Kreuz. Allein in seiner Wohnung hing in jedem Zimmer das Kruzifix. Er hatte sogar eine Jesusstatue in seinem Wohnzimmer stehen.

In öffentlichen Gebäuden war es sogar Gesetz, dass zumindest im Eingangsbereich ein Kruzifix zu hängen hatte. Mit einem schnellen Schulterblick vergewisserte er sich, ob vielleicht ein Kreuz über der Tür hing. Fehlanzeige.

»Mom?!«, hallte eine helle aber schwache Stimme durch die Wohnung und weckte Zintoks Aufmerksamkeit.

Ebenso die Suronas. Diese machte vor dem Spiegel kehrt und lief der Stimme entgegen. Ehe sie den Nebenraum betrat, sah sie Zintok kurz an. »Stehenbleiben. Nichts anfassen!« Dann war sie verschwunden.

Zintok schluckte erneut, diesmal aber aus Ärger, der sich langsam ansammelte. Nicht nur, dass sie von seiner Erscheinung nicht einmal im Ansatz beeindruckt war, sie schien einem Mann generell nicht gerade viel Respekt entgegenzubringen. Seiner Meinung nach sollte sie einmal darüber nachdenken, wie sie auf amerikanischem Grund und Boden als Frau mit ihm als Mann sprach. Er hatte über ihren Blick an der Tür und die ersten entgegengebrachten Worte hinweggesehen. Dieser Satz jedoch war überflüssig und provokant gewesen: Er war zu Gast in dieser Wohnung, selbstverständlich wusste er sich zu benehmen! Jeder Mensch wusste das.

In den Minuten, in denen er auf sie wartete, rief er sich den kurzen Rapport zurück in Erinnerung, den er über sie auf dem Weg hierher gelesen hatte. Ayasha Surona war fast zehn Jahre älter als er und hatte wohl schon Dinge gesehen, die jenseits seiner Vorstellungen lagen. Sie war nicht nur einfach im Krieg verwundet worden, sie war aktiv daran beteiligt gewesen. Aufgewachsen in Saudi Arabien, nahe einer Provinz namens Tabuk inmitten der heißen Zonen. Nachdem der Iran von den USA ausgelöscht worden war, hatten sich die verbleibenden islamistischen Gruppen der Erde dort versammelt, um ihren von den USA aufgedrückten Glaubenskrieg in ein letztes Gefecht zu führen. Das Hauptziel dieser Kämpfer beschränkte sich fast ausnahmslos auf den US-zugehörigen islamistischen Staat ›Irakistan‹, welcher aus dem annektierten Irak, Afghanistan, Syrien und dem vernichteten Iran geboren worden war. Die weltanführenden USA hatten der islamistischen Gesellschaft ein letztes Ultimatum gestellt: Jeder Moslem, der seinen Kampf aufgäbe, dürfe in Irakistan in Frieden leben. Alle anderen würden vernichtet werden. Hinter dieser Forderung stand eine geeinte europäische Politik. Die über Jahrzehnte gestreute Propaganda der USA hatte zuletzt nicht nur die westliche Welt erfasst, sondern beinahe jeden auf dem Globus.

Zusätzlich von den USA erdacht und als symbolische ›Antwort‹ auf den unerschütterlichen Glauben des Feindes wandten sich immer mehr Menschen dem christlichen Glauben zu. Überall in der Welt setzten die Menschen ein Zeichen, später Symbole und am Ende Gewalt. Jeder begann Moslems zu hassen, überall wurden sie vertrieben, aus ihren Jobs entlassen und in der Gesellschaft gemieden. Hunderttausende aus allen Teilen der Erde sahen nur noch das Exil, um in ihrer Tradition zu überleben. Die Alternative war der Wechsel der Seite.

Sergeant Ayasha Surona hatte allerdings schon während des Krieges zu den USA-Anhängern gehört – nach eigener Aussage aus der logischen Konsequenz, dass sie die in ihrem Heimatland herrschenden Zustände gegenüber Frauen ändern wolle.

Dieser Satz war Zintok besonders auf den Magen geschlagen. Eine Frau, die ihre Stellung in der Welt nicht akzeptierte, war seiner Meinung nach keine gute Frau. Wohl aber war Surona eine gute Soldatin. Nach dem Krieg war die verwundete Frau mit einem GI als Ehemann nach Nordamerika gezogen, wo sie ihre Implantate erhalten hatte und eine Ausbildung als Profilerin bei der New Yorker Polizei angefangen hatte, was sie zu der hier nun benötigten Expertin machte. Seitdem waren zwanzig Jahre vergangen.

Mit leisen Schritten verließ die dunkelhäutige Frau das Zimmer, in welches sie eben verschwunden war, schloss die Tür und kehrte zurück zur Kommode. Zintok wollte gerade etwas sagen, doch der metallische Finger auf ihrem Mund befahl ihm höflich, zu schweigen. Ohne weitere Worte nahm sie ihre Uniform, die ID-Karte und geleitete ihn aus der Wohnung.

Schweigend führte sie Zintok in den gläsernen Aufzug, in dem sie den Jumpsuit überzog und ihren Utensiliengürtel anlegte. Als letztes legte sie ihre Karte in den dafür vorgesehenen Bereich der Uniform und bestätigte die Aktivierung. Name, Dienstnummer, Abzeichen und Rang erglommen an der Uniform. Kurz prüfte sie ihre Angaben auf dem festen Stoff und wandte sich endlich ihrem Partner Zintok zu. Langsam reichte sie ihm ihre menschliche Hand zum Gruß.

»Guten Morgen, Officer.«

»Grüß Gott«, antwortete Zintok so, wie er es offensichtlich für angebracht hielt. Es entging Surona nicht, dass er es vermied, ihren Sergeantrang zu benennen. Egal wie hoch er war, in den Augen eines solchen Mannes war sie ›nur‹ eine Frau, die sich wohl im Schatten der Gesellschaft zu halten hatte. Es war dasselbe Dilemma wie immer.

»Nein, ich nicht«, war ihre kühle Antwort, woraufhin sie ihre Hand zurückzog. »Jedenfalls nicht mehr.«

»Ist das Ihr Ernst?« Verblüfft sah er sie an. Was schien ihn mehr zu verstören? Ihr Mut oder die offene Arroganz, jemanden wie ihm gegenüber zuzugeben, eine Ungläubige zu sein?

»Einer der Gründe, weshalb ich mich für den Mars entschieden habe«, erklärte sie mit gewisser Genugtuung in ihrer Stimme. Officer Zintok kratzte sich nur am Nacken.

»Wie jetzt?«

Sie hob ihre Augenbraue und blickte ihn direkt an. »Um genau diesen abfälligen Blicken zu entgehen.« Sie deutete mit ihrer verchromten Hand auf sein Gesicht. »Vergleichbares verfolgte mich in New York beinahe überall.«

Die Körpergröße ihres neuen Partners zwang sie, aufzusehen. Die Stärke, die sie in ihren Blick legte, ließ ihn allerdings auf die Größe eines Schuljungen schrumpfen, was Surona abermals mit stiller Genugtuung aufnahm.

Zintok schluckte und mied den Blick der Ungläubigen, zwang sich sogar, sein Versprechen einzuhalten und befahl seinem Verstand, sie jetzt nicht zu beleidigen. Zudem befanden sie sich in der Öffentlichkeit, wo er seine Pflichten als Mann wahrnehmen und die Regeln befolgen musste. Alles andere durfte er sich nicht erlauben.

»Verzeihung, Mrs. Surona, es lag nicht in meiner Absicht, Sie zu … «

Der Lift öffnete sich und entließ die beiden in die Lobby des Wohnblocks. »Natürlich nicht. Sie sind so erzogen.« Sie lächelte künstlich und ging voran. Zintok erlaubte ihr nach allen Regeln der Kunst diesen Vortritt und lief sogar einen Schritt hinter ihr. Für den jungen Mann verborgen verzog Surona die linke Hälfte ihres Gesichtes und stempelte ihn als einen Idioten ab.

»Darf ich fragen, weshalb Sie sich von Gott abgewendet haben?«, rief er vorsichtig nach und holte sie ein.

»Nein.« Mehr wollte sie dazu nicht sagen. Ein Geist seines Formates würde dies wohl nicht begreifen, Erziehung hin oder her. Wie sie herausgefunden hatte, dass es keine Götter in diesem Universum gab, würde er wohl auch dann nicht verstehen, wenn sie ihm alle Gründe nennen würde.

Am Bürgersteig wartete eines der wenigen nachtblauen Dienstfahrzeuge, welche dem Polizeidepartment Red Citys zur Verfügung standen. Obwohl für jede technische Mobilität auf dem Mars das Unternehmen ›Titan-Machinery‹ zuständig war, mussten dienstliche Einsatzwagen, Krankenfahrzeuge und anderes von der Erde importiert werden. Eine ungeschickte Vertragsklausel zwischen Red City, Sherman und den USA beschränkte die Handhabe von Elektromobilen für Fremdunternehmen nur auf zivile Fahrzeuge.

Da es derzeit nicht allzu viele Frachtraumschiffe gab und der Transport eines einzelnen Fahrzeuges aus Steuermitteln kaum zu bezahlen war, wurde weitestgehend auf derlei verzichtet. Eine einst vorgeschlagene Sonderanfertigung seitens ›Titan-Machinery‹ war aus wirtschaftlichen Verstrickungen abgelehnt worden. Offiziell hieß es, dass Polizeifahrzeuge nach wie vor keine Massenware waren und die für Red City entworfenen durchaus extravaganten Exemplare mit den uniformähnlichen roten Kanten boten sehr viel mehr als zwei Reihen flacher Signallampen auf dem Dach.
Das Besondere begann bei dem abgestimmten Gewicht, der erweiterten Sonderausstattung, dem Computersystem und zuletzt den verschiedenen Defensivmaßnahmen, zu denen auch eine unvorstellbare Widerstandskraft gegen alle Arten von äußeren Einflüssen gehörte. Selbst beste Militärtechnik kam hier zum Einsatz.

Zintok berührte für Surona den Türöffner, der geräuschlos die Seite des Fahrzeugs schräg nach oben fahren ließ.

»Bitte sehr.«

»Danke.« Ihre Antwort blieb unnahbar tonlos.
Nachdem sie sich gesetzt hatte, schloss er die Tür, umrundete das Fahrzeug und sah sie dabei mit einem abschätzenden Seitenblick an. In seinem Kopf kreiste hauptsächlich die Frage, wie er mir ihr fortfahren sollte, um sein Versprechen gegenüber Fabio zu halten. Sie war eine Frau, unfähig, auf sich selbst aufzupassen. Er musste sie beschützen, das war seine Aufgabe als Mann. Andererseits war sie vom rechten Weg abgekommen. Welche Gründe sie auch dazu gedrängt haben mochten, es war seine christliche Pflicht, sie auf diesen Pfad zurückzubringen.

Als er sich an das Steuerpult setzte, sah er sie noch immer an. Ihr Äußeres war alles andere als fraulich, im Gegensatz zu ihren Beinen, die noch immer in seinem Kopf umherspukten. Positiv musste er aber anerkennen, dass sie ungeschminkt war. Nichts war schlimmer als die farbige Maske zum Zwecke der Versuchung.

Suronas mechanische Pupille vergrößerte sich, als sich die Blicke beider trafen. Ihr echtes Auge blieb kühl und ihre gesamte Mimik glich der eines Roboters, was erschreckend gut zu den Ersatzteilen an ihrem Körper passte.

Beide wandten gleichzeitig ihre Blicke ab. Zintok schnallte sich an und aktivierte das Fahrzeug. »Darf ich fragen, wie es zu den Verletzungen gekommen ist?«

»Eine Splittergranate«, antwortete sie, ohne ihn noch einmal anzusehen und aktivierte das Beifahrermenü des Fahrzeugcomputers. Die Windschutzscheibe des Fahrzeugs diente dabei als Bildschirm. Zintok akzeptierte, dass sie nicht darüber sprechen wollte und versuchte es mit einem anderen Thema. »War das ihre Tochter? Oben?«

Sie warf ihm einen kurzen Blick zu. »Mein Sohn.«

Er lächelte. »Das ist schön, ich wollte auch einmal Kinder haben.«

Sie wandte ihren Blick wieder ab und öffnete die Fallbeschreibung.

»Wie alt ist er?«

»Elf«, antwortete sie noch immer tonlos.

»Na, dann ist er ja fast schon ein Mann!«, brachte er mit etwas tieferer Stimme heraus und suchte weiterhin ihren Blick. »Möchte er auch einmal Polizist …?« Er schluckte den Rest der Frage herunter, als er ihre Reaktion erkannte. Starr hielt sie mit jeder Bewegung inne und wandte ihm langsam ihr Gesicht zu.

»Können wir das Thema wechseln?« Sie flüsterte beinahe. »Bitte.«

Unsicher nickte Zintok. »Wie Sie meinen …« Er strich sich über das Gesicht und sah aus dem Fenster, um ihren Blick zu meiden. *Ein fantastischer Start*, dachte er bei sich. *Hätte Fabio mir nicht sagen können, dass sie sozial unfähig ist?*, führte er seinen Gedanken fort und fragte sich, welche Themen er ansprechen durfte und welche er besser meiden sollte.

Sein Vater sagte immer, dass man Probleme dann am besten eingrenzte, wenn man wusste, wo sie lagen. Er räusperte sich und sah sie kurz an. Mehr stockend als in einem Satz erklärte er ihr diese Lehre seines alten Herren.

Suronas Reaktion war unerwartet milde. »Ja, im Grunde haben Sie recht.« Sie atmete tief ein. »Farhod hatte eine Lebenserwartung von maximal acht Jahren bekommen … Er ist nun drei Jahre darüber«. Sie sah auf das Computermenü auf der Windschutzscheibe. »Dies ist einer meiner Gründe, warum ich hier bin.« Ihr Blick galt einen Augenblick lang der überdachten Stadt. »Deutlich modernere Krankenhäuser mit weit weniger überlasteten Personal.«

Zintok verzog seine Miene ein wenig mitleidig. War dies Gottes Strafe dafür, dass sie sich abgewandt hatte? Zintok empfand es ein wenig überzogen, bereute aber im selben Augenblick, dass er die Entscheidung Gottes in Frage stellte. Er wird wohl seine Gründe haben, das musste sie nur noch verstehen. »Wissen Sie, … eines Tages werden Sie und Ihr Sohn wieder zusammen …«

»Stop!«, rief sie und ihre metallische Hand schnellte zwischen beiden hoch. »Noch ein Wort und Sie machen Bekanntschaft mit poliertem Chrom!«

Zintok hatte reflexartig die Hände gehoben und war so weit zurückgewichen, wie es ihm möglich war. »In Ordnung! Entschuldigung!«, rief er ihr zu.

Surona senkte die Hand, atmete einmal durch und sprach mit versöhnlicher Stimme. »Ich würde mir jetzt gerne den Fall in Ruhe durchlesen, Officer.«

»Selbstverständlich.« Betreten aktivierte er seine Hälfte des Frontscheibenschirms, um ebenfalls noch einmal drüberzusehen. Wie jedes Mal warf er einen Blick auf das Symbol, das ihm sagte, ob er eine neue Nachricht hatte oder nicht.

Eine kleine #1 leuchtete hinter einer grünlichen Fläche, die er daraufhin berührte. Fabio hatte ihm bereits den Autopsiebericht zukommen lassen, wie er nach dem Öffnen der Nachricht feststellen durfte.

Schweigend nahm jeder für sich die Einzelheiten auf. Surona machte in ihrem PCP einige wenige Notizen. »Dieser Chase war ein wenig mehr als nur ein führender Kopf in der Sherman Stiftung.« Sie rief die an seiner

Bürgerakte angehängten Verbindungen auf. »Feinde scheint er aber nicht gehabt zu haben.«

Zintok nickte. »Nur eine vor acht Jahren verstorbene Ehefrau und zwei Kinder, die er vor fünfzehn Jahren mit dem ersten Kolonialflug zu einem weit entfernten Stern geschickt hat.«

Surona sah sich den Teil der Akte ebenfalls an und schüttelte nur den Kopf. Wie konnten Mutter und Vater sich dazu entscheiden, ihre Kinder ins Weltall zu schießen? Wissend, sie nie wiederzusehen. Zugegeben, der Jüngste war neunzehn und der Älteste zweiundzwanzig. Dennoch empfand sie es nicht als normal, zumal es den Anschein hatte, dass Chase und seine Frau die Kinder nur für dieses Projekt gezüchtet hatten wie Vieh. Aus den Akten ging hervor, dass beide in Farhods Alter gewesen waren, als sie die Sherman - Akademie das erste Mal betreten hatten. Surona entschied sich, nicht darüber zu urteilen. Ihr war die Bedeutung der Kolonialflüge ebenso klar wie jedem anderen. Sie verstand nur nicht, wieso die Eltern nicht mitgeflogen waren.

»Was gibt's zum Tatort?«, fragte sie nach außen hin völlig gelassen.

Zintok ließ die entsprechende Datei anzeigen und auch hier nahm Surona sich einen Augenblick Zeit.

»Die Schuhe?«, fragte sie, nachdem sie den Fundbericht gelesen hatte.

»Es sollte wohl nach Raub aussehen. Bagatellen sind die Dinge, denen wir normalerweise nachgehen.« Er sah sie an. »Das ist im Übrigen der erste Mord in dreißig Jahren!« Zintok schob ohne Aufforderung den Autopsiebericht ebenfalls hinüber auf ihr Sichtfeld.

»Das ist nur logisch«, kommentierte Surona und nickte dankend. »Der normale menschliche Abschaum kommt hier nicht her …« Sie sah sich den kurzen Bericht nur flüchtig an und warf dafür umso längere Blicke auf die Videosensoraufzeichnungen der Autopsie. »Haben Sie das hier gesehen?« Sie hielt das Bild an und deutete dann auf den Text. »Der Gerichtsmediziner geht von Tod durch Erwürgen aus und spekuliert auf vorige Anwendung von

Gewalt mit einem groben Gegenstand.« Sie machte einen langen Hm-Ton. »Er hat sich nicht gewehrt.«

»Eureka!«, rief Zintok genüsslich aus und grinste sie an. Surona schien seinen Ausbruch mit Irritation aufzunehmen.

»Hab's auch Fabio gesagt, dass an der offensichtlichen Todesursache was nicht stimmt.« Zintok zoomte die Darstellung des toten Körpers heran, um auf die fehlenden Kratzspuren aufmerksam zu machen. Surona aber nahm seine Hand und hielt sie fest. »Halt.«

»Hören Sie mal!«, entrüstete er sich, sichtlich in seiner Ehre angegriffen.

Surona kümmerte das herzlich wenig. »Sehen Sie.« Sie verkleinerte die Darstellung und vergrößerte die Bilddarstellung. Mit einer kreisenden Bewegung deutete sie auf einige sehr leichte Blutergüsse. »Ein unerfahrener Gerichtsmediziner könnte glauben, dass diese Spuren daher rühren, dass der Körper recht lang auf einer Stelle gelegen hat.«

»Unerfahren? Er ist Mediziner!«

Surona zuckte mit den Schultern. »Er wird nicht so viele Leichen zu Gesicht bekommen haben, da kann man so etwas auch mal übersehen.« Sie markierte den Bereich nun deutlich. »Zumal es kaum zu sehen ist.« Zintok hatte tatsächlich Mühe, die Verfärbungen ohne Suronas Markierung zu erkennen. Sie waren dennoch unbestreitbar vorhanden.

»Ich bin viel eher der Ansicht, dass hier eine Schallschlagwaffe benutzt wurde, um das Opfer vor der eigentlichen Tötung auszuschalten.« Nicht nur im Krieg hatte sie diese und andere Waffen im Einsatz gesehen und kannte die Spuren, die jede einzelne hinterließ. Ein Schallschläger war in der Regel nicht tödlich und wurden einzig zur Entwaffnung oder für die gezielte Handlungsunfähigkeit eines Einzelnen eingesetzt. Sie waren eine humane Alternative zu Mikrowellenstrahler, Taser- oder Gummigeschossen - und als einzige Waffe nicht nachzuweisen. Hier aber sah es ein wenig anders aus. »Der Täter muss mindestens zweimal auf sein Opfer gefeuert haben, vielleicht dreimal, damit hat die

Tatzeit zwischen vier und acht Minuten gedauert …« Sie sah ihn an. »Und danach ging er hinüber und hat ihn in aller Ruhe erwürgt. Ein recht geduldiger Täter, nicht wahr?«

Zintok fuhr sich wieder über sein Kinn und fühlte bereits das grausige Nachwachsen seines Bartes. »Oder mehrere, aber nicht mehr als drei.«

»Diese Ansicht teile ich ebenfalls«, stimmte sie zu. Zintok warf abermals einen Blick auf die Abdrücke der vermeintlichen Waffe inmitten des blassen Körpers. »So ein Ding kostet eine gute Viertelmillion Dollar.« Mit hochgezogenen Augenbrauen sah er seine Partnerin an. »Wenn Sie denn recht haben.«

»Das habe ich!« Sie erwiderte den Blick entschlossen.

»Hm … aber wieso so ein Ding?«

»Nun, einmal kann man bei dieser Waffe weder genau bestimmen, wo der Täter stand, noch in welcher Entfernung oder wie groß er war. Auch gibt es keine Projektile, über die man die Waffe identifizieren kann. Sie ist in der Regel spurlos«, schien sie zu raten. Keinen ihrer Punkte brachte sie mit der gleichen Stärker hervor wie die Indizien zuvor. Zintok verengte die Augen und trommelte mit seinen Fingern auf den Armaturen herum. »Die Frage stelle ich mal anders: Wie kommt so ein Ding auf den Mars? Es gibt hier keine Waffen.«

»Selbstverständlich.« Suronas Blick ging Richtung Norden durch die transparente Kuppel der Hauptstadt. Zwanzig Kilometer dahinter erhob sich der gläserne Hügel, unter dem sich die Markus-Sherman-Stiftung befand, in der Offiziere für die angehenden Kolonialprojekte auch an Waffen ausgebildet wurden. »Wenn ich von mir ablenken wollte, da ich der Einzige mit einer solchen Waffe bin, würde ich ebenfalls Spuren legen, welche den Anschein erwecken, dass keine Waffe benutzt worden ist.«

Zintok folgte ihren Gedanken, dass der Täter ebenfalls Angestellter der Stiftung war. Allerdings hielt er ihrer Theorie etwas entgegen. »Ich hingegen würde gar nicht erst eine Waffe nehmen, um den Verdacht von mir abzuwenden.«

Surona war bereits einen Schritt weiter und deutete im Autopsiedatenblatt auf einen besonders hohen Adrenalinspiegel im Blut des Opfers. »Es mangelte eventuell an einer Alternative. Bei einem echten Würgemord wäre dieser Wert verständlich. Dies ist er jedoch nicht. Die Werte passen allerdings zu jemandem, der zuvor einen kleinen Marathon gelaufen ist.« Sie deutete auf die Markierung des Fundortes. »Professor Chase war auf einer Flucht, bei der er sich sehr weit von seinem Wohn- und Arbeitsplatz entfernt hat.«

Zintok nickte unzufrieden. »Großartig, damit haben wir unsere Hauptverdächtigen: etwa dreitausend Personen.« Trotz dieser ironischen Erkenntnis konnte er sich nicht dagegen wehren, dieser Frau Respekt zu zollen. Respekt dafür, dass sie in so wenigen Augenblicken so viele Details erkannt und kombiniert hatte. Er fragte sich insgeheim, ob Gott die Seele eines Mannes in ihren Körper gesteckt hatte.

7

Kaum kleiner als die Hauptstadt lag das Institut der Markus-Sherman-Stiftung wie jeder wichtige Teil von Red City unter einer eigenen Kuppel. Hier befanden sich temporäre Wohnungen, die Universität, Trainingseinrichtungen, die Schiffsleitzentrale und das aktuell größte Observatorium der Menschheitsgeschichte. Direkt hinter diesem gläsernen Hügel erhoben sich zwei weitere deutlich kleinere Kuppeln aus Stahl und meterdickem intransparentem Panzerglas. In der ersten befanden sich die beiden Werftanlagen, welche rund um die Uhr in Betrieb waren. Dort entstanden nach Plänen der NASA die einzelnen Module des Raumschiffsystems im Steckkastensystem, ähnlich einem Zug. Pro Jahr fertigte die Stiftung hier vier vollständige Exemplare der ›Modulklasse‹. Diese bestand aus einer Kommandoeinheit an der Front und einer hinteren Antriebssektion. Der Clou des Systems waren die namensgebenden Module, welche beliebig zwischen den beiden Haupteinheiten gekoppelt werden konnten und somit den beiden im Grunde funktionslosen Hauptmodulen einen spezifischen Zweck gaben. Die zweite sehr viel großflächigere Kuppel war das Lager

der Module. Dort wurden die Schiffe nach Bedarf zusammengestellt, bemannt und gestartet.
Während sich kaum jemand für gefertigte, startende oder landende Versorgungs-, Fracht- und Passagierschiffe interessierte, stand das Kolonialprojekt dazu im Gegensatz unter dauerhaftem medialem Interesse. Auch Marek Zintok war von Kindheitstagen an davon eingenommen gewesen. Heute zwang er sich, seine Begeisterung in Grenzen zu halten.

Langsam lenkte er den Dienstwagen auf einen großflächigen und gut besuchten Parkplatz vor dem Hauptgebäude der Markus-Sherman-Stiftung. Bedächtig stieg er aus und atmete tief ein, als sei die Luft hier in der zweiten Kuppel etwas Besonderes. Heute wieder hier zu sein kitzelte an seiner früheren Begeisterung, die irgendwo noch immer schlummerte. Es war ihm auch nicht möglich, sich vor dem ehrfürchtigen Schauer zu schützen, der wie ein überwältigendes Monster an seinem Rücken umherhangelte.

Ein gigantisches Werbeplakat an der Seite des Parkplatzes zeigte eine Modulklasse in ihrer Kolonialzusammensetzung. ›Sei Teil des kleinen Schrittes‹ stand in großen Buchstaben darüber.

Surona kam nicht umhin, zu bemerken, wie seine Augen daran klebenblieben. Sein leicht offener Mund tat sein Übriges dazu.

»Waren Sie beim Start dabei?« Sie fragte sehr leise, schließlich war es etwas Privates, was sie im Grunde vermeiden wollte. Der Gedanke lag ihr jedoch auf der Zunge, ehe ihr bewusst war, ihn ausgesprochen zu haben. Die Reaktion ihres Partners war einfache Irritation. Vermutlich verstand er nicht, dass auch eine Frau Begeisterung für die Raumfahrt entwickeln konnte. Sie deutete mit dem Kinn auf das Plakat. »Ist ja schon was anderes, es hier live zu sehen, als Millionen Kilometer entfernt von der Erde mit Verzögerung und in schlechter Qualität.«

»Nein.« Zintok schüttelte leicht den Kopf. »Nicht mehr«, fügte er etwas leiser hinzu. Suronas elektronisches Ohr nahm dies präzise wahr. Ein Lächeln stahl sich auf ihre intakte Gesichtshälfte. »Sie hatten sich dafür beworben?«

Er nickte, während sie gemeinsam auf den Haupteingang zugingen. »Ja. Damals beim ersten Mal kam ich nicht ran … ich war dreizehn, als ich mich beworben habe. Zum Startzeitpunkt war ich siebzehn. Gesund, gebildet, quasi perfekt. Doch nur die Eliten haben Pässe bekommen.«

Surona runzelte die Stirn. »Soweit ich weiß, waren es zum größten Teil Mitwirkende des Projekts sowie deren Familien und Verwandte.« Sie öffnete ihr PCP, rief den Fall des toten Professors und ihre Notizen auf. Auf dem Weg hierher hatte sie sich umfangreiche Daten über Professor Chase heruntergeladen und sich über dessen Wirken am Kolonialprojekt informiert.

»Deshalb waren auch die Chase-Kinder auf den Schiffen.« Sie sah ihn auffordernd an. »Das sollte Ihnen eigentlich bekannt sein.«

»Ist es auch …« Zintok zuckte mit den Schultern. »Trotzdem, heute bin ich Mitarbeiter in Red City und es ist denen wieder nicht recht gewesen. Auch die zweite Flotte ist ohne mich gestartet.«

Surona biss sich auf die Zunge und verkniff sich die Bemerkung, dass es ein Kriterium war, Atheist zu sein. Es stand sogar in den offiziellen Bedingungen für eine Bewerbung. Man wollte vermeiden, dass sich dort draußen eine Kopie der Erde entwickelte, wo Menschen sich wegen unterschiedlicher Ansichten zu ihren Religionen gegenseitig an die Gurgel gingen.

Sie klappte ihr PCP zu und steckte es in eine der vielen Taschen ihrer Uniform. »Sie werden wohl nie erfahren, dass er tot ist.«

Zintok warf ihr einen kurzen Blick zu. »Hm?«

»Seine Kinder … Sie werden nie erfahren, was gestern hier geschehen ist.«

Sie realisierte kurz, dass die Chase-Jungen in diesem Moment tiefgefroren irgendwo, knapp zehn Lichtjahre vom Mars entfernt, in einer Kryonikkapsel lagen. Ebenso realisierte sie, dass die beiden dies wohl auch noch für die nächsten hundert-und-noch-was Jahre blieben, ehe sie irgendwo ankämen und aufwachten.

»Nein, wahrscheinlich nicht.« Sein Blick galt nun einem Großbildschirm, auf welchem in einer Dauerschleife die neue Werbekampagne für die noch kommenden Kolonialflüge ausgestrahlt wurde. Unter der prägnant epischen Musik wurden die Schiffe in Nahaufnahme gezeigt, während die hypnotische Frauenstimme davon sprach, dass man der Überbevölkerung, den Kriegsspuren und all dem Leid mit nur einem kleinen Schritt entkommen konnte. Für einen Augenblick wurde Neil Armstrong eingeschnitten, der erste Mensch, der je seinen Fuß auf einen anderen Himmelskörper gesetzt hatte. »Das ist ein kleiner Schritt für den Menschen … ein ... gigantischer Sprung für die Menschheit«, sagte seine Stimme im Originalton, einer über ein Jahrhundert alte Aufnahme. Die hypnotische Stimme versprach nun jedem, ein Teil davon zu sein. Teil dieses kleinen Schrittes, der in eine neue Zukunft führte und das Leben auf einem anderen Planeten.

»Für die Menschheit«, sagte die Stimme mit einem anhaltenden Nachhall am Ende des Werbespots, ehe er von vorn begann.

»Für die Menschheit!« Zintok stieß verächtlich Luft aus. »Ist am Ende dann ja doch nicht für jeden.«

Surona lächelte milde und war geneigt ihm zu sagen, woran es gescheitert war. »So wie ich das vorhin verstanden habe, war Professor Chase der direkte Verantwortliche für die Altersgrenze – womit er sich übrigens selbst ausgeschlossen hat.« Sie klopfte leicht auf die Tasche, in der sich ihr PCP befand.

»Und?«

»Naja, vielleicht ändert sich das jetzt und sie kommen beim nächsten Mal dran. Soweit ich es sehe, laufen die Bewerbungen doch schon.«

Zusammen betraten sie die geräumige Empfangshalle durch eine breite gläserne Tür. Auf einem langen roten Teppich ließen beide einen kleinen Moment lang die Atmosphäre auf sich wirken.

Direkt gegenüber, am anderen Ende der Halle, befand sich ein breiter, silberweißer Empfang, welcher von einer jungen Frau besetzt war. Diese hatte bereits das Kom-Menü aufgerufen und meldete jemandem die Ankunft der beiden Polizisten. Sehr wahrscheinlich würde recht bald jemand die beiden empfangen.

»Sofern man es sich leisten kann«, fügte Surona leise nach.

Zintok stemmte nickend die Hände in die Hüfte und musterte die seiner Meinung nach etwas zu protzige Halle. An den Seiten waren jeweils zwei Bereiche mit verschiedenen exotischen Pflanzen, bequemen Sitzecken aus Leder, einem schmalen Bücherregal und einem Snack-Kaffeeautomaten arrangiert. Zusätzlich beschallte leise Klaviermusik hier förmlich jeden Winkel. An den hohen Wänden hingen breite Bilder von verschiedenen optional bewohnbaren Planeten und zu guter Letzt zierte ein gigantisches Modell der ›Modulklasse‹ die aus Glas und Stahl konstruierte Decke, welche stark an die Kuppeln der Kolonie erinnerte. Er sah seine Partnerin an und deutete auf die Einrichtung. »Es gibt das Gerücht, die kassieren hier Geld für nichts«, kommentierte er ihre vorige Anmerkung mit einem trotzigen Unterton.

Surona kannte diese Art der Stimmenlage bisher nur von Farhod – als er sechs Jahre alt gewesen war. »Für nichts?«

»Gerüchte halt …« Zintok räusperte sich.

»Und Sie sind für derlei empfänglich?« Beinahe wollte sie lachen.

Zintok aber blieb ernst. »Anders gefragt: Kennen Sie einen, der dabei war? Oder ins Programm gekommen ist? Die kassieren hier Millionen, täglich … und am Ende fliegt ein Schiff ab, das man nach ein paar Monaten nie wiedersieht.« Er deutete auf die Halle. »Und das hier sieht doch nach ein paar Millionen aus, oder?«

Surona hob ihre Augenbraue. »Sie glauben doch nicht etwa an diese unsinnige Verschwörungstheorie, dass das hier alles Fassade ist?«

Zintok sah sie ein wenig verlegen an. »Es wäre nicht das erste Mal, dass Derartiges …«

Surona schüttelte nur den Kopf. »Es gibt Idioten auf der Erde, die behaupten auch, dass Red City nicht existiert. Vor sechzig Jahren boomte die Idee der flachen Erde und dass die NASA nur Fassade sei.« Sie rollte mit ihrem gesunden Auge. »Oder auch, dass es gar keine Atheisten gebe.«

Zintok kniff unzufrieden den Mund zusammen, was Surona mit einem leichten Lachen zu einem weiteren Rundumschlag ausholen ließ. »Einige wenige sagen sogar, es gebe keinen Gott.«

Zintok fühlte sich nun tatsächlich angegriffen, schon allein, weil er nicht verstand, was Surona damit eigentlich sagen wollte. Wer mochten diese Leute sein, die derlei sagten? Ehe er jedoch nachfragen oder etwas erwidern konnte, schaltete sich eine helle Stimme dazwischen.

»Willkommen bei der Shermanstiftung, die Dame, der Herr!«

Unerwarteterweise gehörte diese Stimme einem stattlichen, recht jugendlich wirkenden Mann im perfekten Maßanzug und mit äußerst gepflegtem Aussehen. Der Unbekannte, welcher beinahe Zintoks Körpergröße erreichte, war unbemerkt an der Seite der beiden Polizisten erschienen. Seine blauen Augen leuchteten förmlich und das Lächeln in seinem makellos perfekt rasierten Gesicht wirkte überzeugend aufrichtig.

»Mein Name ist Oliver Schulz …«

»Stultz?«, unterbrach Zintok und versuchte den Namen zu wiederholen. Mr. Schulz ließ sich nicht irritieren. Er lächelte noch breiter, fast schon kindlich, was sein viel zu junges Aussehen noch ein wenig verstärkte.

Wie alt ist er?, fragte sich Zintok und schätzte ihn auf maximal zwanzig Jahre.

»Man spricht es ›Sch‹ wie Chance aus und hängt ein ›ulz‹ dran.«

»Klingt dennoch merkwürdig.«

»Meine Eltern stammen aus Deutschland.« Schulz lächelte, woraufhin Zintok noch skeptischer wurde. »Man sollte davon ausgehen, dass Sie hier geboren sind«, erwiderte Zintok mit einer kleinen Gehässigkeit in seiner Stimme. Er hatte ein winziges Problem, diesen viel zu jungen Mann, der im Gesicht aussah, als sei er gerade mal fünfzehn Jahre alt, irgendwie ernstzunehmen. Anderseits war sich Zintok darüber im Klaren, dass auch er nicht gerade wie die wandelnde Lebenserfahrung aussah, weshalb er in seinen Bewegungen und in seinem Auftreten immer so viel Reife mitschwingen ließ, wie es ihm möglich war.

»Das ist richtig, Sir. Ich bin gebürtiger Marsianer, das können nicht viele von sich behaupten.« Schulz lachte künstlich. »Jetzt und hier bin ich allerdings der Pressesprecher der Stiftung.«

Ein wenig zu arrogant hob Zintok sein Kinn. »Ich wüsste aber nicht, dass wir Reporter sind, mein Junge.«

Die Antwort war ein beschwichtigendes Lächeln und eine zum Gruß gereichte Hand. »Selbstverständlich nicht, Sir.« Weder Surona noch Zintok nahmen sie entgegen. Langsam zog er seine Hand zurück und tat die ihm geltende Unhöflichkeit ab. Stattdessen lächelte er weiterhin. »Ich gehe davon aus …«

Eine heisere, erschrockene Stimme hinter seinem Rücken ließ ihn unterbrechen und weckte die Aufmerksamkeit aller Anwesenden. In einer offenen Tür starrte ein weißhaariger Mann mit einem deutlich sichtbaren Hang zu einem gepflegten Appetit die beiden Beamten mit geweiteten Augen an. Mit den verschluckten Worten »Oh, mein Gott …« stolperte er zurück in die Tür, aus der er soeben hatte treten wollen, welche sich nur Sekunden später mit einem leisen Zischen wieder schloss.

Für einen kurzen Moment hallte nur das leise Klimpern des Klaviers in der Luft, bis Mr. Schulz sich aufmerksamkeitssuchend räusperte.

»Die Umstände haben verschiedene verstörende Eindrücke hinterlassen«, erklärte er, als er sich des

Gesuchten auf der Seite der Beamten wieder vollends gewiss war.

»Umstände?« Surona hakte nach.

»Wie ich gerade sagen wollte: Ich gehe davon aus, dass Sie Fragen zu dem heute Nacht verblichenen Professor Doktor Chase haben.« Er bot beiden mit einer eleganten Bewegung an, in einen etwas privateren Bereich zu gehen.

»In der Tat, das haben wir«, sagte Surona und sah Zintok dabei an. »Die Presse war bedauerlicherweise schneller als Sie, ich darf Ihnen aber garantieren, dass ich mich Ihnen gegenüber kooperativer verhalten werde.«

»Und dennoch schickt man Sie?«

Schulz lächelte Zintok an, als wollte er ihn gerade bitten, mit ihm auszugehen. »Das Problem ist, dass wir niemand anders für einen Fall wie diesen haben. Wir sind kein Wirtschaftsunternehmen. Vorrangig sind wir ein Forschungsinstitut.«

»Mit freilich wirtschaftlichen Interessen«, setzte Surona nach.

»Nun, Sergeant ...« Seine Augen suchten ihr Namensdisplay. »Surona.« Er lächelte sie ebenso an. »Wir haben unsere Ausgaben, die gedeckt werden müssen. Die Versorgungsflüge zu den nahen Mondkolonien decken nicht einmal die laufenden Kosten.« Mit seinem Kopf deutete er auf die Eingangslobby, die sie soeben verlassen hatten. »Ich kenne natürlich ebenfalls die kursierenden Geschichten, dass unsere privaten Kunden ein halbes Vermögen bezahlen müssen, um bei dem Kolonialprojekt als Kandidat mitzuwirken.« Daraufhin schüttelte er nur seinen Kopf. »Tatsächlich aber stellt es sich völlig anders dar. Wir behalten alles an finanziellen Mitteln ein, was der Kandidat aufbringen kann, restlos, egal welche Höhe. Ob fünf Dollar oder fünfzig Millionen.«

Zintok hob die Augenbrauen. »Restlos?«

»Selbstverständlich.« Schulz zuckte mit den Schultern. »Zeigen Sie mir einen unbewohnten Planeten, auf dem Sie Dollarscheine ausgeben oder einen Pay-TV-Sender abonnieren können.«

Die beiden Polizisten warfen sich einen schnellen Blick zu; einzig Surona ließ ein flüchtiges Lächeln erkennen.

»Die Kandidaten erhalten hier nach Bestätigung und Bezahlung für fünf ganze Jahre Unterkunft, Verpflegung sowie Ausbildung und werden nach Sympathie, Charakter und Nutzen für die Mission zugeteilt. Sie werden mit allem Erforderlichen in vier Raumschiffen, deren Wert bei mehreren Milliarden Dollar pro Stück liegt, auf eine Reise ohne Wiederkehr geschickt.«

»Ich kenne die Details«, flüsterte Zintok. »Zur Genüge.«

Schulz hob die Augenbrauen. »Sie waren Kandidat?«

»Zweimal.«

Der Blick des hochgewachsenen Jungen trübte sich.

»Tut mir leid, das zu hören.« Er setzte allerdings sofort wieder das eingeübte Lächeln auf. »Dabei wollte ich gerade noch ausführen, welchen Nutzen die Kolonisten für die Menschheit haben … welchen Nutzen wir haben. Aber lassen sie uns zum Kern ihres Besuches kommen.« Er machte eine kleine Pause und nutzte die Gelegenheit, eine Tür zu seiner Rechten zu öffnen. Mit einladender Geste schickte er die beiden Beamten in ein komfortables Büro. »Dies hier ist einer der Räume, in welchen sich unsere Kandidaten der engeren Wahl vorstellen.« Seine Geste deutete nun auf zwei Sessel vor einem Schreibtisch. »Nehmen Sie doch bitte Platz.«

Er selbst nahm den Sessel hinter dem Schreibtisch ein und ließ per Knopfdruck einen transparenten Computerschirm aus dem Tisch fahren.

»Haben Sie den Professor und seine Familie gekannt?«, fragte Surona, nachdem sie sich gesetzt hatte.

»Doktor Professor Chase, ja. Seine Familie nicht, zu jener Zeit war ich selbst noch ein Kind.« Ein scheues Lächeln lag auf den Lippen. »Ich werde ihn vermissen und biete Ihnen alle Hilfe an, die Sie benötigen, dieses Verbrechen aufzuklären.«

Zintok setzte sich aufrecht. »Das hätte auch Ihr Einführungssatz vor fünf Minuten sein können.«

»Entschuldigen Sie.« Er räusperte sich vornehm und Zintok winkte nur ab, fragte sich, wo ein Mensch in diesem Alter ein solches Verhalten lernte. Oliver Schulz wirkte in seinen Augen extrem künstlich, seine Körpersprache war so leer wie ein formatierter Datenträger. Langsam richtete er sich auf. »Es gibt drei … nein, vier Dinge, die wir wissen müssen … « Er warf Surona einen schnellen Blick zu und wartete auf ihre Bestätigung, die sie ihm durch ein leichtes Nicken gab.

»Erstens: Warum war Dr. Chase zu Fuß im Norden der Hauptstadt unterwegs? Zweitens: Hatte er ernste Konkurrenten unter seinen Kollegen? Drittens: Vermissen Sie eine Schallschlagwaffe und viertens: Wer kommt alles an eine solche?«

Die Sanftheit aus dem Gesicht seines Gegenübers blieb unverändert. »Einzig zwei Frage kann ich Ihnen sofort beantworten, die anderen benötigen wohl ein wenig Zeit.« Mit einer schnellen Bewegung aktivierte er den Schirm und ließ das Bild einer Überwachungskamera darstellen. Sie zeigte das Gebäude und den Parkplatz sowie den direkt hier angebundenen Eingang zur RRW.

Schulz spiegelte das Bild, so dass die beiden Polizisten das Bild auf der Rückseite des Schirms in der Originaldarstellung sehen konnten. Nur Sekunden, nachdem er den Film abspielte, konnte man trotz Dunkelheit deutlich einen eilig über den fast leeren Parkplatz laufenden Dr. Chase erkennen, wie dieser zu seinem Fahrzeug ging und einstieg. »Der Professor ging an sein Fahrzeug und verließ dieses wenige Augenblicke wieder«, erklärte Mr. Schulz begleitend zu den Bildern, die nun zeigten, wie die Person auf dem Video die Stufen hoch zur Railwaystation nahm. Zweiundzwanzig Sekunden später, gemäß des Timers am oberen Bildrand, endete die Aufnahme und Mr. Schulz öffnete sofort ein Zusatzdokument.

»Am 18. Juni 2085 um 23:45 ereilte uns ein Stromausfall.« Ein weiteres Dokument wurde eingeblendet. »Die Pandion-Coorperation hat gestern Nacht ihren zweiten Reaktor in Betrieb genommen, der einzig für diese Kuppel gedacht ist. Durch unseren unerwarteten Dauerbetrieb bewirkte dies einige Unterspannungen, welche diesen Teil der Kolonie lahmlegten.« Mr. Schulz sah beide an. »Aufgrund des Ausfalls, welcher beinahe eine ganze Stunde andauerte, können wir Ihnen leider keine weiteren Aufzeichnungen zur Verfügung stellen.« Er öffnete ein drittes Dokument. »Hier können Sie erkennen, dass wir, als die Energieversorgung wieder hergestellt war, Pandion um eine Stellungnahme gebeten haben. Dies wurde ursprünglich wegen der Versicherung gemacht, um eventuell erlittenen Schaden geltend zu machen.« Mr. Schulz' freundliches Gesicht verschwand für einen Augenblick. »Dass es nun zu unserer Entlastung dienlich ist, mag ein glücklicher Zufall sein.«

»In der Tat.« Zintok sah Surona an, die schweigend jedes der Dokumente ansah. Ihr künstliches Auge machte von jedem eine Kopie, aber schon jetzt konnte sie die Echtheit erkennen und notierte sich in ihrem PCP, dass die vorgelegten Dokumente zweifellos bestätigten, dass sich der Energieausfall auf die gesamte Kuppel bezog, was alle Gebäude und somit auch die hier fahrenden Linien der RRW mit einschloss.

Auch Zintok musste dies hinnehmen. In seinem Kopf überschlug er Zeit und Weg. Chase war höchstwahrscheinlich nicht mehr in das Gefährt gekommen, ehe der Ausfall stattfand. Aus der Durchschnittsgeschwindigkeit von 5 Kilometern pro Stunde bei einem normalen Lauf passten der Zeitpunkt des Energieausfalls und die Entfernung zum Tatort schon beinahe zu gut. Es blieb jedoch die Frage, warum er um diese Uhrzeit hier gewesen war und warum er so eilig fort wollte.

»Und was Ihre Frage zu irgendwelchen Konkurrenten betrifft«, setzte Schulz fort, »nun, ich kann natürlich nur aus meinen Beobachtungen sprechen, aber Dr. Chase war ein gern gesehener Wissenschaftler, der uns alle weit vorangebracht hat. In vielen Bereichen.« Mr. Schulz schien tatsächlich betroffen zu sein. »Zudem war er ein ausgesprochen netter Mensch.« Er überlegte einen Moment lang. »Ich glaube, ich habe ihn kein einziges Mal wütend erlebt.«

»Und die Waffe?«, sagte Surona und bemaß Schulz mit ihrem elektronischen Auge in jeder seiner Bewegungen. Im Gegensatz zu Zintok entging ihr weder das nervöse Zucken im Auge des jungen Mannes noch wie er seine Hände flach auf die Tischplatte presste. Sie musste zugeben, dass er ein Meister darin war, sich zu beherrschen und seine wahre Natur zu verbergen, er war ihr jedoch nicht gewachsen. Ebenfalls musste sie erkennen, dass er bisher noch nicht einmal im Ansatz geflunkert hatte, was sie als besonders verdächtig sowie als besonders dankbar annahm. Seine weiteren Ausführungen würden darüber entscheiden, für welche Seite sie sich entschied.

»Der Gedanke, dass Professor Chase eventuell durch einen Schallschläger ermordet wurde, ist schockierend«, begann er.

»Nein, nicht eventuell«, setzte Zintok nach.

Mr. Schulz schluckte. »Natürlich … Ich werde Ihnen nach bestem Wissen und Gewissen helfen.« Schulz minimierte alle Dokumente, kehrte das Bild wieder um und rief das Kommunikationsmenü auf. Kurze Zeit später erschien das Gesicht eines Mann und forderte in einem rauen Ton zu erfahren, was der ›Pressefutzi‹ von ihm wolle.

»Sir, würden Sie bitte prüfen, ob eine Schallschlagwaffe entnommen wurde?«, bat er.

»Ich wüsste nicht, dass!«, war die knappe Antwort.

»Würden Sie es bitte prüfen!« Mr Schulz' Stimme nahm kaum merklich an Energie zu, sein freundlicher Gesichtsausdruck aber blieb bestehen.

»Wer will das denn wissen, Junge?«

»Zwei nette Polizeibeamte, die mir direkt gegenübersitzen.« Er lächelte über den Schreibtisch, wobei er erneut Zintok zuerst ins Auge fasste. Der Mann auf dem Schirm brummte. »Das dauert einen Augenblick.«

»Selbstverständlich.« Er deaktivierte die Kommunikation und sah die beiden Polizisten im Wechsel an. »Es ist tatsächlich so, dass alle Ausbilder für den militärischen Bereich sowie das gesamte Sicherheitspersonal in die Waffenkammer kommen. Man benötigt ein Sicherheitslevel sieben.«

»Welches haben Sie?«

»Mein Level ist eins.« Ein flüchtiges Lächeln folgte seinem Alibi.

»Ihr Glück«, lächelte Surona ebenso süffisant wie Mr. Schulz.

»Dem stimm' ich zu.«

Zintok räusperte sich kurz. »Kommt denn jeder mit einem Level sieben da rein oder steht dieses Level nur für den Bereich ›Waffenzugang‹?«

Einen Augenblick schien Schulz zu überlegen, wie er diese Frage am sinnvollsten beantworten sollte. »Tatsächlich kommt jeder ab Level sieben dort hinein, ja.«

»Wie viele Level gibt es denn?«, fragte Surona eher beiläufig.

»Acht.« Schulz' Lächeln verschwand. »Nur vier Personen haben Level acht inne. Seit gestern Nacht sind es nur noch drei.«

»Verstehe.« Sie nickte.

»Dennoch muss sich selbst jemand mit dem höchsten Level beim Entnehmen einer Waffe ausweisen und die Entnahme bestätigen.«

»Was ein Glück, dass es gestern einen Stromausfall gegegeben hat, nicht wahr?«, merkte nun Zintok an.

Schulz verzog unglücklich den Mund. »In der Tat, ein verzwickter Umstand.« Er aktivierte eine Bestandsliste. »Allerdings ist das System elektronisch verriegelt. Ein Stromausfall öffnet die Waffenkammer im Regelfall nicht. Er versiegelt sie.«

»Und wenn der Raum schon offen war?«, wandte Zintok ein.

»Dann würde es selbstverständlich Aufnahmen vom Öffnen des Sicherheitsbereichs geben.« Schulz schien belustigt und ließ dies zweifelsfrei in seiner Stimme mitschwingen. Sein Ton schlug Zintok auf den Magen. Er atmete langsam und tief ein, um seinen Ärger dort zu lassen, wo er entstand.

Surona nahm derweilen das spiegelverkehrte Bild des Schirms auf, drehte es in ihrem elektronischen Auge um und musste zugeben, dass das gelistete Arsenal für einen Kleinkrieg ausreichend war. Neben Handfeuerwaffen, Schall- und EMP-Schlägern sowie Taser- und Gummigeschossen gab es sogar eine ellenlange Liste von neuwertigen Pulsergewehren.

»Das ist eine ganz schöne Menge«, sagte sie schließlich, als sie auf über dreitausend Exemplare verschiedenen Kalibers kam. »Würde es überhaupt jemand merken, wenn da eine wegkäme, auch temporär?«

Schulz nickte heftig. »Definitiv. Alle Waffen, die wir herstellen, werden registriert und kommen ohne Umweg dort hin.«

»Sie stellen sie her?« Zintok weitete seine Augen. »Etwa hier?!«

»Selbstverständlich. Es ist günstiger, als sie importieren zu müssen. Und da sie zur Standardausrüstung für die Modulklassen und insbesondere zur Kolonieausrüstung gehören …« Er hob die Hände und zuckte mit den Schultern. Zintok verzog den Mund. Es war natürlich logisch, dass Waffen zur Selbstverteidigung dabei sein mussten. Ebenso ging er davon aus, dass auch mit der Produktion und Lagerung alles in Ordnung war, andernfalls würde dieser schmierige Junge - denn was anderes war dieser Kerl für ihn nicht - damit nicht so offen umgehen.

»Kann ich sonst noch etwas für Sie tun?«, fragte er mit diesem schrecklich lästigen Lächeln.

»War Dr. Chase in letzter Zeit vielleicht irgendwie verhaltensauffällig?«, hörte Zintok Surona etwas unerwartet fragen. Auch Schulz schien die Frage etwas überrascht zu haben. »Verhaltensauffällig? Inwiefern?«

»Nun, seine Frau ist vor acht Jahren gestorben, seine Kinder fliegen seit fünfzehn Jahren als überdimensionale Eiswürfel irgendwo da draußen herum. Er wird seine Familie nie wieder …« Schulz hob plötzlich seine Hand und sah Surona streng an. *Entglitt ihm die Fassade?* Zintok hoffte es beinahe, einfach nur, um sich besser zu fühlen.

Die Stimme des Jungen blieb jedoch ungebrochen sanft. »Dr. Chase lebte für dieses Programm. Er war offen stolz, dass seine Kinder die Früchte seines Lebenswerkes tragen, für das seine Frau im Übrigen gestorben ist.«

»Sie starb hier?«, fragte Surona.

Schulz suchte in seinem Terminal nach Details. »Ja, ein tragischer Unfall, Jahre vor meiner Zeit.«

Surona wartete geduldig und warf Zintok einen kurzen Blick zu. Als Schulz nach einigen Minuten noch immer nicht fündig wurde, räusperte sie sich. »Es geht eher um seinen Zustand. Einsamkeit, Reue, Verzweiflung, einfach Menschlichkeit.«

»Sie schätzen ihn vollkommen falsch ein, Sergeant.«

»Inwiefern?«, warf sie ein. »Er hat sich selbst aus dem Kolonialprogramm ausgeschlossen, indem er eine möglicherweise willkürliche Altersgrenze festgelegt hat.«

Schulz schüttelte abwehrend seinen Kopf und hob seine linke Hand. »Entschuldigen Sie, wenn ich Ihre Naivität derart offenlege …« Er grinste fast schon gehässig.

Surona schoss die Schamesröte ins Gesicht und wurde durch einen Hauch von Wut abgelöst. Zintok hielt sich jedoch verdächtig bedeckt. Wenn sie es nicht besser gewusst hätte, so hätte sie meinen können, ihr Partner schmunzle sogar ein wenig.

Mr. Schulz fuhr unterdessen fort. »Dr. Chase war ein Experte auf dem Gebiet der Kältetechnik, seit fast fünfzig Jahren. Seine Entscheidungen waren fundiert, nicht willkürlich. Und die Details dazu würde niemand hier in diesen Raum begreifen … geschweige denn, dass hier jemand in der Position wäre, diese zu kritisieren, Mrs. Surona.« Wie ein Schlag ins Gesicht schien er ihren Rang beiseitegelassen zu haben und erinnerte sie an längst vergessene Tage aus ihrer Heimat. Sie war eine Frau, er ein Mann.

Nun sprang Zintok mit erhobenem Zeigefinger ein. Nicht jedoch um Surona zur Seite zu stehen, sondern um das Thema bei sich zu lassen. »Dr. Chase hat also primär für die Kältetechnik gearbeitet? Allein?«

Mr. Schulz runzelte ein wenig die Stirn. »Er leitete ein Team, dessen Teil auch seine Ehefrau war. Soweit ich weiß, war er in den vergangenen Jahren allerdings irgendwie überall Teil des Instituts. Er hatte hier im Gebäude zwar ein kleines Büro, aber meistens hat er allen anderen nur über die Schulter geschaut.« Schulz senkte ein wenig die Stimme und sah Officer Zintok direkt an. »Wenn Sie mich fragen, hat er meist nichts getan, außer anderen über die Schultern zu sehen.«

Surona meinte in diesen Moment, dass Schulz gezwinkert habe.

»Ist das ein Motiv?«, ergriff sie mit kalter Stimme erneut das Wort.

Mr. Schulz hingegen lachte nur wieder, diesmal aber erleichtert. »Sicher nicht.« Er schüttelte den Kopf. »Nein, nein, das war kein Motiv. Jeder war froh, Dr. Chase' Segen für seine Arbeit zu erhalten.« Er zuckte mit den Schultern. »Aber er wurde mit der Zeit zu diesen Menschen, die dafür bezahlt werden, dass sie herumstehen und gucken.« Dann hob sich seine Miene. »Übrigens, Bezahlung … Tatsächlich wurde er nicht wirklich bezahlt. Falls Sie also ein finanzielles Motiv suchen, muss ich Sie auch hier enttäuschen.«

»Er bekam kein Geld?« Zintok sah ihn irritiert an.

»Wir sind eine Stiftung, Sir. Professor Chase' Vermögen und seine Anteile sind schon seit zwei Jahrzehnten Eigentum des Unternehmens, von daher …«

Ein einkommendes Signal unterbrach den jungen Mann, der dies fast schon dankbar entgegennahm. So musste er nicht noch die interne Finanzpolitik erklären. »Ihre Anfrage wurde bearbeitet«, sagte er nach einer kurzen Pause und listete alle Waffen des Arsenals auf. »Hier haben Sie die aktuelle Inventur unsere tödlichen und nicht tödlichen Waffen.«

Eine stattliche Anzahl von mehreren tausend Waffen wurde explizit mit Seriennummer, Herstellungsdatum und Lagereinheit aufgelistet. Surona erkannte nach nur wenigen Augenblicken, dass diese mit der ersten identisch war. Dennoch widmete sie sich der Liste sehr sorgfältig. Wie

jede Waffenart besaßen auch die Schallschläger ihre eigene Spalte. Alle Exemplare waren vollzählig. Unzufrieden lehnte sie sich zurück.
Schulz deutete zusätzlich auf zwanzig Objektbezeichnungen, die dunkelrot eingefärbt waren. »Diese Waffen sind derzeit bei unserem Sicherheitspersonal im Einsatz, aber auf dem Gelände.«

»Woher wissen Sie das?«, warf Zintok ein.

»Ein Waffenträger trägt eine ähnliche Uniform wie Sie. Er identifiziert sich zusammen mit seinem Arbeitsgerät und ist bis zum Dienstende für den Verbleib desselben verantwortlich. Ist er auf dem Gelände, ist es auch die Waffe, andernfalls würde es in der Zentrale eine entsprechende Warnung geben.«

»Gab es zum fraglichen Zeitpunkt unserer Untersuchung Abweichungen im Dienstplan? Oder hat jemand während der Nachtschicht gefehlt?«, fragte nun wieder Surona. Eine kleine Abfrage seitens Mr. Schulz am Dienstplan beantwortete die Frage schnell. »Heute Morgen um sieben wurde die reguläre Nachtschicht von der regulären Frühschicht abgelöst. Die Schallschläger wurden in die Waffenkammer eingelegt und andere Exemplare wieder entnommen.«

»Während des Stromausfalls kann aber niemand nachweisen, ob nicht einer der Sicherheitskräfte seine Waffe abgelegt hat?«

»Bedauerlicherweise nicht, nein, Sir.« Mr. Schulz machte eine kurze Pause. »Mir ist bewusst, dass der Stromausfall dem Mörder sehr gelegen kam. Ich möchte Sie bitte an dieser Stelle daran erinnern, dass niemand hier in der Lage ist, die gesamte Kuppel abzuschalten. Dies ist schon rein technisch nicht möglich.«

Surona nahm die Körperhaltung des jungen Mannes maß. Keine nervösen Anzeichen, kein Schwitzen. Er war nur ein wenig aufgeregt, nur wer wäre das nicht in dieser Situation?

»War eine Waffe dabei, die aufgeladen werden musste?«, fragte sie ihn und legte etwas Ruhe in ihre Stimme. Mr. Schulz zögerte einen Augenblick und überlegte. »Ich bin nicht sicher, ob wir das überprüfen können … oder wie … Die Halterungen aller Waffen sind am selben Stromkreis angeschlossen.«

»Und?«

»Nun, durch den Stromausfall lagen etwa siebenhundert Schallschläger für fast eine Stunde auf dem Trockenen. Als die Systeme wieder online waren, haben sich natürlich alle Waffen erneut aufgeladen.«

Surona hob ihre Hand. »Nein, nein …« Ihr Gesicht wurde ernst. »Gab es einen Ladeanstieg, als die Waffen heute Morgen um sieben ausgetauscht worden sind?«

»Den gibt es immer, nur minimal.«

»Höher als sonst.«

»Wie schon gesagt, es ist nahezu unmöglich, dies herauszufinden.«

Zintok erhob sich plötzlich. »Ich mache Ihnen einen Vorschlag.« Er sah Surona an, dann wieder den Jungen vor sich. »Sie bringen uns jetzt zu den Ladestationen und wir überprüfen das selbst.«

Mr. Schulz stand ebenfalls auf und war Zintok in Größe und Erscheinung ebenbürtig. »Tut mir leid, ohne einen offiziellen Durchsuchungsbefehl darf ich Ihnen den Zugang zu diesem Sektor nicht gestatten.« Er sah beide an. »Missverstehen Sie mich nicht, aber es ist ein hochsensibler Sicherheitsbereich … Natürlich werde ich Ihr Anliegen weiterleiten und Ihnen helfen, so gut es mir möglich ist. Ich empfehle daher im Sinne der Wahrheitsfindung, sich morgen noch einmal um die Einsicht unserer Energieprotokolle vor Ort zu bemühen – mit rechtlicher Handhabe, natürlich.«

Surona lächelte müde und stand als Letzte auf. »Das werden wir wohl tun.«

8

Leise erklang ein heller Ton aus der Sprechanlage. »Sir, Mr. Schulz ist da.«

Eine schmale Hand berührte das Display der Gegensprechanlage. »Schicken Sie ihn bitte rein.«

»Jawohl, Mr. Stonewell.«

Sekunden später stand Oliver Schulz vor dem Schreibtisch und blickte auf den Rücken des Finanzverwalters der Shermanstiftung, welcher vor seinem Fenster stand und die beiden Polizisten von hier beobachtete, wie diese über den Parkplatz gingen. »Erschreckend, wie viel sie nach so kurzer Zeit wussten.«

»Ich finde eher erschreckend, dass es soweit kommen musste«, merkte Schulz an.

Stonewell wandte sich um. »Zerbrich dir darüber nicht deinen Kopf, Oliver.« Er näherte sich seinem Schreibtisch und sah auf seinen Kristallschirm, der das nun leere Büro zeigte, in welchem die Polizisten ihre Befragung durchgeführt hatten.

»Das alles hier ist weit bedeutender als wir uns vorstellen können.« Er hob die Augenbrauen. »Sogar für mich.«

Schulz nickte. »Ich weiß, das sagst du mir nicht zum ersten Mal.«

»Wer war die Frau?« Stonewell ließ die Sensoraufzeichnung zurückfahren und drehte die Aufnahme so, dass er ihr Gesicht von vorn sah. »Hässlich«, kommentierte er, ohne darauf einzugehen, wovon er sprach.

»Sie heißt Surona, muss neu sein.« Schulz ging um den Schreibtisch und stellte sich neben Stonewell.

»Müssen wir sie beobachten?«, fragte dieser.

»Dazu rate ich, ja.«

»Zintok auch?«

Schulz verzog sein Gesicht. »Auf jeden Fall.«

Stonewell löschte schweigend die Aufzeichnung aus dem System und sah an Schulz vorbei aus dem Fenster. Dort stiegen die beiden Beamten gerade in ihren Dienstwagen. »Ich frage mich, was sich dieser alte Bastard da eigentlich gedacht hat?« Er schüttelte den Kopf. »Einfach gute Leute zu schicken …«

»Viele Möglichkeiten hat er ja nicht«, konterte Schulz.

Stonewell nickte. »Ja, ich werde ihm wohl nahelegen, den Fall einem seiner Trottel zu geben.« Seufzend sah er wieder aus dem Fenster. »Gegebenenfalls weihen wir ihn ein, dann spurt er schon von ganz allein.«

»Soll ich Mr. Chadov den Abschlussbericht schicken?« Stonewell schüttelte den Kopf. »Nein, ich werde erst mit Fabio reden … Danach mach ich das selbst.«

9

Im Dienstfahrzeug sitzend schwiegen sich Surona und Zintok einen längeren Augenblick an. Jeder sortierte das eben Erfahrene für sich. Schließlich entließ Zintok einen lauten Seufzer. »Verdammter Bengel.« In seinem Kopf entstanden diverse Szenarien, wie jemand während des Stromausfalls eine der Waffen des Sicherheitspersonals genommen haben konnte, ohne dass dies jemals jemand würde nachweisen können.

»Nun, er hat das Gesetz auf seiner Seite …«, begann Surona, die ähnliche Überlegungen durchging.

»Verdammt!«, rief er plötzlich aus und schlug auf die deaktivierte Steuereinheit. »Ich hätte fragen können, ob alle Sicherheitsleute nach dem Stromausfall noch da waren.«

Surona überschlug seine Idee. »Ja … Hätten wir …« Sie deutete auf die umliegenden Kameras. »Aber sollte einer zwischen Tatzeit und Schichtwechsel hier mit einem Schallschläger vorbeigekommen sein, kriegen wir das raus.« Sie aktivierte ihre Seite des Terminals und rief aus dem Sammelknoten Red Citys die öffentlichen Überwachungsdaten ab. Nach einer kurzen Eingabe ihrer Dienstnummer erhielt sie Zugriff auf die spezifischen Systeme, welche sie angewählt hatte. Binnen Sekunden ließ sie sich jede Einstellung im Zeitraffer vor ihrem künstlichen Auge abspielen und direkt auf den Chip legen. Im Inneren ihres Kopfes entstand eine künstliche Erinnerung, als sei sie die ganze Nacht hier auf dem Gelände gewesen und hätte alles gesehen. Niemand war vorbeigekommen. »Nein«, sagte sie schließlich. »Hier ist keine Menschenseele rein oder raus … Jedenfalls nicht mit einer Waffe.«

Zintok grübelte. »Kommen Sie an die Daten aus dem Inneren?« Er deutete auf das Gebäude hinter dem Parkplatz. Surona schüttelte den Kopf. »Die sind alle als privat eingestuft, dazu bedarf es dann wieder einiger Anfragen …«

Zintok verzog unglücklich das Gesicht. »Na, ob die uns diese Daten geben? Da scheint ja niemand sonderlich daran interessiert zu sein, aufzuklären, wer ihren ach so geliebten Dr. Chase auf dem Gewissen hat.«

Surona dachte einen Moment darüber nach. »Vielleicht kommt es denen gelegen …«

»Schon etwas makaber, oder?« Er versuchte ein Lächeln, doch die Antwort war ein eisiger Blick. »Ich war im Krieg, Zintok. Makaber ist was anderes.«

Er nickte zustimmend und schnitt ein neues Thema an. »Ist Ihnen der Dicke aufgefallen? Am Anfang?«

»Wie konnte der nicht auffallen«, Surona lächelte. »Ich habe seine Angst förmlich gerochen.« Mit ihren echten Fingern rief sie das Bürgerarchiv auf und hatte den Besprochenen nur Sekunden später auf dem Schirm.

»Viktor Hadek«, sagte sie und erkannte, dass er für einen Verdacht ein viel zu niedriges Level und darüber hinaus eine vollkommen reine Weste hatte.

»Nichts …Nur ein Antriebswissenschaftler mit Level fünf. Seine Tochter ist mit ihrem Mann ebenfalls vor fünfzehn Jahren auf eines der Schiffe gegangen. Das letzte der fünf.«

»Hm …« Zintok trommelte mit den Fingern auf den Armaturen herum. Warum sollte jemand nervös werden, wenn Polizisten irgendwo auftauchen? Allein das war immer ein guter Grund für einen Verdacht. Zusammen mit dem nicht sonderlich inhaltsvollen Gespräch schien sich dieser Verdacht noch zu erhärten. »Gut, gehen wir davon aus, Chase war unbequem … Rechtfertigt das einen Mord?«

Surona sah ihn an. »Es wurden schon mehr Menschen für weniger getötet.« In ihren Kriegsjahren hatte sie selbst einem im Sterben Liegenden den Gnadenschuss gegeben, um an sein Wasser zu kommen, das sie bei ihm als

verschwendet erachtet hatte. Sie würde heute in derselben Situation wieder so handeln.
Zintok, derlei nicht einmal erahnend, schüttelte langsam den Kopf. »Der Mars hat knapp sechsundzwanzigtausend Einwohner … Wir sind so gesehen eine Kleinstadt mit einer Mordrate von unter einem Prozent … Nein, ich weigere mich, dass hier jemand Mord als eine Ideallösung für Problemfälle in Betracht zieht.«

»Sie sind recht idealisiert.« Surona zuckte mit den Schultern. »Am Ende kommt es immer auf das Motiv an. Ich bin dafür, dass wir alle Daten des Professors prüfen. Persönliche E-Mails, Telefonate. Unser Anfangsverdacht müsste genügen, um da ranzukommen. Sollten uns diese weiterhelfen, kommen wir auch an die firmeninternen Mails ran. Wird das eine Sackgasse, fangen wir von vorn an.«

»Okay.« Zintok nickte zustimmend und aktivierte seinen Teil der Frontscheibe. Mit einer kurzen Erklärung an das autarke System holte er eine Genehmigung ein, die entsprechenden Daten einsehen zu dürfen. Dazu gab er seine Dienstnummer an und begründete dies alles mit dem Argument, dass die Sherman-Stiftung unter dringendem Tatverdacht stehe, aufgrund von Beweisen, die er derzeit in seiner Hand hielt. Als zweiter Officer bestätigte Surona dies mit ihrer Nummer und der Zugang wurde gewährt.

Geschickt schob sich Zintok durch die Vielzahl an Daten und manövrierte sich durch die Eingabefelder.

Surona sah ihm eine Weile zu. »Wie oft machen Sie das so am Tag?« Sie war durchaus beeindruckt.
»Nun …« Scheu blickte er sie kurz an. »Ich habe eine Zeitlang sehr intensiv mit dieser Software arbeiten müssen.« Nicht weiter darauf eingehend ließ sie ihn seine Fähigkeiten ausspielen. Der Schirm listete alle E-Mails, Telefonate, aufgezeichneten Gespräche und Ortsangaben chronologisch auf. Zintok scrollte höher und suchte die letzten Aufzeichnungen zusammen. Alles schien vollkommen normal, als er plötzlich auf eine Zeile deutete.

»Na sieh mal einer an, hier fehlt etwas.«

»So?« Surona beugte sich etwas vor. Was sah er, was ihr entging?

»Ein Telefonat am 17. mit der Protokollnummer S758E«, erklärte Zintok. Surona sah sich die anderen Nummern in der Liste etwas genauer an. Alle Protokolle verwiesen auf Tage und Uhrzeit. Das von Zintok entdeckte endete mit der Nummer 2085-06-19T21:62:17.138+02:00-S758E.

Der Eintrag darüber trug am Ende die Nummer S756E, während die Zeile darunter mit S755B begann. Das ›B‹ stand dabei für Gesprächsbeginn und das ›E‹ für Gesprächsende. Da ein Gespräch ohne richterliche Anordnung nicht abgerufen werden durfte, verhalfen sich Ermittler mit diesen Stempeln und von wem das Gespräch ausging.

»Da wurde herumgepfuscht?«, fragte sie.

»Und zwar sehr stümperhaft.« Zintok grübelte. »Wer kann Einträge löschen, editiert aber nicht die Stempel?«

»Oder aber das Gespräch wurde im Nachhinein als dienstlich eingestuft, weshalb wir es einfach nicht sehen können.«

Zintok rief nun die ungefilterten Kommunikationsdaten des Centers auf, konzentriert auf die Tage der möglichen Manipulation. »Sollte das der Fall sein, werden wir es gleich wissen.« Mit einer erneuten Anfrage ließ er die Zeilen abrufen, welche aufzeigten, mit wem das Gespräch stattgefunden hatte.

Surona schüttelte den Kopf, als sie bereits während der Auflistung die nun für sie erkennbare Lücke entdeckte. »Da fehlt sehr viel mehr als ein Gespräch … Fast zwei ganze Tage.« Als die Liste vollständig angezeigt wurde, stellten sich noch sehr viel mehr Lücken dar. »Die ganze letzte Woche wurde manipuliert, … angefangen am elften Juni, dort.« Suronas metallischer Finger deutete auf die erste Lücke.

»Dieses Datum, da war doch was …« Zintok grübelte. Dieser Tag war nicht unwichtig. War es ein Feiertag gewesen?

»Am Elften war der Start der zweiten Kolonialflotte«, erinnerte sie ihn.

»Ja … Natürlich.« Er schlug die Faust in die hohle Hand.

»Gab es irgendeinen Vorfall an diesem Tag?«

»Nicht dass ich wüsste. Es war aber nicht nur die Weltpresse anwesend, sondern auch Dutzende mit Rang und Namen … Womöglich gab es geheime Absprachen.«

»Und warum sollte jemand Gespräche löschen, die man dann ohnehin als geheim klassifiziert?«, fragte Surona mehr sich selbst als ihren Partner.

Zintok brummte. »Ich habe eine Idee oder besser ein Gefühl.« Nach einer kurzen Anpassung der Suchkriterien ließ er alle relevanten Telefonate und Nachrichten zum Start der zweiten Flotte auflisten. Die Liste blieb leer.

»Bingo.«

»Aber die können doch nicht den Start aus ihrem System entfernt haben – Welchen Sinn macht denn das?«, fragte sich Surona.

»Gar keinen.« Beiden Polizisten war bewusst, dass das im Zentralsystem von Red City abgespeicherte Backup von der Löschung nicht betroffen sein konnte, was daher eine solche Manipulation als solche tatsächlich unsinnig macht.

Zintok sah sie kurz an. »Oder die haben den Start noch nicht hinzugefügt, … aber in den Protokollen schon mal Platz geschaffen.«

»Das schon wieder?« Surona versuchte, nicht zu lachen. »Sie sind eher geneigt zu glauben, dass die Daten noch nicht gefälscht wurden, als dass man sie löschte …«

»Das würde passen.«

»Werden Sie bitte nicht lächerlich.«

»Welche vernünftigen Gründe könnte es sonst geben?« Sie zuckte mit den Schultern. »Da fallen mir einige ein. Das Zentralbackup könnte uns weiterhelfen … Dumm nur, dass wir irgendwas richtig Handfestes benötigen, um da ranzukommen.«

»Was zum Beispiel wäre so etwas?«, fragte Zintok.

»Also, vor rund zehn Jahren hatte ich einen Fall von Kreditbetrug. Dieser wurde durch einen gezielten EMP-

Einsatz durchgeführt. Die entsprechende Bank hat nur einen ganz bestimmten Server hochgehen lassen. Es sah ziemlich ähnlich aus wie das hier, nur mit dem Unterschied, dass es auf anderen Servern jede Menge tote Links gab, mit denen wir damals was anfangen konnten – Diese fehlen hier dummerweise.«

Zintok brummte wieder. »Dieses dumme Kind hat doch von einem Stromausfall gefaselt … Wenn der gefälscht war …«

Surona schüttelte den Kopf. »Ist authentisch … Es stimmt auch soweit alles. Wenn der Professor gut zu Fuß war, so hat er die Strecke durch die Fußgängertunnel neben der Bahnlinie in die Stadt locker schaffen können.«
Zintok nickte. »Ja, das hab ich schon durchgerechnet … Aber warum hat er sein Auto nicht genommen …?«
»Guter Einwurf.« Surona sah über den Parkplatz, rief auf ihrem Chip die gesehene Aufzeichnung der Überwachungssensoren auf und verließ den Dienstwagen. Draußen blickte sie sich kurz um, bis sie den richtigen Sensor gefunden hatte. Ohne ein Wort zu sagen ging sie zwischen zahllosen Fahrzeugen direkt auf das bisher unangetastete des Professors zu.

Zintok folgte ihr. »Wie machen Sie das?«

»In meinem Kopf ist ein Chip«, rief sie ihm über die Dächer mehrere Fahrzeuge zu.

»Ich hatte bis eben gedacht, dass Sie nur Prothesen tragen.« Zintok stellte sich an ihre Seite und sah sie kurz an.

Surona hob nur ihre Augenbraue. »Das tue ich. Eine Gehirnprothese ist nichts anderes als ein künstlicher Arm.«

»Das meinen Sie.«

»Ja, meine ich.« Surona ging einmal um das Fahrzeug herum und warf einen Blick ins Innere.

»Mein Vater sagte immer, lieber als Krüppel im Himmel als gesund in der Hölle.«

Surona hob ihren Kopf und sah ihn an. »Ihr Ernst?«

»Ja. Gott hat für alles seine Gründe. Meinem Vater wurden im Krieg die Beine weggefetzt. Er hat auf Prothesen verzichtet, da Gott sicher einen Grund hatte, sie ihm zu nehmen.«

Surona schüttelte verständnislos den Kopf und sah ihn dabei nicht an. »Ihr Vater war ein Idiot.«

Zintok starrte sie mit offenem Mund an, wohl unfähig, etwas zu erwidern. Surona musste lächeln, als sie erkannte, wie sie ihren Partner verbal erschlagen hatte. »Er sagte vermutlich auch, dass Frauen nur dummes Zeug reden, oder?«, rief sie ihm über den Wagen zu.

Zintok räusperte sich. »Nein … Nicht direkt.«

»Retten Sie sich mit diesem Satz und schauen Sie her.«

Mit ihrer elektronischen Hand öffnete sie den Wagen, wobei sie auch das integrierte Sicherheitssystem zerstörte.

»Keine elektronische Sicherungen.« Sie deutete auf die leicht geschwärzten Armaturen. »Und dort, sehen Sie.« Kein Display reagierte. »Auch hier, alles tot.«

»Wie das?«

Surona setzte sich in den Fahrersitz und öffnete unter dem Display eine der Wartungsluken. Sie musste nicht lange suchen, bis sie gefunden hatte, was sie zu finden vermutet hatte. Mit einem kräftigen Ruck riss sie etwas aus der Verankerung und hielt Zintok einen vollkommen durchgebrannten Sicherungschip entgegen. »So sieht das da drin überall aus. Offensichtlich ein EMP, nachdem er das Fahrzeug gestartet hat. Möglicherweise die wahre Ursache des Stromausfalls.«

»Passt das denn zu den Aufzeichnungen, Sergeant?« Zintok zweifelte. »Schließlich gab es noch Aufzeichnungen, wie der Mann das Fahrzeug wieder verlassen hat.«

»Ja, richtig.« Surona blickte zögerlich um sich, um nach den Sensoren zu suchen. Ein EMP hätte natürlich das ganze Areal in wenigen Sekunden lahmgelegt, weshalb es somit keine Aufzeichnungen davon geben dürfte, wie der Professor aus dem Fahrzeug steigt und zur fast fünfzig Meter entfernten Railwaystation geht.

Ihr Blick ruhte nun auf Zintok und sie musste unweigerlich an Jannik denken. Er war damals kaum älter gewesen, als sie ihn kennengelernt hatte. Damals hatte er dieselbe Ungeduld in den Augen gehabt wie jetzt dieser junge Mann. Innerlich schalt sie sich, ihren fürsorglichen

Ehemann mit diesem Jungen zu vergleichen und konzentrierte sich wieder auf ihre Arbeit.

»Ich denke allerdings nicht, dass wir hier einen Durchsuchungsbefehl bekommen, um eine Steckdose zu prüfen oder sonst irgendwie tiefer in die Datenbank eindringen können. Nicht ohne irgendwas wirklich Greifbares … Und fehlende Daten können ein Indiz für alles Mögliche sein. Wir brauchen was wirklich Eindeutiges.«

Zintok blickte sich ebenfalls um, wobei sein Blick wieder an der riesigen Reklame hängenblieb. »Wir können den Mord und diese Lücken noch nicht mal mit irgendwas Absurdem zusammenbringen, obwohl mir mein Bauch deutlich sagt, dass wir hier auf der richtigen Spur sind.«

Surona nickte. »Was ist mit dem Bezirksrichter … wenn wir mit ihm reden und es ihm so verkaufen?«

»Chamberlain?« Zintok schüttelte den Kopf. »Der ist Mitglied der Demokraten, dem muss man schon Leiche und Täter mit einer goldenen Kette verbunden hinlegen, nur damit er in Erwägung zieht, einmal darüber nachzudenken, sein geliebtes Sherman durchsuchen zu lassen.« Langsam ließ er seinen Blick über den anderen Teil des Platzes schweifen, von einem Sensor zum nächsten. »Wäre das hier ein Puff … oder eine dieser perversen Männerkneipen …« Er räusperte sich. »Dann, nunja, das wäre ein ganz anderer Fall.« Eine gewisse Unzufriedenheit breitete sich in Zintok bei diesen Gedanken aus. Moralische Sauberkeit, welche Gott und Kirche predigten, hatte nur in wenigen Fällen die demokratisch denkenden Köpfe erreicht. Nach wie vor drückten diese überall dort ihre Augen viel zu oft zu, wo man besser genauer hinsehen sollte. Es erschwerte seine Arbeit als Verteidiger von Recht und Gesetz um ein Vielfaches.

Surona stieg aus dem Wagen des Professors und machte sich eine Notiz in ihrem PCP. »Ich lasse das Fahrzeug abholen. Solange versuche ich mit dem, was wir haben, noch ein wenig zu arbeiten. Vielleicht finde ich was, womit man Chief Diwari überzeugen kann, uns wenigstens den

Teil im Zentralbackup zu zeigen, der im Grunde Teil des öffentlichen Speichersystems ist.«

Zintok sah sie an und grinste verschlagen. »Ach … also wenn's nur das ist? Das geht auch so.« Mit schnellen Schritten ging er zurück zum Dienstwagen. »Es gibt da eine kleine biologische Lücke im System.« Surona folgte ihm. »Eine Lücke? Im Zentralsystem? Das ist unmöglich.«

Tatsächlich war jene Zentraldatenbank das sicherste aber auch intimste System aller Zeiten. Es zeichnete einfach alles und ohne Ausnahme auf. Jedoch war es nahezu unmöglich, auf diese Daten jemals zuzugreifen. Auf der Erde war seit der Einführung dieser automatischen Überwachung vor mehr als sechzig Jahren die Beweisführung in der Verbrechensbekämpfung erheblich einfacher geworden. Bei einem konkreten Verdacht hatte man am Ende einfach die Datenbank gefragt. Während dieser richterlich genehmigten Einsicht mussten der Anwalt des Verdächtigen, der ermittelnde Beamte, sein Vorgesetzter und ein neutraler Beobachter in Funktion eines Geschworenen anwesend sein. Jeder anderweitige Zugriff war strafbar und gegenstandslos gewesen – egal was zu Tage gefördert wurde. Seit dieses Verfahren funktionierte, war die Verbrechensaufklärung um beinahe vierhundert Prozent gestiegen. Auf der Schattenseite verloren in der selben Zeit über eintausend Polizisten ihren Job, da diese die Auflagen bewusst missachtet hatten. Je nach amtierender Partei in der Regierung wurde dieses System auf der Erde ausgereizt oder im Stillen belassen.

Selbstverständlich war das System ähnlich wie das Problem der Einwanderer, Arbeitslosigkeit oder Grundversorgung eines der Hauptthemen bei jeder Wahlveranstaltung. Auf dem Mars scheiterte es aber am System als solches. Das wirtschaftliche wie auch politische Gestrick war in dieser Zeit feinmaschiger als Seide.

Zintok zum Beispiel war Anhänger der NCP, wie auch schon sein Vater. Anders als die Republikaner, die derzeit in den US-Staaten die Regierung bildeten, war die NCP eine eher bedeutungslose Randpartei, die als Opposition kaum

Gewicht hatte. Auf dem Mars sah dies jedoch völlig anders aus. Die Kolonie bestand großteils zwar aus Amerikanern, dennoch aber war es jedem Menschen und jeder Partei und jedem Unternehmen möglich, hier Einfluss zu nehmen. Schließlich wollten alle ein Stück vom Kuchen, um an mehr Einfluss zu gelangen. Die Markus-Sherman-Stiftung gehörte auf Mars wie Erde den Demokraten an und hatte an ihrem Marktwert gemessen fünfundvierzig Prozent der Marsregierung, jedoch nur zwanzig auf der Erde. Die Republikaner hatten mit zweiunddreißig Prozent und der direkten Unterstützung der RRW und anderen Verkehrsunternehmen hier die Zweitstimme, auf der Erde waren sie allerdings unbestrittener Marktführer.

Die auf der Erde bedeutungslose NCP wurde in Red City von Pandion, dem hiesigen monopolen Energiekonzern unterstützt, der erst hier auf dem Mars gegründet worden war. Die Partei verfügte in Red City somit über dreißig Prozent mit dem dritthöchsten Marktanteil – was eine Ironie war, da die NCP von Pandion zu ihrem Glück gezwungen werden musste. Führend aber blieben dennoch die Demokraten, da mehr als die Hälfte der Stadt zu Sherman gehörte, und diese setzten sich streng dafür ein, dass das Zentralsystem das blieb, was es war: streng geheim.

»Es ist möglich«, erklärte Zintok. »Dieses kleine Bio-System funktioniert sogar von ganz allein. Wir müssen nur irgendwie Fabio umgehen.« Er grinste.

»Wovon sprechen Sie?«

Zintok setzte sich ans Steuer des Fahrzeugs. »Dem menschlichen Makel.«

»Sie wollen das Zentralsystem illegal nutzen?«

»Das ist gar nicht erforderlich.«

»Sondern?«, hakte Surona leicht ungeduldig nach.

»Sie sagten es doch selbst, es reicht, wenn wir die normalen internen Daten bekommen.«

»Aber weshalb müssen wir dazu den Chief umgehen?«

»Weil das leider erforderlich ist.« Zintok schluckte hart. Er war sich nicht einmal sicher, ob es wirklich so war.

Fabio hatte ihm den Fall schließlich gegeben, er würde ihn jetzt sicher nicht sabotieren. Dennoch aber war der Chief verpflichtet, den Richter über jeden Schritt seiner Untergebenen zu informieren. Schon allein, weil es Marek Zintok war, der an das System wollte. Teil des damaligen Deals war es, sich dem Zentralbackup nie wieder zu nähern, unter keinen Umständen. Selbst wenn er Surona vorschickte, Chamberlain würde dies so lange hinauszögern wie nur möglich und hatte dabei einen unermesslich großen Spielraum. Der Richter war der Einzige hier auf dem Planeten, gegen den Zintok nichts gefunden hatte. Ein Wort, ein Fingerzeig Chamberlains und der unbeliebteste Beamte auf dem Revier wäre für immer irgendwo in einem tiefen dunklen Loch verschwunden. Das konnte und durfte Zintok auf keinen Fall riskieren, nicht wo es nun den Anschein hatte, dass er diesen Fall noch heute abschließen konnte. Sollte dies geschehen, wäre er frei von alledem hier. Sein Jugendtraum von fernen Planeten war so oder so geplatzt. Daher gab es nichts mehr, was ihn noch hier auf dem Mars hielt. Wenn er es jetzt richtig anstellte, konnte er schon nächste Woche als Deputy in Malibu oder Sydney unter der Sonne sitzen.

10

Die Fahrt zum Zentrum der Stadt verbrachte Surona damit, sich noch einmal alle Details zum Opfer anzusehen und mit dem bisher Erfahrenen zu vergleichen.

»Ihr sogenannter Bengel hat uns nicht mit einer Silbe belogen … Feinde hatte Chase keinen einzigen. Freunde allerdings sehr viel mehr.« Sie deutete auf die Akte, die der Computer auf die Windschutzscheibe legte. »Und er war auch der besagte Experte. Bereits vor gut fünfzig Jahren. Damals hat er bei der ErASA als Assistent des heutigen Hauptgeldgebers der Stiftung, Kostya Chadov, gearbeitet.«

»Was ist denn die *Easa*?«, fragte Zintok eher beiläufig. Surona sah Zintok einen Augenblick an, dann hob sie die Hände. »Das europäisch-russische Raumfahrtprogramm … Der zweitgrößte Teilhaber dieser Stadt?«

»Ach diese andere NASA?«
Surona schüttelte resigniert den Kopf: »Ja, diese andere NASA.«
Der junge Mann am Steuer brummte nur, was Surona abermals ihr Auge verdrehen ließ. Jeder, der auch nur im Ansatz interessiert war, und jeder, der hier auf dem Mars lebte, sollte die Geschichte kennen, wie sich die drei größten Weltraumorganisationen der Erde zusammengeschlossen hatten, um diese Stadt hier zu errichten. »Das zu wissen ist im Übrigen Allgemeinbildung.«

Zintok winkte ab. »Mein Vater sagte immer, zu viel Wissen schadet nur.«
»Ich habe Ihnen vor einer halben Stunde schon was zu Ihrem Vater gesagt … «
Wieder brummte Zintok. Im Grunde hielt er seinen Vater auch nicht für den besten Menschen der Welt, zumal er mit zunehmendem Alter die Bibel im exakten Wortlaut ausgelegt hatte. Als Zintok sechzehn gewesen war, hatte er einmal heimlich onaniert - das vierte Mal in seinem Leben. Er hatte den Druck einfach nicht mehr ausgehalten. Dummerweise war sein Vater genau an diesem Abend ein wenig zu hellhörig gewesen. Mit einer Schere bewaffnet hatte er gedroht, seinen Sohn ›von der Sünde zu befreien‹.

Mit aller Kraft hatte sich der junge Marek gegen die baumstammstarken Arme seines Herrn gewehrt. Ohne seine Mutter, welche die geistige Gegenwart behalten hatte, einen Pastoren-Kollegen aus der Nachbarschaft um Hilfe zu rufen, wäre Marek an diesem Abend für alle Zeit entstellt worden.

Nach Angaben der Polizei hätte er sogar verbluten können, wenn der hinzugekommene Pastor den tobenden Krüppel nicht zuvor gestoppt hätte. Dies war der Tag gewesen, an welchem Zintok sein Elternhaus und seinen Vater zum letzten Mal gesehen hatte. Sein Glaube und seine Pflicht Gott gegenüber ließen ihn dennoch ungebrochen das Elternhaus ehren, wenn auch nur nach außen hin.

Heute wusste Zintok, dass er nicht mehr am Leben wäre, wenn sein Vater noch seine Beine gehabt hätte. Manchmal dankte er Gott dafür, dass er sie ihm abgenommen hatte. Sein Blick galt Surona. Sollte er ihr davon erzählen? Ihr beichten, dass er eine Sünde begangen und trotzdem Gottes Hilfe erhalten hatte, indem dieser seinen Vater fünf Jahre zuvor zu einem Krüppel gemacht hatte? Vermutlich würde sie argumentieren, dass Gott die Sünde niemals zugelassen und eher dem Vater als ihm geholfen hätte. Es wäre nicht das erste Mal gewesen, dass er dies gesagt bekäme.

Zintok sah wieder auf den Straßenverkehr und dachte darüber nach, dass es noch immer in seiner christlichen Pflicht lag, sie wieder auf den Pfad des Glaubens zurückzuführen. Allerdings bedurfte es wohl einer klügeren Strategie als der eigenen Schicksalsschläge.

»Jedenfalls … «, setzte Surona fort, als ihr PCP zu summen anfing. Ohne es anzusehen legte sie ihre Hand in die Tasche und deaktivierte es, wie sie es immer tat, wenn sie im Dienst war. Ein weiteres Mal versuchte sie, ihren Satz anzufangen. »Jedenfalls haben beide Männer bereits im Jahr 2037 erstmals einen Menschen erfolgreich in den Kälteschlaf versetzt und nach einer Woche wiedererweckt.«

»Wer hat sich damals zu so einen Wahnsinn hinreißen lassen?«

Surona lächelte schief. »Chadov selbst.« Auf ihrer Seite der Windschutzscheibe ließ sie Bilder von weiteren Männern auflisten.

»Chadov traf '46 während der Zero City-Mission auf Sherman und beide läuteten zusammen mit Camon das Kolonialprojekt ein. Nachdem Sherman acht Jahre später umgekommen war, holte Chadov seinen ehemaligen Assistenten dazu.«

Zintok sah sie an. »Und warum gibt es dann keine Feindschaft? Wo Chase doch den allseits beliebten Markus Sherman ersetzte?«

Surona schüttelte den Kopf. »Chase ersetzte niemanden, er arbeitete anfangs nur am Kälteschlafsystem. Keiner musste zurückstecken, im Gegenteil, Chase erlaubte es sich, ein Team von aufstrebenden Wissenschaftlern zu erstellen und ließ diese alle befördern.«

Zintok verstand. »Und seine Frau war auch in diesem Team, oder?« Er klang unzufrieden und Surona nickte nur stumm.

»Wir sollten uns vielleicht ein wenig mehr um das ›Warum‹ bemühen, das zu seinem Tod geführt hat«, schlug Zintok vor.

Suronas Augenbraue zuckte. »Sie wissen aber schon, dass die Umstände seines Lebens die Weichen zu seinem Tod sind, oder?«

»Unter normalen Umständen, definitiv.«

***

Zintok lenkte das Dienstfahrzeug in die Tiefgarage des Mars-Column-Building, in welchem das Liftsystem des Polizeireviers beide binnen weniger Minuten direkt in die technische Abteilung brachte, in der sich unter anderem die vollkommen automatisiert arbeitenden Systeme zur Speicherung anfallender Daten befanden.

Durch ein kompliziertes Sicherheitsverfahren waren diese vom Rest des Netzes abgeschottet; alles ging hinein, doch nichts kam heraus. Verantwortlich für die Einhaltung dieses Verfahrens war ein einziger Mann, dessen primäre Aufgabe darin bestand, den Hauptrechner zu beobachten und am Laufen zu halten.

»Grüß Gott, Tilio«, rief Zintok dem Mann hinter dem gläsernen Schreibtisch zu. Dieser trug sein Haar etwas länger als erlaubt und saß tief gebeugt über sein mitgebrachtes Computerpad. Er sah nicht einmal auf, als Zintok unaufgefordert das fensterlose Büro betrat. Surona hielt sich dezent im Hintergrund und schien zu beobachten. Woher sollte sie auch ahnen, wie ›der menschliche Makel‹ funktionierte.

»Nein«, sagte Tilio nur schroff und blickte kurz auf eine Videowand, die ihm die Ankunft der beiden bereits vor mehreren Minuten verraten haben musste.

»Du weißt doch noch gar nichts«, argumentierte Zintok.

»Hättest du ein offizielles Dokument, hättest du es mir gesendet und wärst nicht erst hier hochgekommen.« Der IT-Experte tippte auf einen seiner ihn umgebenen Kristallschirme. »So aber kommst du nur wieder wegen Jessica.«

»Nein, ich komme nicht wegen Jessica«, zischte Zintok zurück und vermied einen Seitenblick auf seine neue Partnerin.

Tilio bemerkte das Zucken in Zintoks Augen und sah an ihm vorbei, um einen längeren Blick auf Surona zu werfen. »Und das ist?«

»'Ne Neue … Hat ihren ersten Tag. Fabio hat sie mir zugeteilt.«

Der Mann hinter dem Schreibtisch runzelte die Stirn. »Du hast wirklich 'nen Fall?« Leise lachte er auf. »Na dann erst recht.« Er klopfte erneut gegen eine der Kristallscheiben an seinem Schreibtisch. »Geh den offiziellen Weg.«

Zintok stützte sich auf und beugte sich ein wenig herunter. »Nun zick hier nicht rum, sonst gehen ganz andere Dinge an die offizielle Stelle.«

Der Mann lehnte sich zurück und verschränkte die Arme. »Vergiss es, wir haben uns beide in der Hand …«

Zintok lächelte und baute sich mit geschwellter Brust vor dem deutlich älteren Mann auf, ließ die Stimme aber gesenkt. »Vielleicht wiegt das, was ich gegen dich habe, bald ein wenig mehr.« Dabei hob er seine Hände wie eine Waage und ließ die eine ein wenig tiefer sinken. »Dann gibt es kein Gleichgewicht mehr.« Zintok sah sich kurz zu Surona um.

Tilio war sich seiner Sache allerdings noch immer zu sicher. »Bei deinem Prediger vielleicht. Fabio interessiert das 'nen Scheißdreck.«

»Mehr als du glaubst«, er legte den Kopf schief und seufzte gespielt. »Oder man könnte auch Lloyd was stecken … Oder soll er dir was stecken … ?« Zintok grinste gehässig. »Was meinst du, wie das Gewicht dann verteilt ist?«

Tilio stand nun erbost von seinem Platz auf. »Das wagst du nicht … Alter! Wir haben eine Vereinbarung! Lass die Jungs da raus!« Er war schmächtiger und kleiner als Zintok, in seinem Gesicht aber spiegelte sich eine Wut wider, die nur darauf wartete, endlich freigelassen zu werden.

Der plötzliche Umschwung in dem Büro brachte Surona dazu, an Zintoks Seite zu treten.

»Was geht hier vor?«, fragte sie mit eisiger Stimme und erkannte, dass der hier schwelende Ärger offenbar auf sehr viel älteren Dingen fundierte.

Der Mann mit den halblangen Haaren musterte sie und blieb an ihrem Rangabzeichen hängen. »Nichts, Ma'am.« Er verbesserte sich. »Sergeant.« Langsam setzte er sich wieder und biss sich auf seinen Daumennagel.

»Er kann uns den Zugang verschaffen«, erklärte Zintok und sah Tilio dabei abfällig an.

»Aber?« Sie wechselte den Blick mit beiden Männern.

»Er weigert sich.«

Tilio richtete sich wieder auf. »Sergeant, der Zugriff auf diese Datenbank ohne richterliche Aufforderung ist illegal. Das wissen Sie. Allein dass sie hier oben sind, müsste ich eigentlich melden.«

»Wir haben unsere Gründe! Verdammt nochmal!« Zintok sah ihn funkelnd an.

»Dann geh den verdammten offiziellen Weg!«, war die nicht weniger wütende Antwort des Mannes hinter dem Schreibtisch.

»Kommen Sie«, Surona machte kehrt und ging. »Er hat recht, so arbeiten wir nicht. Ich gehe zu Diwari.«

»Nein!«, fuhr Zintok sie an.

»Doch, Officer«, war die leise und besonnene Antwort. Dann verließ sie das Büro.

Langsam schloss Zintok seine Augen und zählte die sich entfernenden Schritte seiner unliebsamen Partnerin, die sich erneut das Recht herausgenommen hatte, ihn zu kommandieren. Als der letzte verhallt war, packte er den Mann auf der anderen Seite des Schreibtisches an seiner Uniform und zog ihn an sich heran. »Jetzt pass' mal auf, du kleines perverses Arschloch! Wenn du mich nicht sofort da ranlässt, wirst du und dein ekelerregendes Gegenstück es bitter bereuen.« Er fletschte förmlich seine Zähne. »Auf die eine oder andere Art und Weise.«

Tilio landete unsanft zurück in seinem Stuhl, stand aber sofort wieder auf. »Lass Jonathan da raus«, brüllte er ihn an und drohte seinerseits mit den Fäusten.

Langsam und ruhig wischte Zintok sich seine Hände an der Uniform ab. Nicht nur, dass er sich an einem wie dem die Finger schmutzig machen musste, nein, er wurde ständig von einer ungläubigen Frau – gleich zwei Unerträglichkeiten auf einmal - zurechtgewiesen. Als sei dies nicht genug, hatte er sich zuvor noch dieses hochnäsige und widerliche Gehabe dieses Shermanbengels gefallen lassen müssen. Irgendwann hatte jeder echte Mann einfach seine Grenze erreicht. Seine war in den letzten Monaten schon sehr eng geschnallt, weshalb es in seinem Innersten schon länger brodelte wie in einem Vulkan kurz vor dem Ausbruch. Zintok wünschte sich nichts mehr, als dass Tilio einfach zuschlug, nur damit er in der Defensive doppelt so hart zurückschlagen durfte. Dies war vermutlich das Letzte, das ihm geblieben war: rohe Gewalt, denn er war mit seinem Vulkan völlig allein. Nicht einmal zum Chief konnte er gehen. Weder wegen Surona noch aufgrund Tilios Weigerung oder dessen Sünden. Vermutlich nicht einmal wegen des Falls. Chamberlain hatte sich damals klipp und klar ausgedrückt: Nie wieder durfte Zintok an dieses System.

Damals, als Jessica ihn belogen, verraten und ihm alles genommen hatte, das je eine Bedeutung besaß, hatte er das Zentralsystem vollständig ausgenutzt, ungeachtet jeder Konsequenz.

Die Dinge über all seine Kollegen hatte er im Grunde nur beiläufig aufgenommen. Sein Fokus hatte einzig auf Jessica gelegen. Als er seine Frau nach sorgfältiger Sichtung aller Daten ins Krankenhaus geprügelt hatte, hatte diese noch vom Krankenbett aus mit einer Anzeige gedroht. Auch

wenn im christlichen Sinne eine Frau dem Mann unterstand, so war häusliche Gewalt noch immer ein Verbrechen – sofern es ans Tageslicht gelangte.
Als zwei Kollegen erst Jessicas und anschließend seine Aussage aufnahmen, wendete sich das Blatt in eine ungeahnte Richtung: Zintok hatte gegen fast jeden Beamten im Revier etwas vorzulegen. Anstatt eine mehrjährige Haftstrafe anzutreten, war er davongekommen. Heute und jetzt hatte er das gottgegebene Glück, diesen Fall erhalten zu haben. Ihn zu lösen bedeutete mehr als nur seinen Job gemacht zu haben. Die Zentrale auf der Erde würde am Ende auch nur das Resultat sehen, nicht den Weg, welchen er gegangen war.

Sein Ziel dicht vor Augen nahm er ebenfalls eine Kampfhaltung ein und ballte seine Fäuste. »Gib mir die verdammten Aufzeichnungen der Sherman-Kuppel, du Freak, und alle werden in Frieden leben, bis Gott über uns richtet.«
Tilio machte einen langsamen Ausfallschritt und bereitete sich ebenfalls auf die Defensive vor. »Und du meinst, nur weil du jeden Tag in die Kirche rennst, kannst du tun und lassen, was du willst?« Er nahm einen sicheren Stand ein.
»Ja, das kann ich! Morgen bitte ich um Vergebung, werde sie erhalten und übermorgen werde ich befördert.« Zintok brachte ebenfalls seine Beine in Position. »Du hast es in der Hand! Sobald ich von diesem verflixten Felsen hier runter bin, bist du mich los. Wenn nicht, vergess' ich mich! An euch beiden.«

»Ich hoffe, Sie meinen das nicht ernst, Zintok.« Suronas Stimme klirrte wie Eis und ließ einen tiefen Schrecken in seine angespannten Glieder fahren. Sofort lösten beide Männer ihre Haltungen. Zintok atmete einmal tief ein und wandte sich schließlich zu ihr um. Mit seiner ganzen Wut, gepaart mit seiner gesammelten Kraft, die er imstande war gegen sie aufzubringen, brüllte er die Worte heraus: »Was geht dich das an, Weib!?« Er hasste Frauen.

Surona verschränkte die Arme auf ihrem Rücken und ging einen Schritt weiter auf ihn zu, den Kopf leicht erhoben. »Ich habe während meiner Dienstzeit auf der Erde siebzehn korrupte Cops ins Gefängnis gebracht. Vierunddreißig weitere wurden aufgrund meiner Ermittlungen aus dem Dienst entlassen.« Sie lächelte. »In nur einem Revier! Achtzig Prozent davon befanden sich in der Abteilung für anti-christliche Verbrechen. Ich sehe nicht ein, mit dieser Tradition jetzt zu brechen.« Ihre linke Gesichtshälfte verzog sich wie bei einem Wolf, der zähnefletschend seine Beute fixierte.

»Dann fangen Sie mit dem hier an«, stieß Zintok aus und deutete auf Tilio. » … und dann unten … mit achtundvierzig weiteren! Einer dreckiger als der andere!« Er schwang seinen Finger wie ein Messer vor Suronas Augen, ihre Mimik aber blieb unbeeindruckt.

»Das wird die Zeit zeigen. Bald. Und so lange wird an meinen Fällen richtig gearbeitet.« Langsam deutete sie auf Tilio und den Abstand zwischen beiden Männern. »Und so arbeiten Polizisten schon mal gar nicht!«

Zintoks Wut erschöpfte sich. *Frauen*, dachte er, *egal wie alt sie werden, sie bleiben naive Gänse*. Allein deshalb gab es schon lange keine weiblichen Polizisten mehr.

»Wir sind hier auf dem Mars, es kümmert die Erde einen Dreck, wie wir den Laden am Laufen halten, er muss nur laufen.«

»Dann tun Sie das, ohne Kollegen zu bedrohen!«

Er stieß verächtlich Luft aus. »Solche Perversen wie der brauchen das.«

Surona hob ihre Augenbraue. »Bitte?«

In Zintoks Gesicht bildete sich eine wutverzerrte Fratze. »Fragen Sie ihn mal über seinen …«, begann er, wurde von Surona harsch unterbrochen. »Ich bin eher der Überzeugung, sie brauchen mal gehörig aufs Maul!« Ihre Stimme bebte, ihre Gesichtsmuskeln spannten sich. Ihre Augen flatterten sogar ein wenig.

Zintok selbst erwiderte ihren Blick mit einem stummen Entsetzen. Noch nie hatte jemand so mit ihm gesprochen und ganz bestimmt keine Frau. Er fühlte die Wärme an seinen Wangen, die einen knallroten Farbton angenommen haben mussten.

»Wie reden Sie eigentlich mit einem Mann?!«, brachte er gepresst hervor. Jedes Versprechen an Fabio war längst vergessen, die Selbstbeherrschung des Tages verflog in Nichts. Der Punkt war lange erreicht, an dem es genug war mit ihrer ständigen Aufmüpfigkeit gegen seine Person, sein Geschlecht und seinen Glauben.

Surona nahm die Genugtuung des Augenblicks der brodelnden Hilflosigkeit dieses religiösen Vollidioten tief in sich auf. Sie war lange nicht mehr über derlei wütend gewesen und erschrak beinahe schon vor sich selbst, was dieser Mann in ihr auslöste. Ein kleiner Hieb noch, dachte sie ein wenig streitlustig und hob ihr Kinn noch ein Stück. »Ich bin eine Ungläubige. Ich muss vor niemanden katzbuckeln, weder vor einem Mann noch vor einem Gott.«

»Das ist Blasphemie!«, zischte Zintok.

»Nein, Freiheit. Ich habe mich den Amerikanern angeschlossen, um der islamischen Unterdrückung zu entkommen, nicht, um mich in der christlichen wiederzufinden.« Sie näherte sich ihm um einen weiteren halben Schritt, so dass sie seinen heftigen Atem auf ihrer echten Wange spüren konnte. »Und solange ich hier bin, stehe ich für Gerechtigkeit. Jedem gegenüber, egal wer oder was er ist und woher er kommt.« Aus den Augenwinkeln konnte sie erkennen, wie der schmächtige Officer hinter seinem gläsernen Schreibtisch die Ohren spitzte und anerkennend die Augenbrauen hob. Vermutlich hatte er es in diesem Revier nie besonders leicht gehabt, weshalb er auch hier oben seinen Dienst allein verrichtete.

»Gerechtigkeit? Wach mal auf, Schätzchen!«, fuhr Zintok auf. »Wann hat irgendjemand in dieser Welt jemals Gerechtigkeit erhalten?!«

Surona verkniff sich ein Lachen. »Das sollten Sie Ihren Gott fragen, nicht mich.«

»Wie können Sie es wagen, den Herrn in Frage zu stellen?«

Gelassen zuckte sie mit den Schultern. »Es gibt keinen Gott! Der Islam wurde besiegt! Sie müssen diese alte und schwachsinnige Propaganda …«

»Still!« Zintok fuhr die Zornesröte ins Gesicht. »Verschwinden Sie von hier!«

Surona hielt seinem Blick stand, entschied sich dann aber zu gehen. Nicht etwa, weil dieser Mann ihr ernsthaft gefährlich werden konnte. Ihre Ausbildung, ihre Erfahrung und zuletzt ihre biomimetische Verbesserung machten sie diesem Menschen gegenüber mehr als nur überlegen. Ihr Verstand hingegen machte sie der Situation überlegen und entschied, diesen Ort zu verlassen, da er keinerlei Bedeutung für sie hatte.

***

Was für Sergeant Ayasha Surona wirklich wichtig war, lag weit außerhalb ihrer Möglichkeiten. Ihre Ausbildung, Erfahrung und auch die biomimetische Verbesserung sowie ihr Verstand waren vollkommen machtlos gegen das Entgleiten ihres Sohnes. Mit entschiedenen Schritten ließ sie das Polizeirevier hinter sich und verlor auch jede Absicht, hierher zurückzukehren. Sie schalt sich selbst, dass sie ihre Wohnung heute überhaupt verlassen hatte. Die stets auf Abruf bereite Pflegekraft sowie das Computersystem mit einer direkten Verbindung zum Krankenhaus waren die einzigen Dinge, die Farhod am Leben erhielten, körperlich. Sie hingegen hielt seinen Geist am Leben und versuchte, das Unvermeidliche mit Hilfe von Technik und Medikamenten so lang wie möglich hinauszuzögern.

Die medizinische Entwicklung hatte in den vergangenem Jahrzehnten einen rasanten Fortschritt gemacht und dem Jungen standen heute Optionen zur Verfügung, die es damals nicht gegeben hatte. Wenn er das zweiundzwanzigste Lebensjahr erreichte, konnte man eventuell biomimetische Verbesserungen implantieren und ihm so ein fast normales Leben ermöglichen, doch dazu musste er dieses Alter erst einmal erreichen.

Frühere Versuche an weniger glücklichen Kindern hatten ergeben, dass das Einsetzen von Implantaten vor oder während der Pubertät oft fatale bis hin zu tödlichen Folgen haben konnte. Zusammen mit dem damals behandelnden Arzt hatte sie schon vor einigen Jahren darüber nachgedacht, ihn einfrieren zu lassen, bis ein wirksames Linderungsverfahren entwickelt wurde, das seinen Tod noch weiter hinauszögern konnte. Es gab nur einen Knackpunkt: Selbst, wenn sie sich das Kryoverfahren hätte leisten können, … was wäre, wenn die erforderliche Entwicklung noch einhundert Jahre dauern würde? Sollte ihr Sohn im nächsten Jahrhundert aufwachen und weder Mutter noch Perspektive haben? Nein, er musste heute und hier überleben und es war ihre Aufgabe, dafür zu sorgen.

Die Pflegekraft begrüßte sie heute besonders still, als Surona ihre Wohnung betrat. »Es hat Komplikationen gegeben«, sie deutete auf das Medicbett und den damit verbundenen Diagnosecomputer. »Es gab für 33 Sekunden einen Herzstillstand.« Sie schluckte. »Ich konnte ihn stabilisieren. Dr. Manson hat mir assistiert. Ihr Sohn schläft jetzt.«

Surona ging ohne ein weiteres Wort auf das Zimmer ihres Sohnes zu, hielt sich am Türrahmen und blickte die Pflegekraft an. »Warum haben Sie mich nicht angerufen?« Ein bösartiger Vorwurf stand in ihrem Gesicht geschrieben und schüchterte die hilflose Frau ein.

»Sie … Sie … haben den Anruf abgelehnt.«

Wie ein Schlag ins Gesicht erinnerte sie sich an den abgelehnten Anruf im Dienstwagen, als sie sich über Dr. Chase informiert hatte. Mit geweitetem Auge legte sie ihre echte Hand vor den Mund. Ihr Beruf hatte sie wieder eingenommen. Tiefer als sie es zulassen wollte. Sie entschuldigte sich sofort bei der Pflegekraft und bedankte sich für ihr schnelles Eingreifen. Innerlich hatte sie noch immer eine unbändige Wut auf Marek Zintok. Diese an der Pflegekraft auszulassen war das Falscheste, was sie je in ihrem Leben getan hatte. Noch einmal entschuldigte sie sich, denn diese Frau tat sehr viel mehr, als Farhod nur zu beobachten. Der heutige Herzstillstand war zwar nicht der erste gewesen, jedoch der längste. Ebenso war es auch nicht das erste Organ, das versagt und aus heiterem Himmel wieder eingesetzt hatte.

Sie trat an das Bett ihres schlafenden Sohnes und sah auf den Kommunikationsschirm am Computersystem. Dr. Manson teilte ihr in einer kurzen Botschaft sein Bedauern mit und ebenso die aktualisierte Verfassung des Jungen. Er würde allem Anschein nach, gemessen am bisherigen Versagen seines Körpers, dieses Jahr nicht mehr überstehen. Tränen schossen aus ihrem verbliebenen Auge, als sie sich zitternd setzte. Sie legte die Hand an die Stirn und verfluchte eine mögliche Macht, die dies zulassen konnte. Die Perücke verrutschte bei ihrem Versuch, ihr Auge trockenzureiben, bis sie das Ding achtlos in die Ecke feuerte.

»Mom?«, flüsterte die gebrechliche Stimme ihres Sohnes. Sofort stand sie auf, rieb noch einmal ihr Auge aus und setzte ein künstliches Lächeln auf. »Ja, mein Schatz, ich bin da.«

Er versuchte sich aufzurichten. »Hast du geweint?« Seine Stimme war mehr ein Keuchen.

»Nein, mein Süßer, nein«, log sie ihn an und hasste sich dafür.

Sie setzte sich an seine Seite und presste seinen Kopf an ihre Brust. »Wenn, dann vor Glück, dass ich dich habe.«

»Liest du mir etwas vor?«, fragte er schüchtern.

»Aber natürlich.« Sie lächelte und Farhod lachte sie ebenso künstlich an. Wie so oft erkannte sie in seinen Augen, dass ihr Sohn seine Situation verstand und ihr falsches Spiel mitmachte, um sie nicht noch mehr zu belasten. Sie konnte beim besten Willen nicht sagen, was schwerer wog und ihr mehr Schmerz bereitete. Noch einmal rieb sie sich das Auge aus, nahm das alte Pad zur Hand und rief die Geschichte auf, die Farhod so gern hörte. Ayasha Surona konzentrierte sich nur auf die Worte, nicht aber auf den Inhalt. Dieser handelte vom ›Singenden Vogel‹, ein Märchen aus ihrer eigenen Kindheit.

Ihr Vater hatte es ihr erzählt, um sie zu ermahnen, daran festzuhalten, was wirklich wichtig und teuer war und

dies niemals wegzugeben. Sie räusperte sich und begann zu lesen:
»Es war einmal ein Sultan, der von den Gesängen der Zugvögel verzaubert war. Um auch in der übrigen Jahreszeit den lieblichen Liedern zu lauschen, ließ er in seinem Palast einen Garten anpflanzen, der den Vögeln gefallen sollte.« Sie strich ihrem Sohn über die Haare. Dieser lehnte sich an sie an und schloss seine Augen.
»Allerdings hatte sich nie ein Vogel in diesem Garten eingefunden, so dass der Sultan beschloss, einen der Vögel zu fangen.«

Tränen rollten über ihre Wange, als sie weiterlas, wie ein verarmter Junge in seiner Verzweiflung sein Liebstes, einen selbst herangezüchteten Singvogel, an den Sultan verkaufte, um seiner Familie zu helfen, obwohl beide den Abschied nicht wollten. Der Vogel war zu traurig um zu singen, weshalb der Sultan ihn dann durch Nahrungs- und Wasserentzug zum Singen zwingen wollte. Der Junge hingegen bereute den Handel und versuchte ihn rückgängig zu machen. Surona räusperte sich am Ende der Geschichte.
»Am siebten Tag war der Vogel so schwach, dass er sich kaum noch rührte. Der Sultan aber war unerbittlich. Der arme Junge hingegen flehte am Tor des Palastes, ihm den Vogel wieder zurückzuverkaufen. Der Sultan ging zu dem Jungen und sagte: ›Wenn du ihm einen Ton entlockst, so soll er wieder dein sein.‹«
Surona deaktivierte nun das Pad und legte es auf den Nachttisch. Langsam streichelte sie die Ohren ihres Sohnes und begann die Geschichte frei zu erzählen. »Als der Junge den Vogel sah, erkannte er, was er ihm angetan hatte. Er entnahm den Vogel dem Käfig, gab ihm Wasser und Brot und begann ihn zu pflegen wie zu jener Zeit, als er ihn aufgezogen hatte. Bald kam der Vogel wieder zu Kräften und der Junge begann ihm vorzusingen, weshalb der Vogel mit einstimmte. Zusammen sangen sie die schönsten Lieder und lebten von da glücklich im Palast des Sultans.« Sie küsste ihn auf die Stirn und löschte das Licht. Das Pad nahm sie mit sich, so wie jede Nacht. Nur so konnte sie verhindern, dass Farhod sich von der Sprachausgabe das

wahre Ende der Geschichte vorlesen ließ. Sie atmete tief ein und ließ sich auf dem schmalen Sofa im Wohnzimmer nieder. Sie sah auf das Pad, schaltete es ein und sah auf die letzten Zeilen.
›Als der Junge den Vogel sah, erkannte er, was er ihm angetan hatte. Um das Tier zu erlösen, griff er in den Käfig und tötete es, wobei dem Vogel ein letzter Schrei entwich. Der Sultan war zufrieden und überließ das verendete Tier dem weinenden Jungen.‹

11

Es war spät am Abend, als Marek Zintok sein letztes Glas Scotch leerte. Der Schmerz in seinem Gesicht hämmerte noch immer, trotz des Alkohols. Sein Handgelenk war verstaucht und nur schlecht verbunden. Ein großflächiger Bluterguss hatte sich unter seinem Arm gebildet und eine halbrunde Platzwunde zierte seine Stirn wie ein Orden, den er nicht verdient hatte. Er hatte sich geschlagen geben müssen. Verdammt, er hasste diese Schwuchtel schon allein dafür, dass sie nicht sein Problem teilte, von Frauen abhängig zu sein. Er kippte den letzten Tropfen des Glases auf seine pelzige Zunge und bedachte weiterhin diesen kranken Bastard. Wenigstens konnte er austeilen wie ein echter Mann, das musste Zintok bei aller Verachtung anerkennen. Bis zur Erschöpfung hatten sich beide Männer geprügelt, auf dem Boden gerollt und einander angebrüllt. Keinen Deut besser als Schuljungen. Beide trugen so viel Hass und Wut füreinander in sich, die sie heute endlich gegeneinander hatten ausleben können.
Zintok hatte Flüche gehört und selbst ausgespien, für die ihm sein Vater nicht einfach nur ein Stück Seife im Mund aufgelöst hätte – in jede seiner Körperöffnungen hätte er eines gesteckt, ihn anschließend in Salzwasser gekocht und ihm danach die Zunge abgeschnitten.

Zintok musste zugeben, dass diese schreckliche Frau, mit der er den heutigen Tag hatte verbringen müssen, in einem Punkt unweigerlich Recht hatte: Sein Vater war ein Trottel – aus aktueller Sicht.

Sein geschwollenes Auge richtete sich auf das Regal hinter dem Tresen des Pinky-Pig-Pubs, seines Stammlokals. Er mochte diesen Ort, der seinen Ursprung irgendwo in England hatte. Damals war es besonders angesehen gewesen, wirtschaftlich auf die politische Lage einzugehen. Anfang des Jahrhunderts waren sogenannte ›FreedomFries‹ mit dieser seltsamen Art der Symbolstellung in diese Richtung gestartet. Zum Leidwesen der amerikanischen Propagandaabteilung war dieser Schritt allerdings nicht aufgegangen. Amerika war einzig Ziel von Spott und Hohn gewesen – wieder einmal.
Er hasste diese verdammten Europäer. Jahrzehntelang hatten sie einfach alles ausgelacht, was sie nicht begriffen. Bis heute gab es dort den weltweit größten Anteil an Atheisten. Eine Schande! Einzig Großbritannien folgte brav seinem Führer auf dem einzig freien Kontinent. Die Pinky-Pig-Pub-Kette war seit den späten 30ern des neuen Jahrhunderts nur eines von vielen Symbolen. Man hatte damit eine Restaurantkette geschaffen, die Moslems weder duldete noch lockte.
Zintok war daher nicht nur wegen des Scotch hier. Schon auf der Erde war er gern in diese Etablissements gegangen. Es war seine Tradition. Die zum Pinky-Pig gehörigen Umgangsformen waren hier auf dem Mars allerdings schon stark abgenutzt. Auf der Erde war es undenkbar, dass eine Frau in einer dieser Bars arbeitete. Davon, eine zu führen, ganz zu schweigen. Hier in Red City stand jedoch eine nicht zu verachtende Schönheit, nur wenig älter als er selbst, hinter dem Tresen.

Melanie LeSolda hatte krauses Haar und ihre Haut war nicht ganz so dunkel wie die seiner schrecklichen Partnerin, dennoch erinnerte sie ihn an Surona, was wohl einzig an der äußeren Erscheinung lag. Wenigstens war ihr Name, den er nur kannte, weil er draußen unter dem Franchisenamen stand, nicht so fremdländisch. Melanies Wurzeln lagen irgendwo in Frankreich oder Spanien.

»Gann isch noch eins?« Er winkte ungeschickt mit dem leeren Glas in seiner Hand. Die attraktive Wirtin kam sofort auf ihn zu, nahm es ihm ab und hielt es unter den Schallstrahler. »Findest du nicht, dass es genug ist?«

Melanie mochte diesen Mann. Nicht nur, weil er fast jeden Abend in ihre Bar kam, sondern auch, weil er in ihr Mitleid weckte. In den letzten Wochen hatte er ihr sein Herz ausgeschüttet, bis ins Detail. Sie war irgendwie hungrig auf seine Geschichten, von denen sie allerdings längst nicht alle glaubte. Mehr war sie der Ansicht, dass die Wahrheit über Jessica irgendwo zwischen seinen Ausführungen und den ihr unbekannten Gründen dieser Frau lag. Schlimm genug war es dennoch, was sie ihm angetan hatte.

Zintok lachte aufgrund ihrer Frage auf. »Genuch?« Er rutschte ein wenig von seinem Stuhl, fing sich jedoch wieder. »Wieso woll'n alle Weiber mir sag'n, wassisch su tun un' su lassen hab'?«

Sie erschrak ein wenig. Noch nie hatte sie ihn laut werden sehen, egal wie viel er getrunken hatte. Ungehalten funkelte er sie an. »Weischd du wass, Mel?«

»Was weiß ich denn?« Sie sah ihn auffordernd an. Er konnte sie nicht einschüchtern. In all den Jahren hatte sie hier schon ganz andere Mannsbilder eigenhändig hinausgeworfen, wenn es denn sein musste.

»Warum ganns' du gein Kerl sein?« Er schüttelte den Kopf bei diesem Gedanken. »'türlich ohne Schwanss.«

»Marek!« Sie schlug mit der Hand auf den Tresen.

»Warum nisch? Frauen lüg'n und betrüg'n … wollen imma das Kommando! Und meinen imma alles besser su wiss'n.« Er hob mahnend seinen Finger. »Vor sweitausend Jahr'n wuschted ihr noch wer eure Herrscher sin' und wer am beschten Bescheid wuschde, was gud für eusch wa'.« Er rutschte abermals von seinem Platz aufgrund seiner fehlenden Balance. Mit einem schnellen Griff über den Tresen an seine Uniform hielt sie ihn fest und zog ihn gegen den Tresen, so dass er sich halten konnte. »Marek, heute ist echt nicht dein Tag.«

Er nickte, tippte mit dem Finger auf den Tresen und hob ihn dann mahnend nach oben. »Ganz genau!«

»Und du hast genug!«

Er sah sie an, als wäre sie aus Glas und ein wenig Blut rann aus seiner Platzwunde. Melanies Augen wurden wieder sanft. Sie griff eine Serviette und tupfte das Blut vorsichtig fort. »Was ist dir nur passiert?«, flüsterte sie.

Nun lachte er, während er aufstand. »Passsierd?« Er stolperte, fing sich jedoch sogleich. »Jessica is' passiert! Die Inkana .. kanadingsda der Eva! Die Sssünde in Person! Und Sormuna ist passiert. Is' kein Stück besser die.«

Melanie seufzte. »Soll ich dir ein Taxi rufen?«

»Blö'sinn … isch komm alleine klar, schlieschlisch bin isch ein Mann!« Den Weg nach draußen fand er nur mit Mühe, den Weg in seine Wohnung unterbrach er mit einem Nickerchen auf einer Bank irgendwo am Straßenrand.

***

Erst durch das blendende Licht der Sonne realisierte Zintok, dass er die Nacht im Freien verbracht hatte. Das leise Summen der Ventilatoren hallte in seinem hämmernden Kopf wie ein Sturm und das vereinzelte Sirren von vorbeifahrenden Elektromobilen löste jedes Mal einen kleinen Schmerz aus. Ein Blick auf seine Uhr verriet ihm, dass es bereits Mittag war. Langsam richtete er sich auf und suchte in seinem Kopf und anhand des Ortes, an dem er sich befand, nach Orientierung.

Sein erster Gedanke war Ekel; wieder einmal hatte er diesen abartigen Traum gehabt, in dem er sich mehreren Frauen hingab. Jede einzelne schien nach seinem Geschmack geformt zu sein, gemacht, um mit ihm Dinge anzustellen, die er nur als verabscheuungswürdig verstehen konnte. Er konnte nicht verstehen, woher diese Bilder kamen. Sie mussten von etwas Dunklem erschaffen worden sein, denn er hatte nie dergleichen in seinem Leben gesehen. Inständig hoffte er, dieses Mal nicht im Schlaf ejakuliert zu haben und wünschte ebenso, Gott möge dafür Sorge tragen, dass diese grauenhaften Dinge seinen Geist bald wieder verließen. Sein zweiter Gedanke war, ob er sich auf seine Uniform übergeben hatte, nicht nur wegen des Alkohols, sondern auch seiner Gedanken wegen. Erleichtert darüber, weder auf noch in der Uniform widerliche Flecken zu haben, versuchte er aufzustehen, was ihm deutlich schwerfiel.

Der Alkohol in seinem Blut war noch nicht ganz abgebaut. »Verdammt, ich muss damit aufhören«, schalt er sich selbst. Sehr langsam setzte er mit aller Vorsicht einen Schritt vor den nächsten in Richtung der naheliegenden Ringbahnstation.

Mit ebenso vorsichtigen Schritten bewegte er sich anschließend ins Polizeirevier und stolperte, ohne jemanden zu grüßen, bis an seinen Schreibtisch, wo er sich setzte und tief einatmete. Er hatte es geschafft. Seine trüben Augen fuhren durch das Büro. Einige seiner Kollegen zeigten auf ihn, andere tuschelten, die meisten ignorierten sein Erscheinen. Es war nicht das erste Mal, dass er nach einer Nacht im ›Pinky-Pig-Pub‹ direkt zum Dienst ging.

Von Surona war nichts zu sehen, was er als sehr positiv aufnahm. Sie war für einen Fall wie diesen einfach nicht zu gebrauchen, da sie weder die nötige Kompetenz innehatte noch bereit war, alle Mittel zu nutzen, um ein Verbrechen aufzuklären. Ehe er sich versah und der Gedanke zu einem Plan geworden war, trugen ihn seine Beine bereits ins Büro seines Vorgesetzten. Ohne zu klopfen trat er ein. »Chef, diese Tussi ist ein Scheißdreck!«

»Marek!« Chief Faris Diwari stand heftig auf. »Halte an dich!« Er betätigte eine Schalttafel auf seinem Schreibtisch und die Tür hinter Zintok verriegelte sich. Ebenso verfärbte sich das Glas, das eben noch jedem Einblick verschafft hatte, in einen milchigen Ton.

»Das tue ich«, rief Zintok zurück. »Aber bei einer derartigen Portion Inkompetenz kann ich das nicht sehr lange!«

»Bist du schon wieder betrunken?!« Fabio sah ihn mit verengten Augen an.

Zintok winkte beiläufig ab. »Gestern … Heute bin ich so klar wie eh und je.«

»Klar. Du stinkst nur zum Himmel! Sieh deine Uniform an! Schämst du dich denn gar nicht?« Er deute auf einen Fleck, der wohl vom Scotch stammte.

»Wofür?«

»Für dein Verhalten, dein Auftreten. Ich habe immer Verständnis für dich gehabt.« Fabio setzte sich und wiederholte noch einmal, was ihm besonders wichtig war. »Immer!« Er deaktivierte seinen Schirm, der den Bericht eines Kollegen angezeigt hatte. »Schon allein deswegen habe ich dir den Fall überlassen.«

Er verschränkte die Hände auf der Mitte seines Schreibtisches. »Aber er ist wohl nicht deine Kragenweite. Ich setz' ihn aus. Geh nach Haus, nimm eine Dusche und leg dich hin, dann kannst du wiederkommen.«

Zintok näherte sich dem gläsernen Schreibtisch. »Ausgesetzt? Weshalb? Fabio! Ich bin an einem entscheidenden Punkt!«

Der Chief deutete auf Zintoks Veilchen und die unbehandelte Platzwunde. »Ja, oben im Zentralsystem habe ich ähnliche entscheidende Punkte gesehen.« Er seufzte. »Officer Tilio wollte mir natürlich nichts sagen, … doch ich bin kein Dummkopf. Wie ich das hier sehe, hat Sergeant Surona in ihrer E-Mail nicht übertrieben … Ganz im Gegenteil!«

»Was weiß die schon? Es ist eine verdammte Frau!«

»Sie hat ihren Dienst ebenfalls ausgesetzt«, erwiderte Diwari scharf. Zintok lachte verächtlich und zufrieden zugleich. Sein Vorgesetzter würdigte dies mit einem geringschätzigen Blick. »Sie ist ein verdammt guter Cop, Marek! Mehr als alle hier zusammen! Und ich habe dir gesagt, du sollst dich ihr gegenüber höflich verhalten.«

»Das habe ich versucht«, rechtfertigte er sich mit energischer Stimme. »Aber sie wurde immer dreister!«

Diwari ließ sich nicht irritieren. Er kannte Zintoks abwertende Meinung zu Frauen. Sie fand sich bei den meisten religiösen Männern wieder, nicht aber bei ihm. Das Leben, welches schon recht lange sein Begleiter war, hatte sich als ein sehr weiser und geduldiger Lehrer entpuppt. Langsam atmete er aus. »Benehmt euch wie erwachsene

Cops. Das werde ich ihr auch noch einmal sagen, obwohl es nicht notwendig ist.« Er wiegte den Kopf. »Solange gebe ich den Fall jemand anders.«

»Das kannst du nicht tun!« Zintok sah ihn mit geweiteten Augen an.

»Und wie ich das kann. Ich bin der Chief.«

Zintok schüttelte den Kopf. »Nein, nein, ... wirklich, wir sind da an was dran ...«

Der alte Mann schob ein Lachen über sein fleckiges Gesicht. »Und was soll das sein? Was habt ihr bisher?«

Zintok flehte förmlich. »Indizien ... Krasse Indizien! Gib mir einen Durchsuchungsbefehl. Für den ganzen Sherman Komplex.«

Schweigend lehnte sich Diwari zurück und versuchte zu erraten, was in Zintoks Kopf vorging. Es war praktisch unmöglich, dem Unternehmen auf den Zahn zu fühlen, das im Grunde diese Kolonie gegründet hatte und hier sowie auf den Jupiterkolonien alles am Leben erhielt. »Und weshalb? Nenn mir eines eurer Indizien!«

Zintok haderte einen Moment mit sich, als müsse er sich einen Grund ausdenken. »Versprich mir, dass du meine Ermittlungen nicht abwürgst«, flüsterte er.

»Marek! Wir sind Polizisten!«

»Ja, aber wir sind es hier!«

Diwari verdrehte die Augen und hob beide Hände.

»Was habt ihr?«, forderte er auf zu erfahren.

Zintok schluckte abermals. »Irgendwer bei Sherman hat einige Verbindungsdaten manipuliert ...«

»Und dies hat indirekt mit dem Mord an Dr. Chase zu tun, weil?«

»Weil Chase mit einer Schallschlagwaffe angegriffen worden ist und diese Dinger gibt es dort massenhaft.«

»Kann ich aus dem gerichtsmedizinischen Gutachten nicht erkennen. Zumal man eine derartige Waffe im Regelfall nicht nachweisen kann ...«

»Surona hat die Spuren am Leichnam erkannt«, fuhr Zintok ihm dazwischen.

Fabio überlegte. »War sie nicht eben noch inkompetent?

Zintok sah einen Moment lang betreten auf seine Schuhe. »Möglicherweise hat sie etwas, das von Nutzen sein kann.«

»In Ordnung … Nehmen wir an, ihr habt recht, willst du nächste Woche den gesamten Planeten verhaften, weil jemand mit einem Duschkopf geschlagen wurde? Ich brauche mehr.«

Zintok fuhr sich durchs Haar. »Chief, bitte! Da wird jemand ermordet, der nur zwei Stunden zuvor seinen Arbeitsplatz fluchtartig verlassen hat! Mit einer Waffe, die es nur dort gibt und wo man alle Daten gelöscht haben, mit denen man prüfen kann, warum diese Person weggelaufen ist.«

Diwari schluckte. Sehr lange sahen beide Männer einander an, bis sich der Chief schließlich rührte. »Das ist in der Tat etwas ›mehr‹ …«

»Wir müssen auch prüfen, warum, wie und wann dieser Chase das Gebäude verlassen hat … Mit wem er zuvor gesprochen hat.« Zintok strich sich durch seine fettigen Haare. »Niemand will den sensiblen Kram, ich brauch nur das, was sowieso zugänglich gewesen wäre.«

Diwari senkte die Stimme. »Moment mal, … das heißt, du hast sie dir nicht angesehen?«

»Angesehen? Was?«

»Die Daten … Sie sind in deiner Cloud. Officer Tilio hat dir die offiziell zugänglichen Daten geschickt.«

Zintok klappte den Mund auf und benötigte einige Sekunden, um ihn wieder zu schließen. Das war das Letzte, was er von ihm erwartet hatte.

»Ich dachte, du hast es aus ihm rausgeprügelt.«

Zintok starte seinen Chef mit weiten Augen an und schüttelte langsam den Kopf. »Nein, er hat mir die Scheiße aus dem Leib geprügelt!«

Diwari machte einen leisen Pfeifton.

»Ich kam gar nicht mehr dazu, irgendwas zu sagen …«, setzte Zintok beschämt nach. Nun lächelte der alte Mann ein wenig. »Tja, … jedem so, wie er's verdient.«

Zintok wollte etwas erwidern, dann aber biss er sich auf die Zunge. Er hatte den Streit angefangen und verloren.

Tilio hatte seinen Job gemacht und Fabio hatte ihm zugehört. Leicht verlegen zuckte er mit den Schultern. »Wer weiß. Möglich, dass ich das gestern gebraucht habe …«

Fabio lächelte. »Ja, das sehen hier viele so. Man hat Officer Tilio heute Morgen lautstark beglückwünscht, sich wacker geschlagen zu haben.« Diwari grunzte.

»Großartig.« Zintok lachte halbherzig und irgendwie fühlte er sich vorgeführt.

»Nunja, du hast jedenfalls, was du wolltest. Tilio hat nicht viel gesagt, nur irgendwas von einem Gleichgewicht.« Fabio lachte nun gehässig. »Was hast du gemacht, nachdem er dich am Boden hatte? Deinen Glauben für eine halbe Stunde vergessen?«

»Werd' nicht eklig.« Zintok sah ihn finster an.

Fabio grollte. »Der Einzige, der in diesem Revier wirklich eklig ist, bist du.« Sein Finger deutete bedrohlich in sein Gesicht. »Zu jedem von uns, seit der Jessica-Sache.«

Zintok hielt den Atem an und suchte beinahe Vergebung in den Augen des alten Mannes.

»Was meinst du, warum selbst das Arschloch Lloyd plötzlich Tilio die Hand geschüttelt hat, als er erfuhr, dass er dir in den Arsch getreten hat?«

In Zintoks Gedanken hallten die letzten Sätze des Chiefs nach. Ja, sie alle hatten über sein Verhalten hinweggesehen, ihn damals unterstützt, ihm gut zugesprochen und ihn einfach in Ruhe gelassen, wenn es so aussah, als müsste dies so sein. Wochenlang. Danke gesagt hatte er nie. War es am Ende kein Zufall, dass er diesen Fall bekommen hatte?

Diwari seufzte. »Wenn du dich mit Sergeant Surona zusammengerauft hast, bekommt ihr den Fall wieder.« Der Chief sah auf seinen Schirm und überlegte, das Sherman-Center zurückzurufen, sobald Zintok draußen war. Mahnend hob er einmal mehr seinen Finger. »Aber vorsichtig! Ich halte es für sehr unklug, dort mit einem Durchsuchungsbefehl einzumarschieren. Ebenso wohl auch Chamberlain, du weißt ja, es geht um mehr als nur um Aktien.«

Zintok lächelte bissig. »Sicher. Ich steh allerdings eher auf die etwas andere Seite …«

Der Chief blieb ernst. »Schau dir die erhaltenen Kopien an, finde heraus, ob Sherman beteiligt ist oder nicht. Danach kommst du zurück zu mir. Und nur zu mir! Man muss vorsichtig sein, wem man hier auf die Füße trampelt. Im Zweifelsfall beenden wir die Ermittlung, ehe es zu heiß wird.«

Zintok verengte seine Augen. »Du weißt aber schon, dass es um Mord geht, oder?«

Diwari lachte verbittert. »Und wenn schon … Sollten sie es getan haben und können sie trotzdem Chamberlain einen guten Grund liefern, lässt er es unter den Tisch fallen. Pinkelst du denen aber ans Bein und sie waren es nicht, dann lässt er stattdessen dich an den Pranger stellen.« Er nickte nachdrücklich. »Und mich auch.«

Diwari wählte die Entriegelung am Steuerpult seines Schreibtisches und klärte wieder die Scheiben seines Büros. »Klär das mit Surona! Du wirst sie brauchen.«

»Werd ich tun, und danke.« Zintok nickte ihm zu, Diwari aber winkte nur ab. »Nicht dafür und jetzt raus hier.«

Ohne ein weiteres Wort verschwand Zintok hinter seinem Schreibtisch und öffnete als erstes seine Cloud.

Tatsächlich! Leicht ungläubig schüttelte Zintok seinen Kopf, als er die mehrere Terabyte große Datei anwählte. In ihr befand sich einfach alles, was in den letzten zwei Wochen vor, um und in der Markus-Sherman-Stiftung geschehen war. Mit raschen Fingerbewegungen fuhr er durch Telekommunikationslogs, Kamera- und Sensorenaufzeichnungen, aufgerufene Software, Webseiten und Downloads. Als erstes rief er den elften Juni auf, den Tag des zweiten Kolonialstarts. Dort hatte es die meisten Lücken gegeben. Schnell fand er die Einträge zum Start, die interne Feier, Freude und Glückwünsche unter allen Mitarbeitern. Zuletzt entdeckte er in der Marketingabteilung die Pläne für den kurz darauf gestarteten Werbefeldzug, welcher den dritten Start im Jahre 2100 versprach.

»Alles echt …«, flüsterte er. Ein ganz klein wenig enttäuscht war er schon, dass diese Daten unwiderlegbar bewiesen, dass die große Verschwörungstheorie, Sherman sei nur eine geschickte Fassade, nichts als das Hirngespinst weniger Idioten war. Schließlich war er aufgrund der Ablehnung seiner Bewerbung selbst anfällig für solche Theorien.

Die nächste Tabelle, bestehend aus den Aufzeichnungen der Folgetage, listete die übliche Routine auf. Die weitere Sichtung war derart langweilig, dass Zintok sich mehrere Kaffees bringen ließ, um die nötige Aufmerksamkeit zu behalten. Ein wenig spannender wurde es in der Finanzabteilung des Unternehmens, als er den Bestellausgang für sechzig Schiffsreaktoren an Pandion sah. Mehr als sechshundert Millionen Dollar waren überwiesen worden.

Geld, das die Stiftung laut dieser Daten noch gar nicht hatte. Zintok wurde beinahe schwindelig, noch nie hatte er eine Zahl in dieser Größenordnung gesehen. Die Stiftung war vermutlich reicher als so manches Land. Zu seinem Verdruss war allerdings auch dieser Finanztransfer so sauber wie die bisher unbenutzte Ersatzuniform in seinem Kleiderschrank.

Auch gab es im gesamten Datensatz keine Hinweise darauf, dass Doktor Professor Martin Chase irgendwo Schwierigkeiten gemacht hätte – oder sonst jemand. Nach mehreren Stunden und weiter sinkender Aufnahmefähigkeit fand sich Zintok am Achtzehnten des Monats wieder, an dem eine Weiterleitung von der Mondkolonie ›Kallisto‹ an das Observatorium in einen Dringlichkeitskanal gehoben und anschließend zur Chefetage geschaltet worden war.

Es war sicher nicht selten, dass eine der Wissenschaftsstationen auf den Monden mit Sherman sprach. Es gab Dutzende Eingänge, dieser eine aber war der einzige mit einer nachträglichen Hochstufung.

Um zu erfahren, was dort in diesem Gespräch gesagt worden war, musste Zintok einmal mehr nach oben zu Tilio und zuvor zu seinem Chief, um ihn um Erlaubnis zu bitten. Sein müder Blick wanderte zum Büro seines Vorgesetzten. Zintok entschied allerdings, noch ein wenig zu warten und folgte vorerst der Spur des Anrufs, welcher sich wie ein Lauffeuer durch die Leitungen der Zentrale gefressen hatte. Binnen Minuten wurden weitere Telefonate geführt, die alle zu den bereits dokumentierten Lücken passten. Bei Sherman war offenkundig Arbeit fallengelassen und auch Pausen unterbrochen worden. Nur eine Stunde später befand sich die gesamte Elite der Stiftung in einem abhörsicheren Besprechungsraum, wo sich jede Spur verlor.

All dies war vor zwei Tagen geschehen. Laut Timeindex nur sieben Stunden vor dem Tod des Professors.

»Hab ich dich, Baby.« Zintok war sich sicher, dass dieses außergewöhnliche Treffen irgendwie mit dem Mord an Chase zusammenhing, auf welche Weise auch immer. In seinen Gedanken spielten sich verschiedene Szenarien ab. Ein Streit unter Kollegen. Eine aufgedeckte Betriebsspionage, die Chase als Täter zu erkennen gab.

Selbst die Idee, dass der Professor zum Zeitpunkt dieses Treffens bereits tot gewesen war, formte die verzehrten Bilder in seinem Kopf. Anhand der Daten erkannte Zintok jedoch, dass auch Dr. Chase eine dieser Dringlichkeitsmitteilungen erhalten hatte, diese bestätigt und wie alle anderen freiwillig an diesem Treffen teilgenommen hatte.

Zintok kratzte sich hinter seinem Ohr. Sichtlich erschöpft fragte er sich, wie sein Geist solch absurde Theorien entwarf. Es schwamm wohl noch immer genügend Alkohol in seinem Blut. Zudem hatte er kaum geschlafen und der dritte Kaffee, welchen ihm eine der Hilfspolizistinnen gebracht hatte, schlug ihm inzwischen mehr auf den Magen, als dass er seine Sinne schärfte.

Zintok entschied, dass dieser Fall ein ausgeschlafenes und klares Gehirn benötigte. Er selbst konnte derlei nicht mehr aufbringen, wusste aber sehr genau, wo ein solches zu finden war.

Mit zwei Handgriffen minimierte er die tabellarische Auflistung und wählte über das Kommunikationsmenü Sergeant Ayasha Surona an. Ehe er auf das grüne Anrufsymbol tippte, ließ er seinen innerlich wachsenden Zweifel zu und starrte eine Zeitlang nur auf ihren Namen, als wolle er die mit dem Anruf verbundene Erniedrigung so

weit wie möglich hinauszuzögern. Tief in sich schien Zintok jedoch zu begreifen, dass dieser Fall und die damit verbundenen Chancen weit mehr wert waren als seine Ehre. Er lachte über sich selbst.
War es der Restalkohol oder die Erschöpfung, dass er diese Überlegung ansetze?
Es erschien ihm noch nicht einmal falsch, weshalb er schließlich den Rufaufbau initialisierte. Eine Zeitlang sah er auf das animierte in der Mitte des Schirms schwebende Verbindungssymbol und wartete darauf, dass das Gespräch angenommen wurde.

Nach etwa einer Minute änderte sich das Symbol von grau zu grün, ein zusätzliches Fenster öffnete sich und zeigte Surona an ihrem Schreibtisch.

»Zintok«, erkannte sie ihn und ließ in ihrer Stimme ihre Herablassung deutlich mitschwingen.

»Sergeant Surona, ich habe da etwas für Sie«, sagte er mit gespielter Frische.

»Eine Entschuldigung?« Ihre Augenbraue zuckte ein wenig. Zintok haderte einen Augenblick, dann sah er auf seine kristallene Scheibe und nickte gezwungen. »Ja …« Er räusperte sich. »Ich war ein Ekel …«

Surona nickte bestätigend.

»Und es tut mir leid, dass ich Sie angebrüllt habe … Sie hatten Recht.«

Ihr Kinn deutete auf die Wunden in seinem Gesicht. »Ich bin froh, dass ich Sie nicht geschlagen habe.«

Bei dem Gedanken, ihre Prothese statt Tilios Faust in sein Gesicht bekommen zu haben, lächelte Zintok ein wenig. Tilio war deutlich die bessere Alternative. »Ja. Ich auch, Ma'am.«

»Ich danke Ihnen, Officer.« Sie hob ihre Hand, um das Gespräch mit Druck auf den Indikator zu beenden.
»Sergeant«, rief er ihren Rang und hob ebenfalls seine Hände, jedoch mit den Handflächen nach oben. »Bitte warten Sie! Ich würde mich über eine weitere Zusammenarbeit mit Ihnen freuen.«

Einen Augenblick lang sah Surona ihn an, schien zu überlegen und schüttelte anschließend den Kopf. »Das ist sehr nett von Ihnen, das zu sagen, aber ich denke, ich werde mich primär um meinen Sohn kümmern.«

»Ich …« Er schluckte und räusperte sich. »Ich brauche Sie!«

»Zintok …« Die Mahnung in ihrer Stimme war selbst für sie kaum wahrzunehmen.

»Es ist etwas wirklich Großes bei Sherman passiert …« Er teilte den Schirm und übertrug die Darstellung auf ihr Terminal.

Surona kommentierte diese Aufdringlichkeit nicht. Ihre Augen huschten sogar auf die Darstellung. Zu schnell, um tatsächlich desinteressiert zu sein.

»Es gab einen Funkspruch von der Station auf Kallisto.« Zintok führte seine Erläuterung über den eben gesendeten Gegenstand vorsichtig fort. »Er ist verschlüsselt, aber wir haben diese Kopie der legalen Ermittlungsdaten. Mit Segen vom Chief.« Er markierte die entsprechenden Zeilen. »Alles Routine bei Sherman. Dann dieser Anruf und es wurde verdammt hektisch. Alle wichtigen und halbwichtigen Personen des Kolonialprogramms sind in diesen abhörsicheren Raum verschwunden.«

Surona sah die einzelnen Daten an, wie jeder ab einem gewissen Level persönlich angesprochen worden war und verengte grübelnd ihr Auge. Offenbar empfand auch sie dieses Verhalten seitens Sherman merkwürdig. »Und dieser Raum ist nur solange abhörsicher, solange Sie keine richterlichen Beschlüsse haben?«, hakte sie nach.

Zintok schüttelte den Kopf. »Leider ist es schlimmer. Dies scheint eine Art Krisenraum zu sein … Was auch immer da gesagt wurde, wird niemals jemand erfahren, der nicht dort war … Durch kein Gericht des Universums. Dieses Zimmer besitzt die Ausnahmeregelung, dass es nicht überwacht werden darf.«

Surona zuckte nun mit den Schultern. »Und wie hilft das, außer dass man beweisen kann, dass dort irgendwas passiert ist? Es kann auch eine Geburtstagsfeier gewesen sein.«

Zintok hob einen Moment die Augenbrauen, zwang sich aber zur inneren Ruhe. Er deutete auf die Liste, auf die er bereits verwiesen hatte. Die einzelnen Namen teilten sich dabei in einer zweiten Tabelle auf. »Neben unserem toten Professor waren nur Vertreter aus den höchsten Ebenen dabei, nicht gerade Typen, die ich zum Geburtstag einladen würde.«

»Sie sagten doch, es war eine Nachricht von Kallisto.«

Zintok nickte.

»Womöglich eine wissenschaftliche Entdeckung auf dem Mond. Eventuell eine aktive Lebensform?«

Zintok lachte verhalten. »Das wäre doch absurd. Es gibt kein natürliches Leben außerhalb der Erde.« Dass Surona schweigend ihr Auge verdrehte, ließ Zintok ihr aufgrund ihrer Naivität durchgehen und versuchte es auf einem anderen Weg. »Selbst wenn es eine wissenschaftliche Entdeckung gab, so treibt diese nicht jede Abteilung des interstellaren Kolonialprogramms in einen Raum. Technik sowie auch die Finanzabteilung.«

Suronas Augenbraue zuckte und sie sah abermals auf die ihr unbekannten Namen. »Exakt diese Bereiche?«

Zintok nickte und deutete nochmals auf die Liste der Teilnehmer. »Oh ja.«

»Einverstanden, keine Party. Geben Sie mir Kontrollzugriff.« Zintok zögerte keine Sekunde und fügte ihr Terminal seiner Cloud hinzu. »Gewährt.«

Als erstes sah sich Surona den Datensatz an, deutete dann auf einen fast vier Stunden später gesetzten Eintrag. Professor Chase hatte den Raum verlassen, vor allen anderen, die diesen erst sehr viel später hinter sich ließen. »Dieser Raum wird wohl keine Fenster haben, oder?«

Zintok rief eine Kameraaufnahme auf. »Hat er, jedoch komplett schallisoliert und von außen nicht einzusehen.«

»Was ist mit Wärmesensoren?«

»Wärme?« Zintok sah in den Daten nach.

Surona rief die entsprechenden Informationen ab. »Während meiner Zeit auf der Erde mussten wir ein Beobachtungsverbot umgehen, indem wir einzig Wärmesensoren benutzten, um zu sehen, wer wo ist.«

Zintok lächelte. »Eine großartige Idee!« Er beobachtete, wie sie ein weiteres Zusatzprogramm aufrief und sich einen leeren Raum rendern ließ. Auf einem vierten Teilbereich des Schirms stellte sich nun eine graue Fläche dar. Zwölf grün-gelbliche Flecken tauchten darauf auf und formten sich zu einem schwammigen 3D-Bild.

»Ich habe sogar Informationen über Luftdichte.« Zintok deutete auf einen neuen Datensatz. »Entsprechende Sensoren sind überall in der Stadt, aus Sicherheitsgründen.« Surona war natürlich bekannt, dass überall in Red City diese Geräte installiert waren, um eventuellen Druck- oder Sauerstoffabfahl schnell zu registrieren. »Wir benutzen diese Daten seit Jahren, um Bewegungsdaten zu errechnen.«

Surona hob beeindruckt ihre Augenbraue, nahm den angebotenen Infoblock und fügte ihn der Datenverarbeitung hinzu. Die schemenhaften Flächen nahmen nun ein wenig mehr menschliche Formen an.

»Der Dicke da …« Er teilte einem besonders großen Fleck den Namen ›Viktor Hadek‹ zu. »Den kennen wir schon.« In einem weiteren inzwischen überlappenden Fenster öffnete er die Bürgerakte von der eben markierten Person. Surona erkannte sofort das Gesicht. »Unser nervöser Freund.« Sie vertiefte sich immer mehr in die Simulation. »Fahren wir die Aufnahmen zurück und schauen wir, wer wann den Raum betreten hat. Das macht eine Zuordnung leichter.«

»Okay … Hier haben wir noch drei Bewegungssensoren aus den umliegenden Räumen, eine Kamera und sieben Wärmesensoren sowie dreiundzwanzig Druckmesser.«

»Und das hier ist …« Zintok stutzte und sah auf eine abweichende Wellenlänge, die die gesamte Aufnahme überlappte.

»Das ist was?«, fragte Surona und sah sich den falschfarbigen Streifen an, der für insgesamt null Komma vier Sekunden über einen kleinen Datenblock gezogen war.

»Wohl irgendeine Interferenz … Ignorieren wir das.« Zintok markierte eine weitere Person. »Das hier ist unser Opfer. Doktor Professor Martin Chase.«

»Und das wird Chadov sein.« Surona markierte einen schlaksigen Mann, der an der Spitze eines offenbar langen Tisches saß. Weitere Namen wurden nach und nach den gelbgrünen Flächen zugeordnet, die langsam an Kontur gewannen.

»Ich denke, wir können sogar sagen, wer gerade spricht und wie die anderen darauf reagieren …«

Surona stoppte die Simulation, als ein Farbfleck, welcher Dr. Professor Chase symbolisierte, plötzlich aufsprang und den Raum verließ. »Aber, hallo!«

Zintok ließ die Darstellung zurücklaufen und etwas langsamer erneut abspielen. Man sah, wie einige der Männer und Frauen wild gestikulierten und bei jedem einzelnen deutlich die Körpertemperatur anstieg. Fast hochrot verließ Professor Chase den Raum. »Haben wir Daten von ihm außerhalb des Raumes?«

»Sicher …« In stark fragmentierten Bildern erkannte man den älteren Mann, wie er mit seinem PCP hantierte und zu seinem Wagen ging. Die hellen Flecken im abhörsicheren Raum wurden nach dem Verlassen des Professors noch hektischer, dann endete die Aufzeichnung. Der Stromausfall war eingetroffen. Zintok lehnte sich zurück. »Für Chamberlain ist selbst das noch zu wenig … Es ist ja auch keiner hinter Chase her …«
Surona sah ihn durch den Schirm mit entschlossenen Blicken an. »Ich bin mir inzwischen sicher, dass der Stromausfall kein Zufall ist.«

Zintok stimmte dem zu. Als Polizist musste man immer davon ausgehen, dass es keine Zufälle gab. »Aber ob wir eine Datenprüfung bei Pandion bekommen?« Er massierte sich die Schläfen.

Surona war in ihren Gedanken jedoch noch immer beim Professor. »Gehen Sie nochmal zurück zu dem Zeitpunkt, an dem Chase zu seinem Wagen geht.«

Zintok nickte und minimierte die Geschwindigkeit. Beide beobachteten nun in fünfzigprozentiger Wiedergabe, wie der Mann in sein Auto stieg. »Der EMP müsste jetzt zünden«, kommentierte Zintok das zu Erwartende.

»Dumm, dass man dergleichen nicht visualisieren kann, jedenfalls nicht mit diesen Daten.«

Surona grübelte. »Es muss jemand darauf gewartet haben, … jemand, der ihn beobachten kann, um rechtzeitig zu reagieren …«

»Ich schalte die Umgebungssensoren dazu.« Ein roter Ladebalken schob sich über die stets schärfer werdende Aufzeichnung. Nun war es beiden möglich, innerhalb dieser Daten zu navigieren. Jede erdenkliche Kameraperspektive war wählbar, wenn auch an einigen Stellen mit Einbußen.

Zintok zoomte erst hinaus, dann ließ er den Blickwinkel rotieren. Immer wieder sah man den Professor zu seinem Wagen laufen und immer hatte man einen anderen Bereich im Visier. Jedoch konnte weder Zintok noch Surona eine Bewegung oder anderes außerhalb des Gebäudes ausmachen. Zuallerletzt prüfte Zintok jedes Fenster mit weniger als einem Viertel der Geschwindigkeit. Plötzlich flackerte erneut der Falschfarbstreifen über die Aufnahme.

»Was war das?« fragte Surona.

Zintok winkte ab. »Nur wieder diese Störung.«

»Nein, nein«, wehrte sie ab. »Die war an einer anderen Stelle.« Sie stellte die Aufnahme zurück, bis auf den Zeitindex, an dem die erste Interferenz stattgefunden hatte. Zintok blickte kurz sie, dann den überladenen Schirm an. Als er verstand, was sie versuchte, kam ihm eine Idee. »Lassen Sie mich etwas ausprobieren.« Mit einem Griff an den Schirm bewegte er die Aufzeichnung beider Störungen in ein neues Fenster und isolierte dieses. Danach ließ er den Computer das bestehende Material nach Vergleichbarem durchsuchen, was einige Zeit in Anspruch nahm. Ein roter Balken fuhr über das neue Fenster und verfärbte sich blau, als der Suchlauf beendet war. Der Computer identifizierte die Störung nur Augenblicke später als ein durchgehendes Funksignal.

»Ein Telefonat?« Surona erkannte Spuren von einer fremden Telemetrie. Auch Zintok entging dies nicht. »Es

scheint jedoch komplexer und entsteht offensichtlich direkt in den Computersystemen der Stiftung.«
Surona musste ein wenig lächeln. »Die haben einen Trojaner im System.« Auch Zintok grinste. »Experten auf allen Gebieten und dann lassen sie sich so ein Ding unterschieben …«

»Ist der eventuell sogar von uns?«
Zintok schüttelte den Kopf. »Da wir eh alle Daten bekommen, ist das hier nicht notwendig … Das muss jemand völlig anderes sein.«

»Können wir das Signal verfolgen?«

»Ich denke schon … Es ist genug Datenmüll zusammengekommen …« Mit einem Trackingbefehl wurde das Computersystem angewiesen, den vollständigen Datenspeicher nach dem Signal zu durchsuchen. Nach endlosen Minuten und Tausenden von Terabyte wurde es schließlich fündig und zeigte eine lange Liste eines beständigen Fremdfunksignals auf. Die Analyse konnte sogar schon das Ziel und den Ursprung des Signals in Form einer Adresse bestimmen, welche Surona laut vorlas. »Gregor Manio.«

Zintok hatte bereits dessen Bürgerakte geöffnet. »Ein freier Reporter, er arbeitet für den ›Marsday‹«

Surona lächelte zufrieden. »Was auch immer der an Daten abgefangen hat, es kann uns auf legale Weise helfen.«
Zintok war bereits aufgestanden. »Dann statten wir dem Guten doch mal einen Besuch ab.«

»Treffen wir uns dort.«

***

Der Wohnblock war wie jeder andere unter der Kuppel. Sterile Sauberkeit in bedeutungslosem Weiß und Blau. Ein gläserner Aufzug brachte die beiden Polizisten in das achte Stockwerk.

Surona konnte den Alkohol an Zintok schon riechen, ehe sie in diese enge Kabine gestiegen waren. Mit einem kleinen Gefühl der Genugtuung versuchte sie die Anzahl der Schläge abzuschätzen, die ihr Partner hatte einstecken müssen. Sie kam nicht umhin, dies mit einer weiteren spitzen Bemerkung zu kommentieren, welche Zintok unbeantwortet ließ. An seinem reuevollen Blick erkannte sie, dass er ihr dennoch zustimmte.

Er war beinahe wie ein braver Junge geworden, der bekommen hatte, was er verdiente.
Sie hatte einmal gehört, dass Männer mit schlechtem Benehmen eine unschöne Kindheit gehabt hätten, zu wenig Aufmerksamkeit bekommen hätten – oder zu viel.
Auch eine sehr schöne Kindheit konnte ein dummes Arschloch schaffen, das Werte falsch begriff und nur sich selbst wahrnahm. Was für ein Mann Farhod wohl werden könnte? Er war so verständnisvoll gewesen, auch als sie ihn fast schon um Erlaubnis gefragt hatte, ob sie die Wohnung verlassen dürfe und die Pflegerin einen weiteren Tag seine Gesellschafterin werden würde.

Der Junge hatte sie freundlich aufgefordert, an sein Bett zu kommen. Er hatte sich aufgerichtet und ihr einen leichten Kuss auf die Wange gegeben. »Schnapp die bösen Buben für mich, jokei?«, hatte er geflüstert. »Und dann erzählst du mir wieder alles, versprochen?«
Sie hatte nur seine Hand gehalten und genickt.

Eine Viertelstunde später stand sie in ihrer Uniform vor der aus dem System genommenen Adresse und trat mit ihrem jungen Partner in den Lift.

An der Wohnungstür des Gesuchten klappte Surona ihr PCP auf. »Ist dieser Manio eigentlich schon einmal auffällig geworden?« Sie gab den Namen in der Internetsuche ein, konnte jedoch nichts finden. »Und ein besonders guter Reporter ist er offenbar nicht. Man findet nichts von ihm.«

Zintok zuckte mit den Schultern. »Vielleicht ist heute der erste Tag seiner großen Karriere.« Er legte seinen Daumen auf den Summer. »Kann ich ihm nur wünschen.«

Geduldig und schweigend warteten beide. Nach einer weiteren Minute betätigte er den Summer erneut. Als auch nach dem dritten Mal nichts geschah, nahm Surona ihr PCP und stellte es auf Umgebungserfassung. Es gab im Inneren weder Bewegungen noch eine Wärmequelle. »Der Gute scheint wohl nicht zu Hause zu sein.«

Zintok sah auf die Uhr. Es war vormittags. Normale Menschen, die relativ ungebunden arbeiteten, schliefen um diese Zeit, aber wer konnte schon sagen, wie eifrig andere ihrem Job nachgingen.

»Würden Sie sich bitte in unsere Datenbank einloggen?« Zintok deute auf das kleine Gerät in ihrer Hand. Surona nickte still und wählte sich in den Polizeicomputer ein. »Was wollen Sie wissen?«

»Ob er derzeit irgendwo anders ist … in der Stadt.«

Die Anfrage dauerte ein wenig, dann schüttelte sie den Kopf. »Er sollte eigentlich hier sein.«

»Dann ist er es auch und vermutlich kann er den Summer nicht mehr hören.« Zintok nahm Anlauf und rammte sich wirkungslos gegen die metallische Tür.

»Ist das Ihr Ernst?« Surona konnte sich ein Lachen nicht verkneifen. »Lassen Sie mich mal.«

Sie legte ihre mechanische Hand an den Schlitz, der für die Schlüsselkarte gedacht war. Es gab im Inneren einen kleinen Stoß gefolgt von einem Sirren. Anschließend entriegelte sich die Tür und fuhr zischend beiseite.

Zintok hob erstaunt die Augenbrauen, schwieg jedoch.

»Ja, Sie sind beeindruckt, das kann man riechen.« Sie lächelte abermals.

Erneut kommentarlos betrat Zintok vor ihr das geräumige Apartment und blieb nach nur zwei Metern stehen. »So viel zum Beginn seiner Karriere«, brummte er, bekreuzigte sich und warf einen Blick an die Zimmerdecke. Surona drängte sich an ihm vorbei, um auf das zu blicken, was einmal ein Mensch gewesen war.

12

Die Forensiker vor Ort waren sich noch ein wenig uneinig, wie genau der Tod des Reporters herbeigeführt worden war.

Auch die Theorie eines Unfalls hielt sich in der Luft, da Gregor Manio zu den Menschen gehörte, die ihren Körper mit biomimetischen Implantaten verbessern ließen. Aus den Akten war allerdings zu entnehmen, dass dies nicht aus einer Not, sondern aus einer Idee heraus gekommen war und nun jedes dieser Implantate vor einigen Tagen nahezu explodiert war – ohne jeden ersichtlichen Grund.

Zintok stand in der Wohnung, die von kleinen gelben selbstleuchtenden Nummern übersät war, jedes kleine Knochenstück des Kopfes, Teile der Hände und Arme mussten lokalisiert, aufgenommen und eingesammelt werden. In einer langen und aufwendigen Arbeit würde man herausfinden, wie, wann und wodurch dies alles passiert war.

Surona versuchte noch, an die erhofften Daten zu kommen. Bisher erfolglos.

»Irgendwas auf seinem Computerpad?«, fragte er und deutete auf das PCP des Toten. Seine Partnerin hatte das Gerät an sich genommen und mit dem eigenen verbunden. Der Speicher des Fremdgerätes war jedoch leer. »Nein, ebenfalls leer.«

»Verdammt.« Zintok sah sich um. Jedes Speichermedium in diesem Raum war formatiert, sogar die der Haushaltsgeräte. »Aber wer nimmt sich sogar den Kühlschrankcomputer vor?«

Surona deutete um sich. »Niemand, es war sehr wahrscheinlich eine flächendeckende Fremdeinwirkung.«

»Also erneut ein EMP-Angriff?«, fragte er rhetorisch.

»Anzunehmen, aber nicht zwingend. Dazu müssten wir wissen, wie weit sich dieses Phänomen ausgebreitet hat.«

Zintok zog seinen Mund zu einem dünnen Strich zusammen und sah sich noch einmal in der Wohnung um. Dann zuckte er mit den Schultern. »Fragen wir die Nachbarn wann es passiert ist. War es flächendeckend, ist es höchst unwahrscheinlich, dass deren Computer unberührt geblieben sind.«

Surona stimmte dem zu. »Ich nehme die linke Seite.«

***

Es war bereits spät am Abend, als der Gerichtsmediziner endlich den Autopsiebericht in die Datencloud übertrug. Zusammen mit Surona sah sich Zintok das Ergebnis an. Das Opfer war nachweislich durch die Geschosse einer Taserdrohne förmlich ›gegrillt‹ worden, welche am Tatort auch sichergestellt werden konnten.
Die winzigen Projektile solcher Drohnen waren mit einigen Volt geladen, die sich bei dem Aufprall gegen einen Körper entluden. Durch eine illegale Modifikation konnte diese im Regelfall nicht tödliche Waffe erheblichen Schaden in einem Organismus verursachen, weshalb eine solche nicht frei verkäuflich war. Eine Modifikation konnte nach Analyse jedoch ausgeschlossen werden.

Zintok fasste den Bericht für sich noch einmal zusammen. »Okay, das Opfer starb so ziemlich genau um 3:50 Uhr und aufgrund des Einschlags der fremdgesteuerten Taserdrohne, die ihn direkt in den Rücken getroffen und dadurch eine Explosion aller seiner Implantate verursacht hat.«

Surona nickte und sah in ihre eigenen Aufzeichnungen. »Und alle Speichermedien wurden um 3:57 Uhr gelöscht, das konnten alle Zeugen im Wohnblock ohne Ausnahme bestätigen.«

»Folglich wurde Manio erst getötet und danach hat man die Speicher gelöscht«, schlussfolgerte Zintok. »Und zwar mit einem gezielten EMP-Beschuss. Wieder einmal«, erinnerte er sich an das Versagen des Fahrzeugs des ersten Opfers.
»Wenn aber jemand nur Daten löschen wollte, … wieso wurde der Reporter zuvor angegriffen?«
»Ermordet«, korrigierte Zintok.

»Nicht zwingend vorsätzlich. Es gibt effektivere Tötungsmethoden, als mit einer Drohne Implantate zu zerstören, um den Tod herbeizuführen«, erklärte Suorna.

Der junge Polizist wog ihre Worte ab. Dass in beiden Tötungsdelikten nicht tödliche Waffen verwendet worden waren, war ein erkennbarer Zusammenhang. Gewichtiger schien aber der jeweilige Zeitpunkt. Der Tod des Reporters lag nur zehn Minuten hinter dem Mord des Professors, welcher wiederum nur einen halben Kilometer entfernt von der Wohnung des Reporters stattgefunden hatte.

Wieder einmal trommelte Zintok mit seinen Fingern herum. »Der Täter muss in beiden Fällen derselbe sein.« Es schien ihm zu offensichtlich. »Denn ein EMP-Strahler und eine Taserdrohne gibt es nur dort, wo es auch Schallschläger gibt.«

Surona stimmte dem zu. »Und Mitarbeiter von Sherman haben im Gegensatz zu den meisten in der Stadt entsprechende Elektromobile, um den Professor zu überholen und danach zu Manio zu fahren.«

»Absolut, ja.«

Surona war zufrieden mit den aktuellen Ergebnissen. »Das hier sollte nun aber wirklich für eine Durchsuchung reichen. Das sind mehr als genug Indizien.«

Ein eingehendes Kommunikee lenkte die Aufmerksamkeit beider Beamter zurück auf den Schirm. »Ja, bitte?«, meldete sich Zintok und sah in das digitale Abbild Officer Tilios. Die Augen des schmächtigen Mannes waren ebenso geschwollen wie Zintoks. »Marek, ich denke, du solltest dir hier oben etwas ansehen.«

»Kannst du uns das nicht hier zeigen?«

Tilio schüttelte seinen Kopf. »Es geht um die Implantate des Reporters. Man hat sie mir zur Prüfung gegeben und der Speicher in den Dingern wurde nicht gelöscht.«

Zintok schluckte, als er begriff, was Tilio ihm da gerade sagte. »Ich komme sofort, danke.« Zintok beendete die Verbindung und stand auf.

Surona sah ihn kurz an. »Neue Töne zwischen zwei alten Streithähnen?«

Zintok lächelte schief. »Ich vermute wohl, er hilft mir, damit ich den Fall löse und dann endlich verschwinde.«

»Das ist wirklich umsichtig von ihm«, fügte sie sarkastisch hinzu.

Zintok verließ seinen Schreibtisch und ging auf das Liftsystem am anderen Ende des Großraumbüros zu und wandte sich zu ihr um. »Ich an seiner Stelle würde auch so handeln.«

»Er ist nicht Sie.«

»Er hat bestimmt irgendwelche Gründe.«

Surona holte ihn ein. »Würden Sie denn wirklich einen Kollegen wegen einer privaten Angelegenheit an den Pranger stellen?«

Zintok verstand ihre Frage nicht. »Er widersetzt sich Gottes Vorsehung.«

Abfällig schien Surona zu grinsen, schob sich ihre Haare zur Seite und sah ihn an. »Wer sagt denn so etwas?«

»Wer wohl?« Zintok mied eine Ausführung des Themas. Er fühlte innerlich, dem Ende des Falls so nahe zu sein, dass er ihr ihre Gotteslästerung einmal mehr durchgehen lassen konnte. Am Lift angekommen schüttelte die Frau an seiner Seite nur den Kopf. »Lassen Sie mich raten, Ihr Glaube?«

Ein wenig zufrieden mit der Antwort bestätigte er ihre Frage. »So ist es.«

»Wissen Sie, was alle Religionen gemein haben?«

»Den Glauben?«

Zintok erhielt jedoch nur einen verwunderten Gesichtsausdruck, der jedoch vom metallischen Teil ihres Kopfes nicht mitgetragen wurde.

»Nein. Sondern sie alle predigen Nächstenliebe bis zum Erbrechen. In Wahrheit aber haben sie nur Hass für all jene übrig, die nicht sind wie sie selbst.«

Zuallererst wollte er gegenargumentieren, dass sie als Ungläubige derlei überhaupt nicht beurteilen könne und auch nicht das Recht dazu hätte, so blasphemisch zu sprechen. Eine Stimme in ihm ließ ihn jedoch an sich halten. Schließlich war es seine Aufgabe, jede erdenkliche Seele zu retten. Wenn er also etwas erreichen wollte, sollte er es vielleicht mehr mit Einsicht und weniger mit Aggression versuchen. »Das klingt verbittert.«

»Tja, anders als Sie ahnen.« Surona lächelte traurig und unfähig, das, was sie trieb, in Worte zu fassen.

Ihr Elternhaus war trotz des Krieges ein extrem konservatives geblieben, welchem sie als Achtjährige entflohen war, um sich den Rebellen ihres Landes anzuschließen. Damals hatte sie geglaubt, die westlichen Menschen seien besser. Heute wusste sie, dass sie kein Stück anders waren. Sie erwartete von Zintok insgeheim irgendeine Reaktion, ein Statement, einen Widerspruch, doch nichts geschah. Schweigend stieg er in den gläsernen Lift, woraufhin sie ihn prüfend ansah. »Jetzt sagen Sie nicht, ich bin zu Ihnen durchgedrungen?«

Er hob die Augenbrauen. »Nein, nein, keine Sorge.«

Sie seufzte. »Sorge hatte ich eigentlich keine diesbezüglich …«

Zintok verzog seinen Mund. »Wissen Sie«, begann er. »Ich habe tatsächlich über Tilio nachgedacht … und mich gefragt, wieso er mir hilft. Nun sogar schon zum zweiten Mal hilft.«

»Und?«

Zintok strich sich über sein Kinn. »Naja, so schlimm ist er gar nicht … Als Mensch und Polizist, meine ich … Ich weiß auch nicht, warum ich ihn ständig angreife.«

»Wegen dem, was Ihnen Ihr Vater gesagt hat?«

»Denke schon.« Er zuckte mit den Schultern. »Er war in vielerlei Hinsicht wohl wirklich ein Trottel.«

Nur Sekunden später öffnete sich der Lift und entließ beide ein Stockwerk höher im Computerzentrum der Polizeiwache. Surona ließ Zintok bei seinen Gedanken. Es bedurfte keines weiteren Öls, diese Glut am Glimmen zu halten. Sie lief sogar einen Schritt hinter ihm, wie es die Regeln seines Glaubens verlangten. Nur langsam holte sie auf, um mit ihm zeitgleich in das kleine Büro des Technikers einzutreten. Tilio begrüßte sie diskret und deutete auf eine gläserne Tür. »Hier entlang, bitte.«

In einem separaten Raum des Bereiches aktivierte er mehrere Kristallscheiben und deutete auf ein Diagnosegerät, das direkt an den zerstörten Implantaten angeschlossen war. Die aufflammenden Schirme zeigten eine bereits laufende Analyse.

»Erwartet nicht zu viel. Der Großteil des Speichers wurde bei der Explosion vernichtet, aber es gibt so etwas wie eine Blackbox in jedem einzelnen Implantat, wenn auch begrenzt und auch nicht im besten Zustand.« Er deutete auf den Hauptschirm, der einen zerhackten Datensatz zeigte, welcher derzeit versucht wurde, auszulesen.

Zintok sah auf den Schirm, der bisher eine vierzehnprozentige Wiederherstellung darstellte. »Aber du hast was gefunden?«

»Durchaus.« Tilio setzte sich vor die Analyse. »Der erste Durchlauf hat mir acht Prozent gegeben. Mit einer heuristischen Syntaxanalyse, einem Fragment-Tiefenscan sowie einzelnen losen Verknüpfungen konnte ich das hier zusammenzaubern.« Er markierte in einer Liste mehrere Audiofragmente.

»Aber wie ist das möglich? Der EMP hat doch alle Speichermedien gelöscht«, rätselte Zintok.

»Ein EMP greift nur aktive Geräte an. Die Implantate waren bereits deaktiviert«, erklärte ihm Surona tonlos und setzte sich neben den Techniker.

Es war nicht zu verachten, was Tilio wiederherstellen konnte. Sie fragte sich innerlich, ob auch nach ihrem Tod die meisten ihrer Erinnerungen aktiv bleiben würden und somit ein Teil von ihr, der womöglich ihren Sohn weiterhin begleiten konnte.

»Und was haben wir nun?« Zintok setzte sich ebenfalls dazu. Er musste an sich halten, nicht in den Arbeitsschritt des Computers einzugreifen. Die Hoffnungen, welche ihn ursprünglich zum Reporter geführt hatten, flammten wieder auf. Er wollte unbedingt schon jetzt die Daten einsehen.

Tilio teilte die bisherige Analyse auf seinem Schirm in sechs einzelne Listen auf. »Ich habe insgesamt sechs verschiedene Tage identifizieren können.« Eine Tabelle mit etwa dreißig Einträgen wurde markiert. »Mir fehlt allerdings zu jedem Satzbruchstück der Zeitindex, daher gibt es weder vollständige Sätze … noch die richtige Reihenfolge. Was ich sagen kann, ist, dass sich Manio mit einer Frau in einem Restaurant getroffen, mit seinem Verleger über Intercom gesprochen und an einer Digitalkonferenz teilgenommen hat. Ebenso muss er jemanden auf der Straße getroffen haben.« Er zuckte mit den Schultern. »Die anderen beiden Tage sind vollkommen zusammenhanglos. Eine Zuordnung fällt dort besonders schwer, denn die Bruchstücke, die ich habe, ergeben kaum einen Sinn.«

»Wann können wir was hören?«, fragte Zintok mit deutlicher Ungeduld.

»Im Grunde sofort, es wird dir nur nicht viel bringen. Ich brauche einfach mehr Zeit. Ich wollte dir nur zeigen, dass hier noch was ist, ehe du voreilige Schlüsse ziehst.« Er sah die beiden an. »Morgen werde ich schon sehr viel mehr haben, was dann auch leichter zugeordnet werden kann.«

»Ich will es jetzt hören, bitte.«

»Ja, natürlich …« Tilio wählte das bisher extrahierte Rohmaterial und spielte eine Liste mehrerer Audiotracks ab.

»Das hier ist bisher alles … « Sein Finger berührte den Abspielindikator und eine kleine Trackliste wurde geladen.

» .. geht es dir?« - » … die Zeit läuft uns davon …« - » … Prototypen … Mr. Camon …« - »Jeden Tag derselbe Scheiß!«
Die Audiodatei wurde von Teilen eines Musikstückes unterbrochen und Zintok legte seinen Finger auf das Pausesymbol. »Der Name Camon kommt mir bekannt vor.« Surona hob ihre Hand. »Lassen Sie uns alles in einem Rutsch anhören«, forderte sie und drückte wieder auf den Abspielbutton.

»771 Millionen Kilo … « - »Acht Stunden … » - » … keine Änderung der Situation … « - »Wie geht es dir, Baby?« - » … nicht gezündet, die Schiffe …« - »Kopfschmerzen … ich habe mir ein Backup gezogen« - »Dann … Öffentlichkeit … zweite Flotte …« - »Rechnung bezahl ...« - » … Niemand ist das … « - » … allgemeinen Fehler … « - » ... einen Artikel … « - » … wer soll das bezahlen?« - » Seite sieben! Verda … « - » … über drei Monate lang …

keine Alternative.« - »Sind Sie noch ganz dicht?!« - »Schweigen … Sie, Sie Arsch … « - » … in acht Stunden … Jupiter … Planetenkräfte ...Ganymed« - »Die Hähnchenkeule … «

Erneut wurde das Musikstück abgespielt, wenn auch nur für wenige Sekunden. Aufgeregte Stimmen setzten weiter nach. » … aufgrund von Eventualitäten … « - »Schön, deine Stimme zu hören.« - » … mehr als sieben Stunden ...« - » … meine Sorge … Stonewell.«

Zintok drückte erneut den Pausebutton. »Stonewell, ein weiterer Name!«

»Haben wir gehört, weiter.« Surona fertigte eine Kopie an, um die Daten mit ihren Gedächtnisprotokollen zu vergleichen. Zintoks Unterbrechungen waren alles andere als förderlich, eine saubere Analyse durchzuführen. Kommentarlos ließ er die restlichen Dateien abspielen. » … einhundert Jahren wird niemand … erfahren.« - »Du Arsch, du ruinierst immer alles« - »Martin, bitte!« - »Das ist ein einziger Alptraum …« - » … Frachter ...Kallisto im Gürtel …«

Die Wiedergabe stoppte am Ende der Playliste und Tilio rief wieder seine Tabelle auf.

»Das ist bisweilen alles.«

Surona nährte sich dem Schirm. »Darf ich?«

»Nur zu«, bot Tilio an.

Surona verband sich mit Zintoks Speicher und öffnete die Datei ›Krise 01‹.

»Nutzen Sie das«, wies sie ihn an.

Tilio sah auf die Grafik verschiedener humanoider Flecken auf einem grauen Grund. »Und das ist?«

»Ich bin mir sicher, wir haben soeben unter anderem Bruchstücke aus dieser Versammlung gehört.« Sie setzte sich an das Terminal und schob die einzelnen Fragmente hin und her. »Diese Stimme gehört zu Professor Chase.«

»Dieser Satz hier war gebrüllt … und er schlug auf den Tisch, das könnte auf diese Figur passen.«

Tilio lehnte sich ein wenig zurück und verschränkte die Arme. »Clever … Das wird helfen, die uninteressanten Dinge schneller herauszufiltern und sogar ein wenig Chro-

nologie zu generieren.« Dann aber seufzte er. »Es wird dennoch nicht einfach, dort den wahren Inhalt zu finden.«
»Hm …« Surona deutete auf Viktor Hadeks Darstellung. »Von unserem runden Freund habe ich mindestens drei Sätze gehört. Einen Zusammenhang bekommen wir vielleicht direkt von ihm.«

Zintok stand auf. »Mit dem wollte ich sowieso mal sprechen.«

Surona nickte. »Geht mir ähnlich. Allerdings ist er definitiv nicht unser Täter. Dazu fehlt ihm das Rückgrat.«

Zintok lächelte schief. »Solange er die Lücken schließen kann …. Im Zweifelsfall kann er eine Zeugenvorladung bekommen.«

Wieder stimmte Surona überein und sah auf den Techniker, der nur noch Augen für die Simulation hatte.

»Okay, gebt mir ein, zwei Tage«, sagte er und warf einen schnellen Blick auf den Kalender, als er erkannte, dass ab morgen das Wochenende begann. »Na gut, spätestens Montag habe ich was Brauchbares für euch.«

Zintok sah auf die Reste der Implantate. »Und ich sprech' mit Fabio. Mit dem hier bekommen wir die Durchsuchung geradezu nachgeworfen!«

»Sehe ich auch so.« Surona nickte zufrieden.

Zintok wandte sich einem anderen Terminal des Labors zu und aktivierte dieses mit leichtem Druck auf die transparente Kristallscheibe. Im Standartmenü rief er die Kommunikation auf und ließ sich eine Verbindung zu Chief Diwari aufbauen, welcher diese sofort annahm. »Fabio, was gibt's?«

»Chief.« Zintok lächelte. »Sie dürfen stolz auf mich sein.«
»Na, das wäre ja mal was Neues.« Langsam lehnte sich der alte Mann zurück.

»Surona und ich haben uns nicht nur zusammengerauft, wir sind dank Officer Tilio erheblich in dem Fall weitergekommen … «

Der Chief setzte sich ruckartig auf und näherte sich seinem Schirm, bis einzig sein fleckiges Gesicht zu sehen war. »Wer sind Sie?! Und was haben Sie mit Zintok gemacht!?«

Zintok lachte verhalten. »Sir, wir haben genug Material für eine Durchsuchung des Shermankomplexes. Es gibt erhärtende Beweise, dass es ein bisher unbekanntes Komplott gibt. Ebenso können wir eine erhebliche Datenmanipulation nachweisen – und all dies deutet letztendlich auf die zwei Morde an Professor Dr. Chase sowie Gregor Manio hin. Beides ist offenkundig Teil einer größeren Verschleierung.«

Diwari hob die Augen. »Na holla, da greift aber jemand nach den Sternen.«

»Auf die eine oder andere Weise, ja.« Zintok konnte sich der kleinen Methapher nicht verwehren und entlockte seinem Vorgesetzten ein weiteres Lächeln.

»Schick es mir rüber, ich schau es an und leite es an Chamberlain weiter. Eine Durchsuchung hast du dann wohl am Montag auf dem Schirm, sollte er ebenfalls deiner Meinung sein.«

Deutliche Zufriedenheit stahl sich in Zintoks Gesicht, während er Tilio einen Blick zuwarf. »Schick ihm alles rüber, was wir bisher haben.«

»Läuft«, bestätigte Tilio mit einem Winken.

Nur Sekunden später bestätigte Diwari den Erhalt der Daten. »Danke euch allen.« Er rief sie in einem separaten Fenster auf und sah nur beiläufig auf die Darstellung. »Macht derweilen weiter. Ihr wisst ja, unser Richter mag's handfest.« Diwari sah in den audiovisuellen Sensor und begann zu lachen, bis auch Zintok mit einem gehässigen Gelächter einstieg.

Mit einem siegessicheren Gefühl beendete er die Verbindung. »Fall abgeschlossen«, freute er sich, wohl wissend, voreilig geurteilt zu haben. »Wenn wir am Montag dort sind, wird es ein Leichtes, herauszufinden, welche Waffe benutzt worden ist und wer sie aus der Ladestation genommen hat.« Er wechselte einen Blick mit Surona. »Wie wäre es, wenn wir uns trotzdem noch den Dicken

vornehmen?« Er grinste. »Der müsste von ganz allein losplappern, wenn er uns sieht. Kann also nur hilfreich sein.«
Surona nahm mit einer schnellen Bewegung ihr PCP und klappte es auf. »Denke ich auch.« Sie verband das Gerät mit Tilios Computers, kopierte sich die erarbeiteten Daten und klappte das Gerät danach wieder zu. »Gehen wir.«

13

Im Dienstwagen sitzend beobachteten die beiden ungleichen Polizisten die Wohnung des korpulenten Wissenschaftlers. Die bereits untergehende Sonne verfärbte wie jeden Abend den braunblassen Himmel in ein leichtes erdnahes Blau, was Zintok sehnsüchtig beobachtete. Ein blauer Himmel war nur so lange belanglos, wie man ihn über sich hatte.

Surona hatte ungeachtet des Farbenspiels weitere Mitarbeiter der Shermanstiftung auf eine kurze Liste gesetzt. Sie alle sollten entweder geprüft oder beobachtet werden. Einige hatte sie sogar für kurze und unautorisierte Befragungen markiert. Jede einzelne dieser Personen hatte ein ähnliches psychologisches Profil wie Hadek.

Mit Zintok war sie übereingekommen, dass keine dieser Personen irgendetwas mit dem Fall an sich zu tun hatte, aber über mögliches Wissen verfügte, um die notwendigen Antworten eines Motives zu finden. Sie mussten nur systematisch vorgehen, denn je mehr man die schwachen Glieder einer Kette bearbeitete, desto eher sprang das gesamte Konstrukt auseinander. Hadek war am geeignetsten, um zu beginnen, auch um die übrigen einzuschüchtern. Ob und wie die anderen tatsächlich befragt wurden, entschieden die Antworten des Wissenschaftlers.

Schon während ihrer Ausbildung in den Staaten hatte Surona gelernt, wie man mit potenziellen Terroristen umging, wie man ihnen Angst machte, sie bedrängte und zum Gestehen zwang, obwohl man nichts gegen sie in der Hand hatte. Das Wichtigste dabei war, dass der Bedrängte sein Erlebnis mitnahm und zu möglichen Komplizen trug, wo es sich wie ein gefühltes Lauffeuer verbreitete.

Zugegeben, dieses durchaus effektive Verfahren war in den letzten achtzig Jahren vollkommen wirkungslos an mehr Zivilisten als an möglichen Terroristen angewandt worden, was irgendwie den Sinn und Zweck des Ganzen entstellte. Nur durch geschickte Fälschungen an den richtigen Stellen gelang es Regierungen und Strafverfolgern, dieses Verfahren bis heute legitim zu halten.

Zintok stimmte ihr dieses Mal vorbehaltlos in allen Punkten zu. Einem potenziellen Verdächtigen musste man deutlich machen, dass er verdächtig war. Mit allen erdenklichen Mitteln.

Aus dem orangen Licht der Kuppelbeleuchtung schlurfte ein breiter Schatten um die Ecke. Langsam, fast wie in Trance, setzte dort hinten jemand einen Schritt vor den anderen. Surona hatte die Person mit ihrem elektronischen Auge erfasst und stark herangezoomt sowie Licht und Kontrast angeglichen. »Da ist er«, bestätigte sie und normalisierte wieder ihr Blickfeld. »Wir haben Glück. Irgendwas muss ihm deutlich zugesetzt haben. Er scheint angeschlagen.«

Die Antwort war ein Lächeln. »Na, das wird dann ja ein Kinderspiel.«

Surona betätigte den Türöffner und stieg aus dem schmalen Dienstwagen. Zintok folgte ihr mit schnellen Schritten.

»Mr. Hadek?«, rief sie dem Wissenschaftler zu, als dieser gerade die Tür zu seinem Wohnhaus öffnen wollte.

»Ja, Bit … « Der Mann drehte sich um und erstickte förmlich an seiner Antwort, als er die beiden Uniformierten erkannte. Leichenblass stürmte er durch die sich gerade öffnende Tür.

Wie auf ein stummes Kommando sprinteten beide Polizisten dem Flüchtenden in den Hausflur nach, wo dieser über zwei Treppen und laut schnaufend in seiner Wohnung verschwand. Zischend verriegelte sich das graue Schott.

Zintok kam nur wenige Sekunden später an der Tür zum Stehen und schlug verärgert gegen das Metall.

»Verdammt.«

Surona holte ihn ein. Sie hatte sich nicht die Mühe gemacht, wie Zintok bis zum Äußersten zu gehen, da sie sofort erkannt hatte, dass hier eine Verfolgung mangels Fluchtoptionen aussichtslos war.

»Erstaunliches Tempo für seine Körperform«, kommentierte sie nur.

Zintok lehnte sich gegen die Wand und atmete tief ein.

»Scheint wohl doch unser Hauptverdächtiger zu sein.« Er verzog missbilligend das Gesicht. »Nur leider kommen wir ohne richterlichen Beschluss da nicht rein … Es ist doch zum Mäusemelken.«

Surona lachte. »Mäusemelken?«

Zintok zuckte mit den Schultern. »Hat mein Vater immer gesagt.«

»Der mal wieder.« Sie schüttelte den Kopf und legte ihre künstliche Hand gegen den Kartenleser. »Keine Sorge, ab einem gewissen Punkt der Ermittlungen bin ich auch sehr dafür, das Gesetz mit neuen Maßstäben zu vertreten.«

Die Tür öffnete sich mit einem Zischen und offenbarte eine dunkle kleine Wohnung, ähnlich wie jede andere in Red City. Vor ihnen saß Viktor Hadek, verschwitzt und vor Entsetzen sprachlos an seinem Terminal. Durch das transparente Display konnte man sehen, dass er versucht hatte, einen Anruf zu initialisieren. Er war noch nicht entgegengenommen worden.

Verdattert schaute der Wissenschaftler auf die beiden näherkommenden Cops. Zintok trat um den Schreibtisch, wählte das Comm-Menü ab und grinste zufrieden. »Das Spiel ist aus.«

»Was erlauben Sie sich …« Hadek stand auf, wurde von Zintok jedoch zurück in den Stuhl gestoßen. »Setzen Sie sich.«

Surona nährte sich dem deutlich älteren Mann von der anderen Seite und nahm einen festen Stand ein.

Derweil griff Zintok einen weiteren Stuhl und setzte sich Hadek gegenüber. »Wir wissen Bescheid«, begann er und faltete die Hände. »Wie viele Millionen? Hm?«

»Was?« Hadek sah ihn zitternd und mit flatterndem Unterkiefer an.

»Die zweite Flotte, wir wissen Bescheid. Was sollte zünden? Gab es eine Bombe an Bord? Haben Sie die gelegt? Sie wissen ja, wie das ist. Ich muss nur im Ansatz andeuten, dass Sie dafür verantwortlich sind und schon sind Sie für immer im Loch.« Zintok lächelte reißerisch. »Und dort gibt es keine Millionen mehr für Sie.«

Hadeks Augen suchten Surona und in ihnen stand die Bitte, ihn vor diesem Wahnsinnigen zu schützen. Sie erkannte diesen Ausdruck wohl, sah aber nicht ein, ihrem Partner jetzt in den Rücken zu fallen. In Momenten wie diesen musste ein Team Einigkeit beweisen, um Antworten zu bekommen auf Fragen, die sie im Grunde nicht kannten. Langsam trat sie um den Schreibtisch, klopfte ihrem Partner auf die Schulter und bat ihn, den Platz freizumachen. »Officer, lassen Sie mich, ich habe schon ganz andere zum Reden gebracht.«

Da sie die zuvor gehörten Satzfetzen in ihrem internen Speicher trug, konnte sie weit weniger Unsinn daraus ziehen. »Zugegeben, wir kennen noch nicht alle Details, außer, dass es um einen Prototypen geht. Mr. Camon hat ihn offensichtlich entwickelt.«

»Davon weiß ich nichts.« Hadek sah sie mit geweiteten Augen an. Seine Reaktion ließ sie erkennen, dass er zutiefst entsetzt war, was sie soeben gesagt hatte. Dass er nichts wusste, war eine simple Lüge, die offensichtlicher nicht sein konnte. Surona senkte ihre Stimme und sah Hadek fest in die Augen. »Kommen Sie. Haben Sie ihn getestet? Auf Kallisto? Mit der zweiten Flotte? Was ist schiefgelaufen?«

»Nein! … Was reden Sie? …« Der Mann sah sie nun ehrlich verdutzt an.

Surona erkannte, dass sie ähnlich wie Zintok zu sehr ins Blaue geraten hatte. Ihre Glaubwürdigkeit stand deutlich auf dem Spiel. Mit entschlossenem Griff packte ihr mechanischer Arm das Handgelenk des Mannes und drehte es langsam um. »Was ist bei Kallisto geschehen? War es wert, zwei Männer dafür zu töten?«

Hadek schrie auf und Surona ließ ein wenig lockerer. »Warum wurde Professor Doktor Martin Chase hingerichtet?«

»Wo ist sein Anteil?!«, rief Zintok dazwischen. »Ich weiß nicht, wovon Sie red …« Der kräftige Schmerz des mechanischen Arms unterbrach den stark schwitzenden Mann in seiner Behauptung.

»771 Millionen Kilo! Kilo-was? Sprengstoff? Was wird in einhundert Jahren damit passieren? Da draußen bei den Kolonien?«

»Sie sind ja wahnsinnig!« Hadek schrie auf. Wieder durchfuhr ihn ein Schmerz. Surona ließ nun aus ihrer Hand einen kleinen Draht herausfahren und packte seine andere Hand. Langsam schob sie den Stachel unter den Daumennagel des Mannes. »Reden Sie! Was ist da passiert?«

Hadek aber schrie nur noch, keine Worte, ein einziger Schrei, der sogar noch andauerte, als Surona den Draht längst wieder eingezogen hatte. Gerade wollte sie erneut sein Handgelenk umdrehen, als ihr PCP mit einem seichten Ton einen Anruf signalisierte. Ihr erster Gedanke lag bei Farhod. Nicht noch einmal wollte sie einen Anruf verpassen. Sofort griff sie in ihre Tasche und sah Hadek finster an. »Heute ist ihr Glückstag. Sie bekommen eine Pause.«

»Was tun Sie da?« Zintok sah sie fassungslos an, als sie das Gerät aufklappte. Sekunden später erkannte er zusammen mit seiner Partnerin das Gesicht ihres gemeinsamen Vorgesetzten auf dem Display. »Wo sind Sie beide?« Chief Diwaris Frage war kühl und distanziert.

»Bei einem Hauptverdächtigen«, erklärte Surona. Diwari winkte ab. »Viktor Hadek ist kein Verdächtiger!«

»Woher wissen Sie …« Zintok kam näher an das PCP heran und versuchte auf dem kleinen Schirm seinem Vorgesetzten in die Augen zu sehen. Offenbar hatte Hadek sein Telefonat doch durchführen können. Zeit genug hatte er dafür gehabt.

»Ah, Marek. Ich habe deine sogenannten Ermittlungsergebnisse gesehen.« Er schnaufte. »So einen Haufen Scheiße habe ich mir ja noch nie ansehen dürfen. Nicht einmal von dir. Das ist nix und gar nix!« Er strich mit seinen Händen vor seinem eigenen Aufzeichner. »Die Durchsuchung ist abgelehnt. Sie sollen einen Mord aufklären, also erstellen Sie ein brauchbares Täterprofil.«

»Sir, es hat den offenkundigen Anschein, dass die gesamte Sherman-Stiftung da mit drinhängt«, erklärte Surona mit ruhiger Stimme.

Diwari lächelte ein wenig. »Hat Marek sie mit seinem verdammten Verschwörungsmist angesteckt?«

»Natürlich nicht, Sir. Sehen Sie sich einfach die Aufnahmen an.«

Der alte Mann auf dem Display verzog grimmig den Mund. »Die habe ich gesehen. Beschaffen Sie mir irgendwas Nützliches, das ihre Theorie untermauert. Mehr als die Idee, dass die da die Möglichkeit haben könnten. Ich habe auch die Möglichkeiten, jemanden zu töten! Bin ich deshalb verdächtig? Soll ich Ihnen von meinen Duschkopf erzählen?«

»Sir?« Sie runzelte die linke Hälfte ihrer Stirn.

»Wo bleibt das Motiv?«, forderte der Chief sie auf.

»Dieses versuchen wir gerade zu erhalten.« Surona sah auf Hadek, der mit gesenktem Kopf und ungewöhnlich still in seinem Stuhl hing. Seine Ohren verfolgten das gerade stattfindende Gespräch aber mit erstaunlich regem Interesse.

»Sie foltern mich!«, quengelte er dazwischen, als er sicher war, dass der Chief dies hören würde. Diwari hielt einen Moment inne und verfinsterte anschließend seine Augen. Seine Stimme blieb ruhig. »Sind Sie beide des Wahnsinns? Auf blinden Verdacht jemanden zu verhören?«

Zintok fühlte sich zu Unrecht gemaßregelt. »Das machen wir doch jeden Tag!!«

Diwari räusperte sich. »Ja, aber doch nicht mit wichtigen Menschen!«, relativierte er, wobei wohl jedem Zuhörer klar sein musste, dass allein diese Aussage genau dies war, wovor Faris Diwari vor mehr als fünfzehn Jahren geflohen war.

»Wo ist der den wichtig?« Zintok fand dieses Argument nur lächerlich und konnte sich beim besten Willen nicht vorstellen, warum Fabio dies vorschob.

Dieser fuhr jedoch unbeeindruckt fort. »Wichtig genug. Das dort kannst du auf der Erde machen, aber nicht hier! Nicht solange ich hier das Sagen habe und entscheide, wer gefährlich ist und wer nicht!«

»Sie entscheiden das?« Surona konnte sich den eisigen Unterton nicht verkneifen. Einen ähnlichen Satz hatte sie damals in ihrer Ausbildung gehört, welcher sie dazu gebracht hatte, primär in den eigenen Reihen nach Schmutz zu suchen. Denn seit jeher wurde das Gesetz von seinen Vertretern sehr vage ausgeschöpft. Während einfache Bürger stets die volle Härte ohne jede Gnade erfahren durften, wurde bei reichen und einflussreichen Menschen eine kaum zu überbietende Lässigkeit dargeboten, gesetzt den Fall, dass ein Staatsanwalt es wagte, überhaupt Ermittlungen einzuleiten.

Eher wurde der Polizist verhaftet, der ermittelte, als dass einem ›wichtigen‹ Menschen seine gerechte Strafe zuteilwurde. Ayasha Surona gehörte zu denen, die auch dort nicht zurückschreckte und oft auf größere Widerstände getroffen war.

Auch Zintok war sich dergleichen bewusst. Nachdem die Christen den Krieg gewonnen hatten, war das Elitedenken auf Seiten der Religion wieder stärker in der Gesellschaft angewachsen und allgemein akzeptiert worden. Darüber hinaus konnte man durch einfache Floskeln lange Rechtswege in Gang bringen, wie es im Mittelalter bereits gegen vermeintliche Hexen eine wahre Wunderwaffe gewesen war. So war seine Drohung gegenüber Hadek, ihn schlicht auf die Terroristen-Verdachtsliste zu setzen, tatsächlich einem Todesurteil gleichgestellt. Im Laufe seiner Dienstjahre hatte er gelernt, diese Waffe punktgenau einzusetzen. Wütend fuhr er auf. »Wenn ich wollte, könnte ich dich auch als gefährlich erklären. Wer außer uns beiden weiß noch,

dass du in Wahrheit ein Moslem bist? Eine Nachricht zur Erde, Fabio, und du bist weg!«
Surona setzte ihrerseits einen unfassbaren Blick auf und richtete ihre erneut aufkommende Wut stumm gegen ihren Partner. Beinahe war sie versucht gewesen, ihn zu mögen, nun aber schien er in seinen alten Trott zu verfallen.

Der Chief auf dem schmalen Display seufzte nur und senkte den Blick, was sie zum Überdenken brachte. Sollte tatsächlich wahr sein, was Zintok soeben gesagt hatte, schien das Netzwerk aus Lügen, Deals und Korruption viel feinmaschiger zu sein, als es anfangs den Anschein gehabt hatte. Natürlich war ihr Diwaris Abstammung sofort ins Auge gefallen. Sie hatte schon geahnt, dass dies sein Grund war, so fürsorglich zu sein. Aber glaubte er tatsächlich noch an den von den Amerikanern für illegal erklärten Gott?
Hier auf dem Mars, wo Diwari die Fäden der Kontrolle in seinen Händen hielt, war eine Ermittlung in dieser Richtung nahezu unmöglich. Für die amerikanischen Behörden genügte aber meist schon eine Behauptung, um jemanden wie Diwari der Existenz zu berauben.

»Für immer!«, blaffte Zintok dem PCP zu und sein Finger schob sich vor dem Scanner von links nach rechts. Er war zu nah, um jetzt aufzugeben oder sich an Deals zu halten. Vergessen war das Gespräch mit seinem Chef, in dem dieser seine Situation geschildert hatte, worauf Zintok geschworen hatte, sein Wissen niemals einzusetzen. Diesen toten Planeten für immer verlassen zu können war zu reizvoll gewesen!

Diwari hob seinen Blick. »Ich bin seit über fünfzig Jahren bei der Polizei, Jungchen … Fünfzig Jahre habe ich eure verdammten Gesetze vertreten!«

Zintok zuckte mit den Schultern. Wie sollte ein Mann, der ihn so oft vor allen verachtet hatte, sein Gewissen erreichen können?
Zugegeben, es war Hassliebe. Fabio hatte immer ein besonderes Auge auf seinen Jüngsten gelegt. Derlei gehörte jetzt und hier jedoch nicht her. »Lass mich einfach meinen Job machen und es werden vielleicht nochmal fünfzig Jahre.«

Diwari schüttelte den Kopf und beschwor ihn förmlich. »Marek! Bitte! Lasst den Mann gehen! Du bist auf der falschen Spur!«

»Was ist mit der Simulation? Du hast sie doch gesehen.«

Abermals schüttelte der Chief seinen Kopf. »Diese bieten Mr. Hadek nur ein perfektes Alibi! Lass ihn gehen oder Chamberlain wird dich einlochen – und dann kann und werde auch ich dir nicht mehr helfen!«

Surona rief in ihrem Kopf die Datei auf ihrem Chip nochmal auf, ließ sie abspielen und nach Hadek suchen. »Er hat recht, Marek«, sie musste sich eingestehen, dass sich sich hatte mitreißen lassen und sie sich gerade auf sehr dünnem Eis bewegten. Gestern hatte sie Zintok für weniger noch die Stirn geboten. »Wir müssen anders herangehen.« Natürlich konnte man nachweisen, dass irgendetwas bei der Sherman-Stiftung nicht besonders sauber war, doch in Verbindung mit dem Mord konnte man weder Viktor Hadek noch jemand anders dort bringen. Einzig das Unternehmen selbst warf einen großen, verdächtigen Schatten.

»Wir beschaffen mehr.« Surona sah Fabio an. »Auf die saubere Art und dann nehmen wir diesen Laden hoch.«

»Wenn ihr das schafft, dann viel Glück, aber rechnet nicht damit.« Chief Diwari beendete das Gespräch.

Zintok fuhr sich durchs Gesicht und schüttelte den Kopf. »Wieso haben Sie das Gespräch überhaupt angenommen?« Surona steckte ihr PCP ein. »Ich habe meine Gründe.«

»Was kann so wichtig sein, dass …« Ihr eisiger Blick ließ ihn verstummen, dann ließ er die Schultern sinken.

»Verstehe.«

Surona versuchte zu lächeln. »Keine Sorge, ich kenne Richter auf der Erde, die nur zu gern Großkonzernen an den Kragen gehen. Wenn wir Glück haben, schickt er gleich eine Armee FBI-Agenten hinterher.«

»Das dauert Wochen …« Zintok war sichtlich enttäuscht.

»Wenn schon, sie können nirgendwo hin.« Sie warf Hadek noch einmal einen Blick zu. »Wir sehen uns wieder.«

»Früher als Sie glauben. Mein Anwalt wird Ihnen die Hölle heiß machen.«

Surona hatte nur ein verächtliches Lächeln für Hadek über. »Da war ich schon.«

Zintok hingegen lachte nicht. »Das ist unangebracht.« Daraufhin schüttelte sie ihren Kopf und verließ die Wohnung, ohne noch etwas hinzuzufügen.

Im Dienstwagen atmete Surona langsam durch, ehe sie Zintok ansah. »Können Sie ihren Glauben auch mal für sich behalten? Wenigstens im Job?«

»Das habe ich den ganzen Tag schon getan«, rechtfertigte er sich.

Sie überlegte einige Sekunden, ehe sie antworten wollte. »Ja, das stimmt allerdings.« Sie warf ihm ein Lächeln zu. »Das war sehr angenehm, danke.«

Zintok verzog das Gesicht. »Ich muss auf Sie wirken, wie Sie auf mich, oder?«

Surona wog ab. »Nun, … ich erzähle Ihnen nicht ständig, wie richtig es ist, diesen zweifelhaften Idealen nachzuhechten.«

Zintok seufzte. »Lassen Sie uns nicht schon wieder streiten.« Er sah auf die Uhr. »Soll ich Sie nach Hause fahren?«

»Ja, das wäre nett.«

14

Dumpf dröhnte die Musik im derzeit wie ausgestorben wirkenden Pinky-Pig-Pub. Zintok erhob das Glas auf sich und seinen Tag, der bis vor kurzem noch so gut ausgesehen hatte. Der Alkohol perlte in seinem Hals und breitete sich warm in seinem Magen aus. Der Song ließ ihn sein Glas ein wenig hin und her schaukeln. Es war ein Klassiker aus seiner Kindheit. Musik wie diese wird heute einfach nicht mehr gemacht, dachte er bei sich und musste leicht

aufstoßen. Ja, es war schon wahr: Vor fünfzehn Jahren hatte die Welt einfach besser ausgesehen, damals in den Sechzigern. Gut, es hatte damals Krieg gegeben, aber er war nicht dabeigewesen. Die USA führten schließlich immer irgendwo einen Krieg, seit Jahrhunderten und jeder stimmte dem irgendwie dabei zu.
Unter vorgehaltener Hand hasste jeder außerhalb Amerikas dieses gigantische Imperium, denn nichts anderes war es, daran war auch nichts verkehrt. Zintok liebte dieses Land. Er war dort schließlich geboren worden! Zugegeben, Krieg war nie etwas Schönes, aber er war notwendig und seine Nation hatte schlicht den Mut, das Notwendige durchzusetzen.
Hin und wieder erschlich sich in ihm der Gedanke, dass er viel mehr von der amerikanischen Propaganda als von seinen Eltern erzogen worden war. Zu seiner Schulzeit hatte man ihm deutlichgemacht, dass die freie Welt erst dann befreit war, wenn alle Moslems ausgelöscht waren. Ihr Fanatismus, der Jahrzehnte lang über die Erde geschwappt war und an allen Orten mordete, hasste und Schlimmeres tat, musste einfach eingedämmt werden. Auch ein kleiner Marek Zintok stand dafür. Er kannte andere Meinungen, doch diese gehörten irgendwelchen Atheisten, die der Meinung waren, dass Kriege für, gegen oder mit Religionen falsch seien, dass die Religion instrumentalisiert wurde, um völlig andere Ziele durchzusetzen.
Zintok belächelte diese Naivität und nahm einen tiefen Schluck. Er trank auf diese armen Idioten, die befreit wurden, ohne dass sie es wollten und trotzdem diese Freiheit dankbar annahmen, denn plötzlich war es nicht mehr wichtig, woher sie kam, schließlich waren sie frei.

Er musste an Surona denken. Sie war auch einer dieser Idioten. Befreit und undankbar. Fabio war auch so einer, ganz besonders er. Versteckte sich hier auf dem Mars vor der rechtskräftigen Verfolgung. Natürlich wusste Zintok, dass er Fabio nicht mehr lange in der Hand hatte und dass er inzwischen vorsichtig sein musste. Dummerweise hatte er damals seinen Vorgesetzten nicht sofort der Erde gemeldet. Nun konnte man ihn jederzeit wegen Mittäterschaft belasten, es sei denn, er kam dem noch zuvor. Sobald er diesen Fall beendet und den Mars verlassen hatte, würde er auf schnellstem Wege zum FBI gehen und als Grund angeben, dass er noch recherchieren und dann sicher aus Red City herauskommen musste …

»Noch so spät auf?« Melanies Stimme war fröhlich und brachte dieses unsichtbare Lachen mit sich, das nur Frauen ausstrahlen konnten.

Zintok blickte auf und konnte sich nicht dagegen wehren, dass sich ein erwiderndes Lächeln auf sein Gesicht setzte. »Hi, Mel.«

»Siehst besser aus als letztes Mal.«

Zintok nickte und stellte sein Glas ab und deutete mit dem Finger darauf. »Ich nehm noch einen.«

Melanie wog einen Augenblick ab, ob sie ihm diesen Wunsch erfüllen sollte und entschied sich dafür. So betrunken dieser Mann auch schon war, er war stets harmlos. Manchmal war er ein Arsch, … so wie letztes Mal, aber in der Regel wurde sein Wesen nur stiller. Manchmal begann er zu reden, leise, bedächtig und gewählter, als wenn er nüchtern war. Sie hatte großes Mitleid mit ihm, denn in ihm steckte ein Mann, der sich selbst eingesperrt hatte.

»Schon was Neues über Jessica?«

Zintok schüttelte den Kopf. »Sie soll zur Hölle fahren.«

»Das ist traurig.«

»Ich weiß.« Er nahm einen weiteren Schluck und Melanie schenkte ihm nach, ohne zu fragen.

Die laufende Musik wurde von einem Werbespot unterbrochen. Auf dem großen Schirm zwischen Flaschen, Kaffeemaschinen und Mixern erklangen die ihm stets bekannten Töne. Die wie immer fesselnde Frauenstimme ließ beide auf die Nahaufnahmen der Kolonialschiffe blicken. Mit aufflackernden Einblendungen wurde wieder einmal deutlich, dass die Erde an ihre Grenzen gestoßen war. Überbevölkerung, Armut, Kriege und das daraus folgende Leid. Neil Armstrong gab seinen berühmten Satz zum Besten, als er erstmals den Mond betrat.

»Was die wohl gesagt haben, als sie hier ihre ersten Schritte gemacht haben?«, fragte er leise.

Melanie grinste. »Ein weiterer Schritt in die Zukunft.«

»Ehrlich?«

Sie nickte heftig. »Ja.«

»Bescheuert.«

Die hypnotische Stimme versprach den Traum von neuen Welten und Teil des kleinen Schrittes zu sein, der in eine neue Zukunft führte.

»Weißt du, was mir aufgefallen ist?«, sagte Melanie, nachdem der Spot beendet war.

»Dass diese Werbung scheiße ist?«

Ihr Lachen wurde durch das Öffnen der Tür in ihr Lokal unterbrochen. Zwei Männer in Polizeiuniform kamen herein und stellten sich an die andere Seite des Tresens. In Situationen wie diesen war Zintok froh, dass er seine Uniform immer deaktivierte, wenn er außer Dienst war. Blau-Rot konnte hier jeder tragen.

Vorsorglich neigte er seinen Kopf, um vollends auszuschließen, erkannt zu werden. Nach einem Gespräch unter ›Kollegen nach Feierabend‹ war ihm einfach nicht.

Dennoch versuchte er zu erkennen, wer die beiden waren. Den ersten erkannte er schon an seiner Stimme. Es war Dekker, einer der netteren, auch wenn er ebenfalls seine Schattenseite mit sich trug. Dekker provoziert die Menschen gern. Sein Faible war es, auf jemanden zuzugehen und diesen polizeirechtlich zu prüfen, wobei wichtig war, dass sein Opfer ihm körperlich unterlegen war, schließlich wollte er kein Risiko eingehen. In der Regel begann er damit, sich etwas auszudenken, was zu einer tieferen Prüfung führte. Er liebte diese kleinen Machtspiele. Der zweite war Carney. Dessen einziges Problem war es, fürchterlich schnell auszurasten, egal wem gegenüber. Selbst Fabio gegenüber. Auf der Erde hatte Carney bereits vier Verfahren laufen und eigentlich hätte er seinen Job nicht mehr ausführen dürfen. Der Chief drückte hier draußen jedoch immer ein Auge mehr zu als er tatsächlich hatte.

Dekker legte geräuschvoll sein PCP auf den Tresen und sendete die Bestellung an das Empfangsterminal. Melanie prüfte den Dateneingang und begann damit, die Maschinen zu bedienen, um das Bestellte zuzubereiten. Zintok trank sein Glas aus und ging auf die Toilette.

Als er wiederkam, waren Dekker und Carney wieder verschwunden und Melanie hatte sein Glas bereits abgewaschen. Eine gute Gelegenheit, dem Alkohol heute einen Riegel vorzuschieben.

»Ich denke, ich gehe jetzt«, sagte er, bezahlte seine Drinks und legte ein großzügiges Trinkgeld per manueller Eingabe oben drauf. »Für deine Umstände.«

Als Melanie auf dem Display die Summe begriff, sah sie ihn mit großen Augen an. »Umstände?«

Er deutete auf die Tür. »Die beiden kommen gleich zurück und behaupten, dass etwas fehlt.« Er lächelte traurig. »So 'ne Art Sport auf dem Revier.«

Melanie hob ungläubig die Augenbrauen.

»Jedes Mal woanders«, erklärte er weiter. »Gibt schließlich genug Fressbuden in der Stadt.«

Sie stützte die Hände in die Hüfte. »Bist du sicher?!«

Er lachte wieder. »Wirst es sehen. Und was willst du dann machen? Die Polizei rufen, weil sie dich um drei Sandwichs betrügen? Wer wird dir glauben?« Er lachte bitter.

Melanie weitete die Augen und erkannte ihre Machtlosigkeit gegenüber der prophezeiten Situation.

Im selben Augenblick öffnete sich die Tür und Carney kehrte zurück. »Ma'am. Entschuldigen Sie, aber es gibt da ein kleines Problem.«

Er legte das PCP wieder auf den Tresen, diesmal noch geräuschvoller. »Wir haben viermal Baconsalat mit Ei und Specksandwich bestellt, es waren aber nur zwei dabei. Und eine Cola hat auch gefehlt.«

Melanie sah erst Zintok, dann den Polizisten an. »Das denke ich nicht, Sir.«

Der Beamte stutzte. »Entschuldigung, aber wir sind hungrig und im Dienst. Ebenso haben wir dafür bezahlt.«
»Sie haben erhalten, wofür Sie bezahlt haben. Oder soll ich mich um die Überwachungssensoren und die Computerlogs bemühen?«

»Bemühen Sie sich, nachdem wir unser Zeug bekommen haben oder überweisen Sie mir das Geld zurück.«
Melani lachte einmal laut auf. »Auch das werde ich nicht tun, Sir. Ihre Masche ist mir bekannt.«

Carney sah sie nun wütend an. »Masche?«

»Marek? Erklärst du diesem Herrn bitte, worin seine Masche besteht?«

Wütend sah sich Carney zu Zintok am anderen Ende des Tresens um und hob die Augenbrauen, als er ihn erkannte. »Zintok! Du verficktes Arschloch!«

»Ebenso, danke.« Zintok legte seine Finger zu einem flapsigen Gruß an die Schläfe. Carney lief hochrot an und stürzte sich auf ihn. »Was hast du gerade zu mir gesagt?«

»Hey, beruhig dich.« Zintok hob seine Hände.
Carney riss ihn an seiner Uniform hoch. »Komm du morgen zum Dienst, du Wichser!«

»Gern, dann sag ich dem FBI, wo sie dich finden oder was Dekker vor vier Monaten in dieser Wohnung bei der Alten so alles mitgehen lassen hat.«

Carney ließ ihn los und stieß ihn an. »Das wagst du nicht.«

Zintok lachte. »Ich habe noch viel mehr über dich, Dekker oder auch Lloyd« Er suchte vergeblich sein Glas, um ihm zuzuprosten, hob am Ende aber nur die Hand.
»Alter, ich hab sogar was gegen Fabio!«

»Verdammtes Arschloch.«
»Wie schon gesagt, ebenso.« Zintok lächelte.
»Das vergess ich nicht!«, drohte Carney, sah Melanie noch einmal an und zeigte auf sie. »Und dich auch nicht, Schlampe!«
Wütend stampfte er hinaus und ließ die Tür ins Schloss knallen.

Melanie näherte sich, füllte ein neues Glas und reichte es ihm. »Danke sehr.« Anschließend nahm sie selbst einen Schluck.
Dankend nahm Zintok den Scotch entgegen. »Sorge dich nicht, ich kümmere mich darum, dass sie nicht zurückkehren.«

»Das war sehr mutig von dir.«

»Hatte ich denn eine Wahl?«

»Die haben wir. Jeden Tag sollte man einmal was Richtiges tun.« Sie klimperte ein wenig mit ihren Augen.

Zintok schloss die eigenen und warf sich den Alkohol in den Hals. Leise stellte er das leere Glas ab. »Ja, vermutlich. Die beiden sind allerdings nicht die größten Ärsche auf dem Revier …« Er lächelte. »Rangieren aber in den Top Ten.«

Seufzend nahm Melanie das Glas, stellte es auf ihre Arbeitsfläche und sah auf die gegenüberliegende Wand, wo ein Foto verschiedener Schiffe der Modulklasse hing. »Ich wünschte manchmal, ich wäre auf einem dieser Schiffe.« Sie deutete auf das Bild in Zintoks Rücken, der sich interessiert umwandte. »Einfach weg. Zusammen mit ausgewählten Menschen, die zueinander passen.« Lächelnd umrundete sie den Tresen und setzte sich zu ihm. »Vielleicht sogar mit dir.«
Zintok räusperte sich etwas verlegen. »Ich hatte mich gemeldet, für beide Flüge … Zum nächsten bin ich bereits zu alt.«

Sie strich sich durch die lockigen Haare. »Ja, ich auch. Vielleicht komme ich ja auf die Monde. Ganymed oder Europa sollen schön sein.«
»Das sind reine Wissenschaftsposten … Was willst du da?«
»Auch Wissenschaftler gehen mal einen trinken … Vor dreißig Jahren war das alles hier noch eine Baustelle, und jetzt?« Sie zuckte mit den Schultern. »Außerirdischer Alltag.«

Zintok runzelte die Stirn. »Sie sind wohl ein richtiger Fan?«

»Oh ja …« Leicht melancholisch sah sie zu dem Schirm über sich, der wieder ein schrilles Musikvideo

zeigte. »Nur hört man diesmal nichts.«
»Hm?« Zintok sah nun ebenfalls auf den Schirm.

»Vom Flug … Damals, 2070, haben die unentwegt darüber berichtet, wo die Schiffe gerade sind, wie hoch ihre Geschwindigkeit ist … Geschichten über die Besatzung. Theorien über die entstehenden Gesellschaften.« Sie deutete beiläufig auf das Terminal an der Wand. »Und heute? Sogar der Livestream wurde eingestellt.«

»Hm … Ist mir nicht aufgefallen.« Zintok zuckte mit den Schultern. »Hat mich auch nicht so sehr interessiert.«
»Tja, so ist das mit uns Fangirls … Wenigstens ein bisschen Weltraum.« Sie kicherte leise. »Ich wollte alles aufzeichnen für meine künftigen Kinder, … aber seit die neuen Schiffe den Jupiter passiert haben, hört man nichts mehr.« Sie seufzte leicht. »Schade eigentlich.«

»Interessiert wahrscheinlich die wenigsten heutzutage.« Zintok raffte sich auf und sah auf seine gestohlene Uhr. »Ich wollte längst gegangen sein.«
Melanie stimmte zu und spülte das Glas ab. »Gute Nacht, Marek.«
Er hob die Hand zum Abschied und begab sich leicht schwankend zur Tür. Das eben geführte Gespräch hallte noch in seinem Kopf nach und brauchte seine Zeit, bis es seinen Verstand erreicht hatte. An der Tür blieb er stehen und drehte sich ihr wieder zu. »Was hast du gerade gesagt?«

Melanie sah ihn verdutzt an. »Öhm … Gute Nacht?«
»Nein, nein!« Zintok torkelte zurück an den Tresen und stützte sich dagegen. »Das davor … Die Schiffe … Als die Berichte aufhörten.«

»Seit Jupiter.« Melanie hob fragend die Augenbrauen. Zintoks Gehirnzellen arbeiteten plötzlich so sehr, dass ihm übel wurde. Er unterdrückte den inneren Reiz sich zu übergeben und versuchte sich zu konzentrieren. »Wann … das Datum, wann war das?«

»Vorgestern, am Achtzehnten.«

In seinem Kopf sortierte er Wissen und Erinnerungen so gut er konnte. Die Notfallsitzung war ebenfalls am Achtzehnten gewesen. »Was ist schiefgelaufen … ?«

»Was?« Melanie sah ihn verunsichert an.

»Der Start … War der echt?«

Melanie lachte. »Wovon redest du? Natürlich war er echt! Ich war bei beiden dabei, damals und letzte Woche.«

Sie deutete um sich. »Warum kann ich mir wohl eine Pinky-Pig-Lizenz leisten? Seit über zwanzig Jahren kommen hier Hunderte von Werftarbeitern und Crews der Versorgungsflüge zu den Mondkolonien rein …«

Zintok lief ein wenig die Schamesröte ins Gesicht. Er war ein erwachsener Mann und lief noch immer solchen modernen Märchen nach. Was er jetzt brauchte, war wieder mal ein klarer, rationaler Verstand. Seiner war einfach nicht mehr zu gebrauchen. »Kann ich mal deinen Computer benutzen?«

Melanie nickte und reichte ihm ein PCP. »Sicher.« Sie schmunzelte. »Hast du keinen?«

»Nicht mehr. Es ist mir zu modern.« Mit viel Geduld und unter großer Anstrengung gelang es ihm, Suronas Telefonnummer aus der Datenzentrale zu fischen und diese anzuwählen.

***

Aufdringlich sirrte das PCP, nun schon zum dritten Mal. Schon den ersten Anruf hatte Surona sofort abgelehnt. Der Ton wirkte hier in den weiten Krankenhausfluren noch lauter und unhöflicher als irgendwo anders.

Sie wischte sich die Tränen aus ihrem echten Auge und blickte auf das Display, um wenigstens zu erfahren, wer sie um diese Uhrzeit noch so penetrant anzurufen versuchte. Der Anrufer war eine gewisse Melanie LeSolda. Der Name war ihr noch nie untergekommen.

Nach einem Räuspern nahm sie das Gespräch an. »Sergeant Ayasha Surona«, flüsterte sie und sah nur Sekunden später in das zerknirschte Gesicht Zintoks. »Ach du meine Güte … « entfuhr es ihr. Zig Szenarien gingen ihr durch den Kopf, die alle keine wahren Formen enthielten. Zintok aber wedelte unbeholfen mit den Händen. »Keine Sorge, dauert nicht lang … Ich brauche nur ein paar funktionierende Hirnzellen.«

Surona presste die Lippen zusammen. »Das muss warten.« Zintok aber war nicht zu stoppen. »Da ist was passiert, Ascha!« er murmelte etwas wie eine Entschuldigung und setzte etwas lauter fort. »Vorgestern, als dieser Chase ermordet wurde! Mit den Schiffen.«

»Ich sagte, das muss warten!«, unterbrach sie ihn harsch. »Farhod ist im Krankenhaus … Es geht …« Sie schluckte und Tränen flossen wie ein Strom aus ihrem Auge. » … zu Ende …« Sie klappte das PCP zusammen und atmete heftig und stoßweise ein. Es war entsetzlich, dass sie diesen Satz ausgesprochen hatte, wo sie ihn doch in ihrem Kopf noch nicht einmal erfasst hatte.

Neben ihr war Dr. Manson gerade zum Stehen gekommen. Er hatte die Situation sofort erfasst und übte sich in größtmöglicher Sorgfalt. »Mrs. Surona?«

»Ja?« Erschrocken sah sie auf.

»Es gibt da etwas, dass ich mit Ihnen besprechen muss.«

Ihr Auge weitete sich und die schlimmsten aller Gedanken hämmerten in ihrem Kopf. »Nein … sagen Sie nicht …« Hilflos schüttelte sie den Kopf. Der deutlich ältere Mann aber fasste sie nur sanft am Arm, als er erkannte, dass sie schwankte. »Es geht ihrem Sohn den Umständen entsprechend gut.« Er räusperte sich. »Ich möchte Ihnen eine alternative Behandlung vorschlagen.« Er nahm ihren Arm und führte sie vom Flur herunter in einen Büroraum. Währenddessen erklärte er ihr, dass sich Farhods Zustand einzig aufgrund seiner beginnenden Pubertät verschlechterte.

***

Zintok sah auf das leere Display. »Verdammt!« Er blickte zur Decke des Pinky-Pig-Pub. »Verdammt, wieso jetzt?!

Hä?!« Beinahe fühlte er kochende Wut gegenüber Gott, der ihn erneut so im Stich gelassen hatte, ein so schreckliches Schicksal über Surona ergoss und ihn dadurch in seinem Vorhaben hinderte.

Melanie folgte seinen Blicken, dann sah sie ihn an. »Was ist los?«

Zintok verzog sein Gesicht und sah sie einen Moment schweigend an.

Sie hob die Augenbrauen und wiederholte stumm ihre Frage. Zintok schob ihr das PCP entgegen. »Ein kleiner Junge liegt im Sterben …« Er schämte sich dafür, Surona angerufen zu haben. Schämte sich für seine Taktlosigkeit, die er immer wieder an den Tag legte. Vorrangig schämte er sich aber wegen etwas anderen. »Und ich muss endlich mit dem Trinken aufhören.«

Melanie zuckte mit den Schultern. »Habe schon Schlimmere gesehen als dich.«

Er versuchte zu lächeln. »Ich nicht.« Mit einem Räuspern deutete er auf die Kaffeemaschine hinter ihr. »Kann ich einen haben? Zum Mitnehmen.«

Melanis Grinsen entblößte ihre weißen Zähne. »Herzlich gern.«

Während sie die Maschine bediente, blickte Zintok aus dem Fenster. Über und hinter den Häusern stand die Kuppel, dahinter blinkende Sterne. »Wir beide sollten wahrscheinlich froh sein, nicht auf diesen Schiffen zu sein.«

»Warum das?« Melanie stellte ihm den Becher hin. Zintok sah sie nicht an, als er den Becher nahm. »Ich habe keine Ahnung.« Erneut raffte er sich auf und machte sich auf den langen und anstrengenden Weg nach Hause.

***

Dort angekommen war an Schlaf jedoch nicht zu denken. Mit einem eigenen frisch gebrühten Kaffee setzte er sich an sein Terminal und rief die Daten seines Polizeicomputers auf. Er wollte sich noch einmal die Simulation und die bisher extrahierten Audiodaten ansehen. Irgendwas war da draußen passiert, das alle in Panik versetzt hatte. Mit diesem völlig neuen Ansatz im Kopf konnte er die gesagten Sätze vielleicht einem anderen und gehaltvolleren Sinn zuordnen. Binnen Sekunden hatte er sich eingeloggt und seinen aktuellen Falldatensatz aufgerufen.

Zu seinem Erstaunen war die Simulation jedoch nicht mehr vorhanden.

»Was zur …«, flüsterte er und prüfte die gesamte Datencloud. Selbst auf dem Zentralsystem des Reviers war nichts mehr zu finden, was auf die Sitzung der Sherman-Elite hinwies.

Er wählte erst Suronas Nummer, ließ den Anruf jedoch nicht einmal durchgehen. Stattdessen stellte er in einem zweiten Versuch die Verbindung mit Officer Tilio her. Nach einigen Momenten nahm dieser schlaftrunken den Anruf entgegen. »Zintok? Gehts dir noch gut?« Er ignorierte, dass er gerade einen halbnackten Mann auf seinem Schirm sah, was ihn normalerweise zu unflätigen Flüchen und Ekelbekundungen hinreißen ließ. »Die Daten sind verschwunden.«

»Was für Daten?«

»Diese Simulation und das, was du aus diesen Reporterimplantaten rausgeholt hast.«

Tilio rieb sich über das verschlafene Gesicht. »Kein Ding, ich hab ‘ne Kopie hier … Hatte heute Abend noch ‘n wenig daran gearbeitet … «

»Gott sei Dank!« Zintok hob kurz seinen Blick, bedankte und entschuldigte sich still für seine Zweifel im Pub. Dann widmete er sich wieder dem Schirm. »Schickst du es mir rüber?«

»Ich kann dir Zugriff …«

»Nein«, unterbrach er sein Gegenüber. »Ich brauche eine Kopie auf meinem Speicher.« Er tippte auf seinen Schreibtisch. »Hier.«

Einen Moment schwieg Tilio, dann folgte ein Nicken. »Ja, Moment.« Der hagere Mann hantierte ein wenig auf seinem Schirm und Sekunden später erhielt Zintok eine Anfrage, ob er das Datenpaket annehmen wolle. Nach einer Bestätigung wurde seine eigene vor Stunden erstellte Datei kopiert und gesichert.

»Danke, hast was gut.«

»Versprich mir einfach, dass du danach wirklich verschwindest.« Die Verbindung wurde unterbrochen.

Zintok sah einen Moment auf den leeren Schirm und fühlte sich verletzt von einem Menschen, dem er so viele Jahre nur Hass und Verachtung entgegengebracht hatte, obwohl dieser nie etwas getan hatte, um dies zu verdienen. Auch, dass er in seiner Vermutung richtig lag, weshalb Tilio ihm half. Fabio hatte schon recht. Er war ein Arsch. Zintok versprach sich selbst und seinem Gott, dass er Tilio nie wieder behelligen und von nun an schützen würde. Mit einem Blick nach oben schüttelte er nur mit dem Kopf. »Falls dir das nicht passt, … er hat mir heute Abend mehr geholfen als du in meinem ganzen Leben.«

Zufrieden rief er die eben kopierte Datei auf und sah sich das aktuelle Ergebnis an. Sofort war zu erkennen, dass Tilio mehrere Stunden an der Simulation gesessen hatte und anhand von Stimmen, Zugehörigkeit, alten Datenbanken sowie Gesten die meisten Bruchstücke hatte einpflegen können.

Zintok hielt einen Moment lang respektvoll die Luft an, stieß sie aus und nahm einen großen Schluck von seinem Kaffee.

»Na dann erleuchte mich mal«, murmelte er und ließ die Simulation ablaufen.

Das dunkle Bild mit den hellen teils benannten Flecken lief die meiste Zeit schweigend vor seinen Augen ab. Die dargestellten Personen gestikulierten wild und hektisch. Die Stimmen klangen verzerrt und waren auch nicht immer exakt synchron. » … wir wissen, haben die Hauptantriebe … dritte Phase nicht gezündet, die Schiffe …«, versuchte eine als Aleksey Draschk identifizierte Schematik zu erklären.

Zintok malte sich aus, wie die Schiffe ohne Antrieb auf den Jupiter, der im geplanten Kurs als Schwungrad dienen sollte, zustürzten.

»Oh, mein Gott!«, wurde eingeworfen.

» … nach Standardprozedur auf Kurs gebracht …« Erklärte die erste Stimme weiter, wurde kurz unterbrochen und fuhr dann fort: » … sind die Schiffe in acht Stunden so nahe am Jupiter … Planetenkräfte ...«

Es erschlich sich für Zintok der Eindruck, als spreche diese Person völlig allein.

»… dies wird nicht geschehen … allgemeinen Fehler« In einem separaten Fenster machte er sich Notizen, wobei er die offensichtlichen Schlüsselworte mitschrieb.

»Acht Stunden …« Viktor Hadeks Stimme brachte sich ein, wurde erst von einer Pause, dann von der ersten Stimme unterbrochen: » … das sind über 771 Millionen Kilometer … mehr als sieben Stunden ...«

Zintok weitete die Augen. »Verdammt!« Ihm wurde gerade klar, dass er und Surona Viktor Hadek sehr viel mehr als nur totalen Schwachsinn aufgetischt hatten und dieser sich dessen von Anfang bewusst gewesen war. Insgeheim hoffte er, dass es zu keinem Prozess kommen würde. Sollte er diesen Fall lösen, würde er vermutlich mit einer Verwarnung davonkommen. Wie eine Schlinge um den Hals spürte er, dass das Geheimnis hinter dem toten Professor ihn immer weiter einnahm.

» … Kallistos Erzfrachter aus Gürtel …« Dies war die Stimme des eben Bedachten, der von einer längeren Pause unterbrochen wurde. Wütend setzte die Stimme des ermordeten Professors nach. Der Fleck auf dem Schirm änderte seine Farbe und seine Stimme wurde energischer. » … diese Chance aufgrund von Eventualitäten ablehnen!«

Zintoks Aufmerksamkeit stieg. Chase' Aussage beunruhigte einige in diesem Raum deutlich, wie er anhand der Farben erkennen konnte.

» …enn den Frachtern dieses Unterfangen gelingen sollte? Wer soll das alles bezahlen? Oder erklären?« Es war eine ruhige Stimme, die zu Akiko Stonewell gehörte, dem Finanzleiter der Stiftung. Sein Farbfleck war fast schon grün, während sich alle anderem dem Rot näherten » … dass ein ›auf Kurs bringen‹ keine Änderung der Situation erwirkt?«

Er schien ebenso wenig an der Sache Interesse zu haben. Zintok notierte den Namen. Endlich hatte er einen echten Hauptverdächtigen. »Das lassen Sie mal meine Sorge sein, Mr. Stonewell.« Eine rauchig kratzige Stimme mit kräftigem russischem Akzent warf sich knirschend dazwischen. Diese wurde Kostya Chadov zugeordnet. » … in den nächsten einhundert Jahren wird niemand davon erfahren.« Wer dies sagte, blieb spekulativ. Zu viele Flecken bewegten sich nun hektisch hin und her. »Sind Sie noch ganz dicht?!« Es war erneut Chase, der kurz darauf ansprang und wahllos in den Raum deutete.

»Martin, bitte!« Chadov versuchte vergeblich, Ruhe in die Situation zu bringen. » … Todesurteil … ?!«, brüllte Chase weiter. »Nutzen wir jedes verfügbare Schiff. Sofort, die Zeit läuft uns davon …« Eine längere Pause aufgrund fehlender Dateien unterbrach die Audiospur. »Dafür bin ich nicht beigetreten!«, rief Chase erneut aus.

»Niemand ist das.« Chadovs Stimme nahm an Gewicht zu, sein Körper aber bewegte sich kaum.

» … Prototypen …« erklang nun die Stimme von Aleksey Draschk. »Mr. Camon hat vor sechs Jahren einen Verzerrungsantrieb getestet.« Chadovs Erscheinung sackte in sich zusammen. Nach einer Pause legte der Computer eine der neueren Audiodateien über seine Gestalt » … über drei Monate lang … von der Erde zum Mars … keine Alternative.«

»Von den Kosten ganz zu schweigen.« Dies war erneut der Finanzleiter. »Schweigen sollten Sie, Sie Arsch!«, forderte Chase wütend.

»Ich mein ja nur.« Chase und Stonewell ergaben sich einem kaum zu verstehenden und stark aggressiven Schlagabtausch, ehe jemand anderes in abgehakten Worten sprach: »Dann … die deutliche Gefahr, dass all dies an die Öffentlichkeit gelangt.« Die Stimme blieb trotz allem ruhig und besonnen. Chase hingegen ging zur Tür des Konferenzraumes. »… wenn dies die zweite Flotte rettet, werden wir es selbst tun!«

»Das darfst du nicht!« Chadov stand mühsam auf. »Ich muss.« Das letzte Wort, das in der Datei aufzufinden war erklang rau und bedrückt: »Stoppen.« Die Simulation wurde beendet.

»Wow … «
Zintok hatte geweitete Augen und ein kalter Schauer fuhr über seinen Rücken. Seine Befürchtung schien Realität anzunehmen. In ihm kochte das Verlangen auf, mit jemandem darüber zu sprechen, sich bestätigen zu lassen, eine zweite Meinung zu hören, … gern auch eine alternative. Erneut rief er Tilio an, der diesmal etwas schneller das Gespräch entgegennahm. »Was jetzt noch?«

»Hast du das gesehen?!«, fragte Zintok völlig aufgeregt. »Das Ganze?«

»Ja, natürlich … Hundertmal.« Er gähnte.

»Und?«

»Und was?«

Zintok rauft sich die Haare. »Die zweite Kolonialflotte ist am Jupiter zerstört worden!«

»Was?!« Tilio sah ihn an, als würde er einen Wahnsinnigen ansehen.

»Ich bin weitestgehend nüchtern«, klärte Zintok auf.

»Deswegen riech‘ ich den Suff auch über‘n Monitor.«

»Tilio …«, bat Zintok.

»Marek, das ist Blödsinn, die Mondkolonien hätten so etwas doch sofort gemeldet!«

»Verdammt … Die gehören auch zu Sherman!« Zintok war aufgestanden. Sein fester Stand und der ernste Blick ließen Tilio offenbar am Pegelstand des Alkohols zweifeln.

»Weißt du, was du da sagst?«

Zintok schüttelte langsam den Kopf, obwohl er die Frage nicht verneinen wollte. Auch Tilio fehlten die richtigen Worte. »Wenn das bekannt wird … Wenn das stimmt ...«
Beide sahen sich über das Terminal in die Augen.

»Genau!«, erkannte Zintok. »Und damit das nicht passiert, mussten zwei Menschen sterben.«

»Warte doch mal.« Tilio hob seine Hand, als hinter ihm eine Stimme nach ihm rief. Davon unbeeindruckt sah er weiter auf seinen Kristallschirm. »Soweit ich den Gerichtsmediziner verstanden habe, war der Tod des Reporters ein Unfall. Das benutze Taserprojektil konnte nicht töten, jedenfalls nicht, wenn das Opfer keine veränderten Implantate gehabt hätte.« Er deutete auf ein eigenes, das hinter seinem Ohr angebracht war.

Zintok setzte sich wieder. »Das bedeutet, die wollten ihn zeitweilig ausschalten, um in aller Ruhe die Datenträger in seinem Apartment zu löschen?«

»So in etwa sagt es auch der Bericht … Aber kann das nicht bis Montag warten?«

Zintok schüttelte den Kopf. »Nein, das kann es nicht.« Er sah ihn an. »Die Cloud wurde geleert, das kann nur Fabio gewesen sein.«

Tilio schüttelte irritiert den Kopf. »Weshalb sollte er sowas tun?«

»Ich habe keine Ahnung. Vielleicht ist er involviert, soll verhindern, dass bekannt wird, was mit der zweiten Flotte geschehen ist.«

»Das macht doch alles keinen Sinn!«, meinte Thilio verständnislos.

Zintok ballte eine Faust. »Vermutlich haben sie ihn bestochen oder erpresst. So läuft das hier doch immer …« Er senkte die Hand und trommelte mit den Fingern auf der Tischplatte umher. »Meinst du, ich komme ins Observatorium?«

Tilio sah ihn an. »Was? Wieso? Was willst du denn da?«

»Ich muss Gewissheit haben, was mit der zweiten Flotte passiert ist … Die hatten den Funkspruch von Kallisto aufgefangen. Das wäre ein Beweis. Oder irgendwas anderes Nützliches.« Zintok ballte die Fäuste. »Oder meinst du, ich komm von hier aus in deren Datenbank?«

Der Techniker lachte leicht resigniert auf. »Einen Hack? Nie! Da musst du schon persönlich aufkreuzen und vor Ort ein autorisiertes Terminal verwenden.«

»Um diese Zeit …«

Tilio lächelte wissend. »Die arbeiten rund um die Uhr, wegen der Versorgungsflüge. Versuch es.«

»Wenn die aber wirklich die Vernichtung der zweiten Flotte vertuschen, werden die da keinen reinlassen.«

Tilio schüttelte den Kopf. »So wie es für mich aussieht, weiß nur diese kleine Gruppe in diesem Krisenraum davon. Und gemäß dem Fall, dass du dich nicht irrst, wird diese Gruppe dafür Sorge tragen, dass das auch so bleibt.«

Dem musste Zintok zustimmen. Es bestand nach wie vor die winzig kleine Hoffnung, dass er vollkommen falsch lag. Schon allein deshalb war es ihm unfassbar wichtig, Gewissheit zu erlangen, so wie schon sechs Monate zuvor bezüglich Jessicas Lügengeflecht.

Langsam stand er auf und suchte Tilios Augen auf seinem Schirm. »Danke.« Er lächelte. »Deine Hilfe vergess‘ ich nicht, das schwöre ich dir.« Diesmal beendete er die Verbindung, ehe Tilio etwas Verletzendes erwidern konnte.

Er griff sich seinen zweiten, vollkommen sauberen Jumpsuit, tauschte die ID-Karte und aktivierte diese. Den Namen ließ er deaktiviert, ebenso wie die Tracking- und Kommunikationsfunktion.

15

Sanft und völlig geräuschlos glitt die Einschienbahn auf ihrem Gleis über den felsigen Marsboden. Das Panoramafenster ermöglichte den Ausblick auf die Marsmonde, die Sterne und die überwältigende Landschaft. Zintok hatte sich selbst nach acht Jahren und gemessen an dem, was um ihn herum geschah, niemals an dieser außerirdischen Landschaft sattgesehen. So tot sie dort draußen war, so schön war sie auch.

Nach nur siebzehn Minuten Fahrt trat der Zug in die Schleuse zur Shermankuppel ein. Im Inneren gab es wie in der Hauptstadt mehrere Stationen, an denen der Zug einen Halt einlegte. Beginnend bei der Akademie, über die Zentrale, das Observatorium und die Trainingseinrichtungen sowie alle Verwaltungsapparate.

Die gesamte Struktur unter dieser Kuppel diente einzig der Kolonisierung des Weltalls und der Versorgung der Mondkolonien. Alles Übrige auf dem Mars war wiederum einzig zur Versorgung und Erhalt dieser einen Kuppel errichtet worden.

»Nächster Halt: Observatorium.«, meldete der Computer mit einer fröhlich sanften Stimme. Zintok stellte sich an die Tür und wartete auf die Einfahrt am Bahnhof. Von überall her konnte man bereits das gigantische Gebäude im Zentrum sehen. Wie das Mars-Column-Building war das Observatorium die Säule der Kuppel und besaß ungefilterten Ausblick auf den Weltraum. Diese Einrichtung war die größte seiner Zeit. Zusätzlich stand sie im Kontakt mit dem größten und effizientesten Orbitalteleskop, das jemals von Menschen errichtet worden war und alles Bisherige in den Schatten stellte. Das hier stationierte Observatorium hatte natürlich noch sehr viel mehr Messinstrumente und konnte die Beschaffenheit von Planeten und Monden, die sich weit über einhundert Lichtjahre entfernt befanden, detailliert berechnen.

Allein dort waren über zweihundert Menschen beschäftigt, nur um das Weltall im Auftrag von NASA, ErASA und der AAXO abzuhorchen. Bereits Anfang des Jahrhunderts hatte die NASA begonnen, intensiv nach Leben und lebensfähigen Planeten Ausschau zu halten. Die Entdeckungen waren seinerzeit unvorstellbar gewesen, die Messergebnisse jedoch dürftig, so dass immer größere und bessere Technik ersonnen worden war, um noch kleinere Details zu erkennen. In den darauffolgenden Jahrzehnten hatte es anfangs so ausgesehen, als ob die Menschheit ihren Heimatplaneten wohl niemals verlassen könne. Erst als ein gewisser Markus Sherman mit seinen Ideen wahre Quantensprünge hinter sich ließ, wandelte sich diese Meinung. Heutzutage war eine Vielzahl von Planeten bekannt, die menschliches Leben aufnehmen konnten. Seit fünfzehn Jahren waren die ersten Kolonieverbände auf dem Weg zu fünf verschiedenen Sonnensystemen. Mit fünftausend weiteren Menschen an Bord sollte die zweite interstellare Kolonialflotte vor wenigen Tagen den Jupiter passiert haben und sich dort in ihre jeweilige Zielrichtung trennen.

Ob dies tatsächlich geschehen war, galt nun zu beweisen. Helfen konnten an dieser Stelle die Sensoren der seit Jahrzehnten dauerhaft bewohnbaren Stationen auf Ganymed, Europa oder Kallisto.

Der Empfang des Observatoriums war nicht besetzt, was für diese Uhrzeit nicht sonderlich seltsam war. Zintok näherte sich dem leeren Tresen und suchte das im Zweifelsfall automatische System, welches Auskunft darüber gab, wann diese Einrichtung für Besucher geöffnet hatte. Er legte seine Hände auf den Tresen. »Hallo?«

Selbst der Empfangscomputer, sofern vorhanden, war nicht aktiviert. Vor einigen Jahren hatte man menschenähnliche Roboter gebaut, die diese Berufe ausübten. Schnell waren diese Einheiten jedoch auf Ablehnung gestoßen. Ein Mensch mochte es nun einmal, von einem Menschen bedient zu werden anstatt von künstlich beschränkt gehaltenen Automaten, die nur den Anschein erweckten, wie ein Mensch zu verstehen, schon allein des Überlegenheitsgefühls gegenüber einem anderen Menschen wegen, welches Kunden gegenüber Servicekräften nur zu gern ausspielten.

Hilfesuchend sah sich Zintok um. Die gesamte Anlage wirkte leer und verlassen, was er zu einem gewissen Grad als verdächtig einstufte. Tilio hatte schon recht, dieser Ort war normalerweise rund um die Uhr besetzt, schließlich rotierte der Mars und damit das Teleskop auch während der Nacht. Auch liefen hier die Bewegungssensoren des Weltraumverkehrs für die Bodenstationen zusammen. Es durfte gar nicht sein, dass hier niemand war.

Automatisch fand seine Hand seinen Taserstab, als er zwei Männer in einem abzweigenden Korridor erkannte. »Hallo? Entschuldigen Sie.« Er ging auf die verdutzt Dreinschauenden zu, die seine Marke und Uniform bereits von Weitem erkannten.

»Polizei?«, fragte der erste.

»Nein, ich bin auf dem Weg zu einer Kostümparty.«

»Clownkostüme waren wohl aus, oder?«
Zintok sah an sich herunter. »Offensichtlich nicht.« Er deutete flapsig mit seinem Taserstab auf die digitale Abbildung seiner Marke. »Das ist meine rote Nase.« Er hoffte, dass niemand merkte, dass er noch immer ein wenig betrunken war. »Wo sind denn alle?«
Die Männer sahen sich an und grinsten etwas. »Nun, Sir, es ist mitten in der Nacht?!«
Zintok steckte den Stab wieder ein. »Und das Weltall macht Pause?«

»Sir, es handelt sich hierbei um ein autarkes System. Wir überwachen es nur.«

»Nagut«, brummte Zintok. »Wäre es möglich, wenn Sie mich ein wenig herumführen könnten?«

Die beiden Männer sahen erneut einander an. »Sind Sie dazu denn berechtigt?«
Mit einem Lächeln schüttelte Zintok seinen Kopf. »Nein, durchaus nicht.« Seine Ehrlichkeit ließ offenes Erstaunen auf den Gesichtern der Männer erscheinen. Zintok sah den Korridor hinunter. »Ich will mich auch nicht in jeder Besenkammer umsehen … Ich hätte eher gern einen kleinen Blick auf den Jupiter geworfen, mehr nicht.«

»Der Jupiter?«

»Nahe der Mondkolonien wäre nett«, spezifizierte Zintok.
Einer der Männer kratzte sich am Hals. »Ist das was Privates, Sir?«
Zintok biss sich auf die Unterlippe. Es war vermutlich besser, nicht sofort mit allem herauszurücken. »Nein, … ich muss nur etwas prüfen … Obwohl das auch nicht ganz stimmt … Ich möchte sehr gern etwas prüfen.« Er deaktivierte die Dienstmarke. »Es wäre wirklich nett, wenn Sie mir nur einen kleinen Blick genehmigen würden, es muss nicht live sein … Eine Aufnahme der letzten zwei Tage genügt völlig.«

»Das ist alles?«
Zintok nickte. »Das ist alles! Versprochen!« Er hob seine Hand. »So wahr mir Gott helfe.«

Plötzlich hob der größere der beiden wissend die Augenbrauen und deutete grinsend mit dem Finger auf Zintok. »Ahh, Sie wollen die zweite Kolonialflotte sehen!«
Zintok erwiderte die Geste. »Ertappt.«

»Alle Schiffe werden Sie aber nicht sehen … Sie wissen wahrscheinlich, dass ab Jupiter die Versorgungsschiffe abdocken und die Kolonieverbände autark getrennte Wege gehen, oder?«

»Ja.« Wieder nickte Zintok. »Das ist mir natürlich bekannt.«

»Na, dann kommen Sie. Es müssten recht aktuelle Aufnahmen in den Datenbanken zu finden sein.«

***

In einem unübersichtlich weiten Büroraum, ausgestattet mit unzähligen Arbeitsplätzen, Hunderten von Kristallschirmen und einem besonders großen Schirm gegenüber der Eingangstür stand Zintok mit den beiden Männern und schaute auf ein willkürlich ausgewähltes Terminal.
Schon beim Hineingehen war Zintok direkt ein wenig neidisch geworden. Nicht nur, dass hier die einzelnen Schreibtische kleine halbtransparente Trenner hatten, so gab ausreichend Platz für jeden und in der Mitte sogar eine nicht zu verachtende Anpflanzung mit darum angerichteten Sitzgelegenheiten, fast einem kleinen Park gleich. Die Schreibtische gingen sternenförmig von diesem Biotop ab. Alles in allem wirkte dieses Büro sehr gemütlich und hatte daher sehr viel mehr Atmosphäre als das beklemmende Revier, in welchem er schon viel zu viele Jahre festsaß.

Einer der Männer beendete seine Eingabe und deutete auf den Schirm. »So … Das ist er, der Jupiter.« Mit einer Handbewegung zoomte er das Bild heran und markierte die Ränder des farbenfrohen Planeten. »Und hier irgendwo müssten sich einige der Schiffe befinden. Sie sind natürlich wahnsinnig winzig … «

Zintok suchte eine Weile, erkannte jedoch nichts, obwohl das sich ihm bietende Bild gestochen scharf war.

Ebenso konnte man Jupiters Monde und jeden der kleinen Asteroiden erkennen. Selbst eine der Koloniekuppeln war optisch ausfindig zu machen.
Ein automatisches System begann alle kleinen Objekte zu markieren und ihnen Namen zu geben. Die Bezeichnungstabelle schloss die Auflistung ab, ohne die Schiffe aufzulisten, von denen es insgesamt fünfzehn einzelne geben musste.

»Wo sind sie …«, flüsterte der erste und ließ die Objektsuche erneut durchlaufen. Zintok schwieg und beobachtete geduldig, wie die beiden leicht verunsicherten Männer ihre Arbeit machten.
Der zweite hatte inzwischen an einem weiteren Schirm ebenfalls die Aufnahmen aufgerufen. Zusammen, jeder für sich, suchten sie nach der Kolonialflotte, extrapolierten den zuvor bestimmten Kurs und suchten sogar nach den Versorgungsschiffen, welche zur Kolonie Kallisto zurückkehren sollten. Selbst nach mehreren Minuten wurde keiner der beiden Männer fündig. »Das verstehe ich nicht.«

»Sind denn die Versorger gelandet?«, fragte Zintok.
Die beiden Männer sahen sich an. »Nun, seit einigen Tagen schweigen die Mondkolonien … Das passiert, wenn die Monde im Schatten des Planeten stehen.«

»Aber doch nicht alle zur selben Zeit, oder?«

»Natürlich nicht …« Erst warfen die beiden Männer einander ungläubige Blicke zu, dann war Zintok Ziel ihrer geweiteten Augen.
Dessen eigene sprachen Bände, sein Mund aber blieb verschlossen.

»Sie haben es gewusst, oder?«, flüsterte der erste.
Zintok seufzte und nickte leicht. »Befürchtet …«

»Mein Gott … Was ist da passiert?« Einer nach dem anderen setzte sich und sah fassungslos auf den Schirm, der still den Jupiter zeigte. Anschließend wandten sie sich zurück und sahen Zintok auffordernd an. »Was wissen Sie, Mann?«

Zintok mied die Blicke der Männer und starrte auf die Pflanzen in der Mitte des leeren Büroraumes. »Ich habe keine Ahnung … Noch nicht!« Er zuckte mit den Schultern. »Es muss vor zwei Tagen passiert sein. Die Hauptantriebe haben wohl nicht gezündet.«

Die Männer schüttelten den Kopf. »Aber das bedeutet ja …« Sein Kollege starrte ihn mit geweiteten Augen an.

»Großer Gott …«

»Können wir einen Liveblick drauf werfen?« fragte Zintok. »Nur um sicherzugehen.«

»Nicht in den nächsten vier Stunden. Der Mars selbst verdeckt derzeit den Blickwinkel.«

»Wir werden auch live nichts anderes sehen … Wenigstens drei der fünf Schiffsverbände würde man aufgrund ihres Kurses noch gut vier Jahre detektieren können, ehe sie in der Oortschen Wolke abtauchen.« Zintok strich sich über das stoppelige Kinn. »Verdammt, diesmal hasse ich es wirklich, dass ich recht hatte.« Er sah sich kurz um. »Können Sie mir eine Kopie von dem Tag machen, als die Flotte den Jupiter erreichen sollte? Dem Achtzehnten?«

Die Männer sahen sich mit geweiteten Augen an.

»Verdammt …«

»Da soll mich doch …«, antwortete der zweite.

»Was?« Zintok sah beide im Wechsel an.

»Es gab vorgestern eine ungeplante Wartung.« Der zweite vollendete den Satz. »Die Speicher mit den Auswertungen wurden zur Absicherung mitgenommen und durch neue ersetzt … Das passiert normalerweise immer am Anfang des Monats.«

»Das heißt, Sie haben hier derzeit nichts?«

Beide Männer schüttelten den Kopf.

»Verstehe.« Zintok sah zur Tür. »Ich danke Ihnen.« Noch einmal verabschiedete er sich mit den Worten »Ich finde allein hinaus« bei den fast apathisch dasitzenden Männern und verließ das Büro.

16

Inzwischen war es halb eins geworden. Die Einschienbahn fuhr mit Beginn der Marsstunde längst nicht mehr so regelmäßig wie zu Tageszeiten.
Zusätzlich blieb sie an jeder Station beinahe zehn Minuten stehen, um auf mögliche Fahrgäste zu warten. Zintok nutzte die Zeit der Untätigkeit, die Gesamtsituation noch einmal zu überdenken. Es war vor über 30 Jahren eine gewürfelte Gruppe aus mutigen Männern und Frauen gewesen, die den Mars im Auftrag der NASA und anderer Raumfahrtorganisationen, privater wie staatlicher, besiedelt hatte. Zintok konnte sich keinen der anderen Namen merken. Es war das größte Projekt seit Anbeginn der Raumfahrt vor über einhundert Jahren.

Der Mars sollte nicht nur Sprungbrett zur tiefen Erforschung des Sonnensystems werden. Dummerweise hatte all das nie so ganz funktioniert. Die Station Ganymed war teurer als gedacht und belastete die amerikanische Wirtschaft mehr, als dass sie nutzte. Selbst die Asiaten hatten das Programm verlassen, ehe sie dem Mond Kallisto überhaupt nahe gekommen waren, weshalb auch dies von der NASA übernommen wurde. Einzig diese elenden Europäer beanspruchten unabhängig von den Kosten den gleichnamigen Mond für sich. Die Versorgung sollte über den Mars stattfinden.

Um die Kosten zu decken, hatte sich eine der privaten Gruppen in die NASA-Anteile eingekauft und so die von allein interessierten Menschen finanzierte Sherman-Stiftung erschaffen, eine Hommage an den Mann, der all dies erst ermöglicht hatte.

In Red City war alles Erdenkliche umstrukturiert worden. Die Stadt sollte auch einen sozialen Zweck bekommen, um den vorherrschenden Problemen der Erde Herr zu werden. Die Kuppel über Zintok war als erstes errichtet worden, lange vor seiner Geburt. Darauf folgten Solaranlagen und Atmosphärengeneratoren, was immer mehr Arbeitskräfte erforderte. Dies wiederum erforderte eine weitere Kuppel, welche ebenfalls versorgt werden wollte wie die Kolonien auf den Monden, die regelmäßig Atemluft, Materialien, Nahrung und Wasser benötigten.

Heute lebten und arbeiteten mehr als sechsundzwanzigtausend Menschen auf dem roten Planeten und es wurden täglich mehr. Pläne für eine zweite Stadt lagen bereits auf den Tischen findiger Architekten. All das nur wegen der Ideen eines Mannes und dem Weltentraum von der Kolonisierung des Weltalls, die offenbar gescheitert war.

Zintok dachte an Tilios Worte, an das Entsetzen in den Gesichtern der Männer des Observatoriums. Die Schritte, die Sherman bereit war zu gehen. Was waren die denkbaren Konsequenzen, wenn heute Nacht bekannt werden würde, dass dieser alte Traum von weiten Sternen weiterhin unmöglich blieb? Was wäre, wenn es auch die erste Flotte nie geschafft hatte, vielleicht schon einmal fünftausend Menschen irgendwo gestorben waren?

War es wirklich so schlimm, wenn die Menschen vorerst auf ihr Sonnensystem beschränkt wären? Der Mars bot noch so viel mehr Platz und das Solsystem noch so viel Arbeit. Selbst die Venus konnte in der Theorie umgeformt werden und doch hatten die Menschen schon vor mehr als einem Jahrhundert nach den Sternen gegriffen, lange bevor sie den eigenen Planeten kartografiert und erforscht hatten, von den Ozeanen ganz zu schweigen.

Ein Werbeplakat im Inneren der RRW sprach vom kleinen Schritt, den Sorgen zu entkommen. Ein lächerliches Plakat, wie Zintok nun empfand. Wäre es wirklich das Ende der Menschheit, wenn die Kolonisierung des Weltalls eine längere Pause einlegte und man sich erst einmal auf die Dinge vor seinen Füßen kümmerte? Musste man auf Zwang vor möglichen Problemen davonlaufen und somit sogar neue schaffen?

Unter den Menschen hatte es doch schon immer Kriege, Hungersnöte und auch schon immer die Befürchtung einer katastrophalen Überbevölkerung gegeben. Die Technik und die Politik passten sich den neuen Problemen an. Höhere Häuser, genetisch verbesserte Lebensmittel. In vielen Ländern gab es bereits strenge Geburtenkontrollen. Auch wurde ein Mord auf der Erde längst nicht mehr so intensiv verfolgt, wie es eigentlich sein sollte.

War ein einzelnes Leben heutzutage so viel weniger wert? So wenig, dass man es opfern konnte, um die Hoffnung auf eine mögliche bessere Zukunft zu konstruieren? War dies Professor Chase geschehen, nachdem er sich, sein Leben und seine Söhne für eine unnötige Rettung der Menschheit geopfert hatte? War er nur gestorben, damit das Projekt nicht starb?

Zugegeben, auch dieses Verhalten war eine Konstante in der Menschheit. Zintok wusste, dass die großartigste Nation aller Zeiten auf dem Blut von Millionen Unschuldigen stand. Ebenso wusste er auch, dass der Krieg gegen den Islam gewiss nicht sonderlich sauber war. Ihm war auch bewusst, dass es weitere Kriege geben musste und dass die Gesellschaft, in der er lebte, vielen Prinzipien seines Glaubens widersprach. Ja, es war schrecklich, aber so war es nun einmal. So drehte sich die Welt. Ein Einzelner konnte nie etwas bewegen oder verursachen, weder lebendig noch tot. Davon war Zintok absolut überzeugt.

Was auch immer Chase angetrieben hatte, es musste offengelegt werden, um die Täter zu überführen. Für die Wahrheit, Gerechtigkeit, den Glauben und für die Marke. Nichts anderes zählte, nur einmal am Tag etwas Richtiges tun!

Schon allein, dass sich Zintok für einen Moment darüber Gedanken machte, ob dieser Mord notwendig gewesen sein konnte, ließ ihn schaudern und zugleich fragen, was sein Grund gewesen war, Polizist zu werden.

Als die Railway wieder anfuhr, sah er auf die leeren Häuser der Shermankuppel. Gott gab den Menschen den freien Willen, um sie zu testen, ob sie das Beste daraus machten. Was die Menschen jedoch schafften, wurde stetig schlechter. Mit einem Hauch von Neid bedachte er Surona und ihre naiven Ideale. Ihre Worte klangen in seinem Geist wider, dass er allem und jedem nur Hass und Verachtung entgegenbrachte, ob gegen sie selbst, Fabio oder Tilio. Es war nicht unwahr, er hasste sie, weil sein Vater diese Menschen gehasst und ihn gelehrt hatte, sie ebenfalls zu hassen.

Oft hatte der junge Marek seinen alten Herren fluchen und brüllen gehört, wie er mit übelsten Kraftausdrücken Moslems, Schwuchteln, Frauen und Ketzer verabscheute und ihnen die grausamsten Tode wünschte. Er war so voller Glauben gewesen und hatte sein ganzes Leben damit verbracht, alles und jeden zu hassen. Als Junge hatte Marek dies alles kompromisslos übernommen und war zu seinem verkrüppelten Vater geworden, ohne es zu merken. Es mussten erst ein Moslem, eine Ungläubige und ein Homosexueller in sein Leben treten, um ihm zu zeigen, dass er ein verdammt schlechter Christ war.

Zintok blickte nach oben. Man sagte, Gott vergebe, wenn man ehrlich bereute. Was aber, wenn Gott wie sein Vater war, alles und jeden hasste … und was, wenn nicht? Würde Zintok in die Hölle kommen, weil er bisher so gelebt hatte wie sein verabscheuungswürdiger Erzeuger? Oder würde er in die Hölle kommen, weil er begann zu fühlen, dass es falsch war, sich höher als andere zu stellen?

Er strich sich durchs Haar, als die Railway erneut zum Stehen kam. Es war die letzte Station vor der langen Strecke zwischen den Kuppeln. Zintok sah wieder nach oben. In seinen Gedanken sprach er zu Gott, entschuldigte sich dafür, dass er zweifelte. Anschließend richtete er seinen Zweifel direkt gegen die Werte seines Vaters. Es musste einfach falsch sein, was dieser ihm als Kind vorgelebt hatte. Sein Glaube musste mehr sein als blinder Gehorsam gegenüber der Kirche oder der Bibel. Es war weder sein Vater noch die USA, die Zintok vertrat. Es war auch nicht Gott, dessen Diener er sein sollte.

Zintok verteidigte als Polizist einzig Werte, Menschen, Wahrheit und Gesetz. Deswegen war er Polizist geworden. Etwas, das selbst Jessica nie begriffen hatte.

Sollte Gott ihn beurteilen, wenn die Zeit gekommen war, heute Nacht aber würde Marek Zintok das Richtige tun. Er legte die Hand an seine Uniform und reaktivierte seine Marke. Er war ein Polizist, sicher nicht der beste, aber einmal mehr der Wahrheit verpflichtet. Niemand mochte sie.

Lügen war weniger kompliziert, weniger anstrengend und ganz bestimmt nicht so unliebsam. Wochenlang hatte er sich damit gequält, jede einzelne Schandtat seiner Ehefrau aufzudecken, wobei es ihn jedes Mal mehr geschmerzt hatte. Für die Wahrheit hatte er nie aufgegeben, bis er auch den letzten Stein umgedreht hatte, um alles zu erfahren – um es zu verstehen. Die Wahrheit schuldete es ihm und er schuldete es ihr. Das waren die Werte, welchen Jessica durch ihre Taten eine schallende Ohrfeige verpasst hatte. Eine, die Zintok womöglich ein wenig zu oft erwidert hatte.

Er blickte in das verzerrte Spiegelbild, welches das Glas des Panoramafensters wiedergab. Seine Uniform hatte er einmal mit sehr viel mehr Stolz getragen. Möglich, dass seine Ermittlungen Konsequenzen hatten. Möglich, dass er sogar in den sozialen Netzwerke gehasst würde als der Mann, der die Menschheit bei ihrem kleinen Schritt kurzfristig stolpern ließ, spätestens aber nur bis zum nächsten Katzenvideo.

Dennoch war er ein gottverdammter Cop mit gewissen Pflichten. Sehr wahrscheinlich würde sogar Surona ihm in diesem Punkt zustimmen.

Über die Scheibe erkannte er einen Mann, der langsam durch den Zug ging. Seltsam, dass jemand um diese Uhrzeit noch in die Hauptstadt fuhr.

Zintok prüfte sein Aussehen im Spiegelbild. Er befürchtete, dass sein innerer Verdruss irgendwie nach außen zu sehen war. Niemand nahm Autorität von jemandem an, der sie nicht einmal für sich selbst annehmen konnte. Im zweiten Blick bemerkte er, dass aus der anderen Richtung zwei weitere Personen auf ihn zukamen.

Sie trugen alle drei die elben Overalls. Es gab keine Zufälle! Zintok sah auf die Marslandschaft, die an ihm vorbeizog. Die Hauptstattkuppel näherte sich nur langsam.

Vorsichtig löste er die Halterung seines Taserstabs und aktivierte ihn. Er musste kurz nachschauen, wo überhaupt der Schalter war.
Griff drehen, hallte es in seinem Kopf. Mit der Drehung und einem Klicken summte der Stab kaum hörbar auf. Fest umklammerte er seine einzige Waffe. Mit gespielter Ruhe stand er auf und ging dem Einzelnen entgegen, dabei tat er so, als wolle er sich den an der Decke des Zuges befindlichen Stationsplan ansehen.

Noch zwanzig Meter, die beiden hinter ihm waren weit genug entfernt, um den ersten auszuschalten. Zintok festigte seinen Griff um den Taserstab und sprintete mit einem gewaltigen Satz voran. Der deutlich überraschte Mann im grauen Overall hielt reflexartig eine Pulserwaffe hoch, Zintok duckte sich, stürmte weiter vorwärts und riss den Fremden mit seinem Gewicht zu Boden. Der Taserstab schlug auf ihn ein und entlud schmerzhafte Stromstöße in dessen Körper.

Aus den Augenwinkeln konnte er die anderen beiden auf ihn zustürmen sehen. Auch sie waren bewaffnet. Natürlich wagte niemand hier einen unkontrollierten Schuss abzugeben. Es wäre der sofortige Tod aller Insassen. Zintok entriss dem Ohnmächtigen die Waffe und hob sie den beiden Näherkommenden entgegen. Langsam richtete er sich auf, den Taserstab in der einen, die Pulserwaffe in der anderen Hand. »Ich bin ein Cop.«

»Dann nimm die Waffe runter!«, rief einer der beiden.

»Ihr habt Chase ermordet … und diesen Reporter, nicht wahr?«

Die beiden nährten sich und Zintok ging einen Schritt zurück. Noch immer wagte niemand zu feuern.

»Wir wollen nur, dass du mitkommst, Junge, und niemanden wird etwas passieren.«

»Sagt ihr das zu jedem, bevor ihr ihn tötet?«

»Du verkennst die ganze Lage.«

Zintok ließ den Lauf seiner Waffe zwischen beiden hin und her schwingen. »Sie sind verhaftet! Alles was Sie sagen, kann und wird vor Gericht gegen Sie verwendet werden.

Sie haben das Recht zu schweigen. Sie haben das Recht auf einen Anwalt. Sollten Sie sich keinen leisten können, stellt Ihnen das Gericht einen zur Verfügung.«

Der Zweite lachte und deutete auf den Pulser. »Wir sind an den Dingern ausgebildet … Was glaubst du, was du da tust?«

»Meinen Job!«

»Und wir unseren … Zwing uns also nicht, dich zu erschießen.«

»Ich muss nur einen Schuss abgeben, um euch mitzunehmen«, knurrte Zintok. »Wie dumm muss man sein, mich hier mit einer Schusswaffe aufzusuchen«, rief er und schwang ein wenig seinen Taserstab, die einzig wirksame und nützliche Waffe in dieser Situation. Darüber hinaus verfügte er über einen zweiten Vorteil und hoffte nur, dass die beiden diesen nicht begriffen, ehe es zu spät war. Die Männer hatten die Fahrtrichtung im Rücken, Zintok wusste als Einziger, wann der Zug in die Schleuse einfahren würde und wann er gefahrlos abdrücken konnte. Die anderen beiden hatten dieses Wissen nur Sekunden später – entscheidende Sekunden später.

Einen weiteren Schritt trat er zurück, bereitete sich darauf vor, den Pulser abzufeuern und gleichzeitig zur Seite zu springen. Das Timing musste perfekt sein.

»Und noch dümmer, einen Cop zu bedrohen.« Weniger als eine Minute verblieb. Die Hauptstadtkuppel wurde mit jedem Augenblick gewaltiger.

Der erste lachte wieder. »Etliche deiner Kollegen werden sehr erfreut sein, dich aus dem Weg zu haben, Marek.«

Der zweite grinste ebenfalls. »Ist ja nicht so, dass wir nicht wüssten, wer du bist, Marek.«

Drei – zwei – eins. Die Railway tauchte in die Schleuse ein und Zintok feuerte den Pulser ab.

Er hatte mit einem stärkeren Rückschlag gerechnet, als der durch Magnetkraft beschleunigte Bolzen hergab. Er warf sich zu Boden während der Bolzen die Schulter eines Angreifers durchschlug, austrat und ein winziges Loch in die Panoramascheibe der Railway schlug. Sofort wurde das

Unterdrucksystem aktiviert. Da die Schleuse jedoch bereits geschlossen und mit Sauerstoff geflutet wurde, bestand für niemanden mehr Gefahr. Der Alarm des Zuges aktivierte sich dennoch, gefolgt von unzähligen Sauerstoffmasken, die aus der Decke stürzten. Der zweite konnte kaum reagieren, als Zintok ihm den Taserstab gegen das Schienbein rammte. Ein Bolzen löste sich aus dessen Waffe und durchschlug eine weitere Scheibe. Die Railway kam erst zum Stehen, als sie den nächsten Bahnhof erreichte.

Dort waren bereits alle Sicherheitsschleusen verriegelt. Die Nachtbesetzung der Sicherheitseinheiten rannte im Eiltempo mit summenden Taserstäben und donnernden Stiefeln auf das gemeldete Gleis zu.

Im Zug selbst rappelte sich Zintok auf und stürzte in den menschenleeren Sicherheitsbereich des Bahnhofs. Ihm folgten weitere Bolzen, die hinter ihm in den Wänden einschlugen. Das ihm entgegenkommende Sicherheitspersonal warf sich zu Boden und suchte irgendwie Deckung. Einige wenige hatten die geistige Gegenwart, bewaffnete Verstärkung anzufordern. Wie auch Polizisten waren sie unbewaffnet im Dienst. Zintok hetzte hakenschlagend an ihnen vorbei, immer darauf bedacht, eine Säule, einen Pflanzentopf oder ein Terminal zwischen sich und den Verfolgern zu halten.
Nur noch wenige Meter zur Personalschleuse, der Strichcode an seinem Ärmel glomm bereits. Mit einem schrillen ›Zing‹ schlug ein Bolzen nur einen halben Meter neben ihm im Boden ein, dann war er um eine Ecke verschwunden.

Stolpernd hetzte der Verwundete den Flüchtenden laut fluchend nach. Sein Partner, durch den zu kurzen Tasereinsatz nicht ganz außer Gefecht gesetzt, versuchte mühsam Schritt zu halten. Ihre Verfolgung fand ihr Ende jedoch an der Sonderschleuse, die einzig vom Sicherheitspersonal und von Polizisten benutzt werden konnte.

***

Zintok zitterte am ganzen Leib.
Noch nie in seinem Leben hatte er sich so sehr gefürchtet. Er dankte seinem Ausbilder, der ihm vor so vielen Jahren mit so viel Brutalität eingeschärft hatte, wie man seine Angst unterdrückte, entsprechende Situationen meisterte und wie man derlei im Zweifelsfall entkam. An Ausruhen war jedoch nicht zu denken: Zintok musste in Bewegung bleiben. Wenn sie ihn in der Railway gefunden hatten, fanden sie ihn auch hier oder bei sich zu Hause. Sie wussten, wer er war. Er hingegen hatte keine Ahnung, wer ›sie‹ waren. Offensichtlich aber hatten sie Kontakt zu seinen Kollegen.

17

Das Wohnhaus, in dem Surona lebte, war still. Die meisten der wenigen Bewohner schliefen. Das blaue Licht an den weißen Wänden war jedoch nach wie vor eingeschaltet, wenn auch gedämpft.
Auch das Licht im Lift war ein wenig heruntergedreht. Zintok war beinahe wieder nüchtern. Die Dinge, die er in den letzten Stunden gesehen und erlebt hatte und verarbeiten musste, hatten seinen Alkoholspiegel derart gesenkt, dass er die Wirkung kaum noch wahrnahm.

Die Lifttüren öffneten sich und sofort eilte Zintok in den Korridor. Seine Hand schlug förmlich auf den Türsummer und verharrte darauf, bis endlich eine völlig schlaftrunkene Surona vor ihm stand.

Sie trug ihre Perücke nicht und Zintok musste einen Augenblick schlucken. Ihr künstliches Auge, vom menschlichen kaum zu unterscheiden, funkelte finster, während sich über ihrem rechten stark geröteten Auge die Braue vertiefte.

»Haben Sie völlig den Verstand verloren?«, war ihre Begrüßung. Sie hatte ihn schon auf dem kleinen Bildschirm erkannt und war kurz davor gewesen, den Summer stummzuschalten und einfach wieder zurück ins Bett zu gehen.

Eine innere Stimme hatte sie jedoch davon abgehalten und sie die Tür öffnen lassen. Schließlich musste es einen wirklich guten Grund geben, mitten in der Nacht an der Tür seiner geistigen Erzfeindin zu stehen.

»Bitte«, er flüsterte nur und sie erkannte am Flattern seiner Stimme und dem Zittern seiner Lippen, dass es ihm ernst war. »Es tut mir leid, Sergeant, … aber es ist unfassbar …«, er schluckte, »unfassbar wichtig.«

»Sie sind betrunken!«, erkannte sie, als sie seinen beißenden Atem roch.

»Nein … Doch … Nicht mehr … Hören Sie, ich war im Observatorium!« Er legte seine Hand an die Tür, damit sie sie nicht schließen konnte. Surona überlegte, ob er sich bewusst war, dass seine Finger nicht den Hauch einer Chance hatten, die Mechanik des Schotts zu halten, sollte sie sich dafür entscheiden, die Tür wirklich zu verriegeln.

»Die zweite Flotte ist zerstört worden.« Er sah in ihr ausdrucksloses Gesicht. »Das wollen sie vertuschen, mit allen Mitteln.«

Surona stützte sich gegen die Tür. »Marek … was soll das? Gestern noch hat die Flotte bei Ihnen nicht einmal existiert.«

Zintok schüttelte den Kopf. »Ich habe es gesehen und kann es beweisen.«

Surona atmete tief durch und gab den inneren Kampf auf, diesen Mann windelweich zu prügeln. »Ich habe andere Sorgen. Das ist ihr Steckenpferd. Gute Nacht, Marek.« Sie aktivierte das Türdisplay.

»Man hat gerade versucht, auch mich zu töten«, warf er schnell ein.

Ihre Augen weiteten sich. »Was?«

»In der Railway … Drei Männer … mit Pulserwaffen.«

Surona stieß Luft aus. »Oh, bitte.« Es war vollkommen unmöglich, Waffen mit in die Railway zu bringen, zu keiner Stunde. Nun aber, wie zur Verdeutlichung, hob Zintok einen Pulser in ihre Augenhöhe. Sie erstarrte. »Mein Gott …«

»Nein, heute nicht«, sagte er und steckte die Waffe wieder ein. »Das alles ist mehr als wir ahnten …oder begriffen … Wissen Sie, was das bedeutet?«

Sie senkte kurz den Blick, hatte weder den Nerv noch das Interesse, an die Bedeutung des eben Gesagten zu denken. Also schüttelte sie nur ihren kahlen Kopf. »Nein, keine Ahnung.« Sie sah ihn an. »Farhod ist im Krankenhaus … Sie geben ihm nur noch ein paar Wochen.« Sie sah ihn an. »Und diese Wochen werde ich bei ihm sein. Gute Nacht, Marek.«

Ein Flehen legte sich in seine Augen. »Wir können heute Nacht noch den Fall abschließen, dann können Sie sich ihre Woche nehmen … und mit der ausgezahlten Prämie sogar bessere Ärzte …«

Surona drückte nun endlich den Knopf und ließ die Tür aus der Wand in das Schloss fahren, als wäre Zintoks Hand als Widerstand nicht vorhanden.

»Ayasha, bitte!«, hörte sie noch seine Stimme, dann rastete das Schloss ein. Einen Moment lang blieb sie noch stehen und beobachtete auf dem kleinen Schirm, wie Zintok an ihrer Tür ebenfalls keine Anstalten machte, fortzugehen.

»Gehen Sie!«, rief sie, kehrte sich um und ging in das abgedunkelte Zimmer ihres Sohnes.

Das orange Licht der Kuppelbeleuchtung warf einen verspielten Schatten auf das leere Bett. Surona hatte die Nacht dort verbracht und die meiste Zeit über geweint. Dr. Manson hatte von einem experimentellen Medikament gesprochen, um die Pubertät ihres Sohnes zu unterbrechen. Mitte des Jahrhunderts waren Sexualstraftäter mit Testosteron und Androgenen behandelt worden, welche zur Jahrtausendwende dazu gedacht gewesen waren, geistig behinderte Jugendliche an der Reproduktion untereinander zu hindern. Jetzt sollte mit einer Weiterentwicklung dieses Medikaments Farhods körperliche Entwicklung unterbunden werden, bis es eine Behandlungsmethode gab. Weder konnte man garantieren, dass er trotz der Hormonbehandlung das zwanzigste Lebensjahr erreichte, noch dass es überhaupt funktionieren oder wie er auf die Behandlung reagieren würde. Es stand sogar im Raum, dass die Implantate abgestoßen würden, sobald er das Medikament absetzte und die Pubertät verspätet ihrer Bestimmung folgte.

Surona war die Entscheidung übergeben worden, ihrem Jungen ein Stück Entwicklung und Teil des Lebens zu nehmen, der vielleicht nie wieder zurückkommen würde. Für den Hauch einer Chance.
Sie wünschte, Farhod würde ihr diese Last abnehmen, denn sie konnte sich weder dafür noch dagegen entscheiden.

Langsam legte sie sich zurück ins Bett und blickte auf die beiden Marsmonde Phobos und Deimos, die wie zwei besonders große Sterne hinter dem Glas über der Stadt standen. Ihr elektronisches Auge nahm das störende Flirren des Plasmaschirms auf, der noch immer auf ›Standby‹ war und lenkte ihre Aufmerksamkeit auf den Schirm. Die Videodatei, die sie sich heute angesehen hatte, war zwei Jahre nach Farhods Geburt von seinem Vater aufgenommen worden. Sie hatte es in den letzten Jahren so oft gesehen, dass sie bereits eine digitale Kopie auf ihrem Chip trug. Eine Woche nach dieser Aufnahme war Jannik tot und hatte sie mit Farhod alleingelasen. Sie hatte zu dieser Zeit bereits ihren Dienst quittiert, um für den gemeinsamen Sohn da zu sein. Um das notwendige Geld zu bekommen, hatte Jannik einen zweiten Job angenommen, Polizist und Nachtwächter. Nach zwei Wochen war er im Dienst in einer kritischen Situation zu erschöpft gewesen, um rechtzeitig zu reagieren. Die Kugel eines Junkies hatte Janniks Brustkorb durchschlagen, als dieser versuchte zu vermitteln. Er war noch am Tatort verstorben.

Ayasha Surona hatte sich monatelang die Schuld gegeben, während seine Eltern nur vom Himmel, Gott und seiner Mission, ›den Herrn persönlich um ein Wunder zu bitten‹ gefaselt hatten. Sie hasste diesen Unfug. Insgeheim hatte sie schon immer gewusst, dass Religionen nur virtuelle Zufluchtsorte waren und im realen Leben keinen Bestand hatten und zu nichts zu gebrauchen waren. Ihre Gedanken schweiften hinüber zu Zintok. Er war ebenfalls so ein naiver Trottel. Er rannte da einer wirklich unfassbaren Sache nach, die weit über seine oder ihre Kragenweite hinausreichte. Surona sah wieder aus dem Fenster.

»Idiot«, flüsterte sie. Er hatte sie um Hilfe gebeten, sie, eine Ungläubige, deren Wurzeln in Saudi-Arabien lagen. Wie verzweifelt musste er sein?

»Idiot«, sagte sie diesmal etwas lauter, stand auf und griff sich ihren Jumpsuit.

***

Die Nächte auf dem Mars waren kaum kälter als die Tage. Es war sogar so, dass das Innere der Kuppeln stetig gekühlt werden musste, da die Sonneneinstrahlung während des Tages die Temperaturen weit über das Erträgliche ansteigen ließ. Absurd bei dem Gedanken, dass es außerhalb des Glases mehre Grade minus waren.

Zintok trottete ziellos zwischen den sauberen Gebäuden auf sauberen Fußwegen neben einer kaum genutzten Straße. Ja, der Mars war wirklich ein anderer Planet – in so vielen Bereichen so anders als die Erde. Eines aber hatten diese Welten gemeinsam: Die Wahrheit war auch hier ein Gut, das hart erarbeitet werden musste und wie auf der Erde stand einem auch in höchster Not niemand zur Seite. Mehr noch, einige wollten ihn sogar zu Fall bringen. Die Wahrheit, welche er nun mit sich herumtrug, war so unermesslich, weit wertvoller als ein, zwei oder drei Menschenleben. Er hatte gehofft, dass dieser Fall ihm Sicherheit und Ruhm bringen würde.

Jetzt wünschte er nur, wieder dieser unbedeutende Polizist zu sein, der bereits seine fünfzehn Minuten Ruhm im Leben gehabt hatte. Ein einfacher Mann, für den sich niemand interessierte. Tief in seinem Kopf entstand der Gedanke, einen Kredit aufzunehmen und den nächsten Flug zur Erde zu buchen, wo er sein Wissen für sich behalten würde, bis er untergetaucht war.

Seit dem Angriff in der Railway war ihm klar, dass ihm hier niemand einen Gefallen schuldete. All diese Wahrheiten zu sammeln und anzuwenden wie Waffen war auf lange Sicht vermutlich nicht besonders klug gewesen. Bisher hatte er sich Vorteile verschafft, Nutzen gezogen und es sich angenehm gemacht. Sein Wissen aber tickte inzwischen wie eine Zeitbombe in seinen Händen. Er musste sie loswerden. Erst, wenn jeder wusste, was er wusste, konnte er wieder in Frieden leben. Dessen war er sich jedenfalls sicher. Weniger sicher war er sich über den Weg, den er eingeschlagen hatte. Die Straße, in der er stand, führte zufällig zur Wohnung seines Vorgesetzten Faris Diwari.

Zintok sah hinauf auf das abgeflachte gläserne Dach seiner Stadt, hinter der die Sterne glommen. »Dann soll es so wohl sein«, sagte er zu Gott und setzte den Weg fort. Mit gezielten Schritten ging er auf das Haus mit der Nummer Dreizehn zu, öffnete die Tür mit seiner ID und stieg in den gläsernen Lift, welcher ihn in den dritten Stock trug. Nicht zum ersten Mal war er hier. Fabio mochte Partys. Am liebsten mit seinen engsten Freunden und Kollegen – und natürlich jenen, die etwas gegen ihn in der Hand hatten.

Zintok hatte den Summer kaum betätigt, da öffnete sich die Tür mit einem leisen Zischen. Er hatte einen müden und zerknirschten Fabio erwartet, stattdessen aber drang Musik und der Geruch von Alkohol aus dem Apartment.

»Marek …« Faris Diwari sah ihn überrascht an. Er hatte offenkundig jemand anderes erwartet.

»Kann ich reinkommen?«

»Das ist gerade ungünstig …«

»Es kann nicht warten!« Zintok drängte sich an seinem Vorgesetzten vorbei, der ihn kaum zu stoppen vermochte.

»Marek, …was zur …?«, zischte er noch einmal.

Aus dem Wohnzimmer der baugleichen Wohnung wie jede andere in Red City hallten laute Stimmen, die nach jemandem riefen, dessen Namen Zintok noch nie gehört hatte. Er war sich nicht einmal sicher, ob er einen Namen wie diesen überhaupt aussprechen konnte. Fabio stellte sich vor Zintok und setzte einen entschlossenen Gesichtsausdruck auf. »Ich muss dich bitten, meine Wohnung zu verlassen.«

Ein zweiter Mann stand plötzlich im Eingangsflur und sprach in einer für Zintok unbekannten Sprache.

»Nicht jetzt«, antwortete Fabio auf Englisch und griff Zintok am Arm. »Geh jetzt!«

Zintok riss sich los. »Nein, verdammt! Du musst mir jetzt zuhören.«

»He, schau mal!«, sagte der zweite plötzlich für Zintok verständlich. »Bissu nich' die kleine Arschloch?«

Zintok wandte sich leicht irritiert zu dem Mann um. »Sicher nicht.«

»Doch, doch … du bisses!«

Der Mann rief etwas, und Zintok sah für den Bruchteil einer Sekunde eine Faust auf sich zukommen, dann blitzte es rot vor seinen Augen auf.

Er merkte nicht, wie er gegen die Wand stürzte und zu Boden ging. Der metallische Geschmack in seinem Mund beschäftigte ihn gerade viel zu sehr. Weitere Schläge regneten auf ihn nieder. Ins Gesicht, in den Magen, in die Seiten. Zintok sah erst auf, als Fabio seine drei Brüder, jeder einzelne kräftiger als er, wegzerrte und mit rauen Worten fortschickte.

Mit geschwollenen Augen und geplatzter Lippen kämpfte Zintok gegen die Tränen an, die so dringend aus seinen Augen brechen wollten. Jeder Knochen an seinem Körper schmerzte. Er spuckte Blut, wobei es ihm egal war, dass er dies auf dem Teppich seines Vorgesetzten machte.

»So sieht das also aus?« Er hustete gequält. »Die Wahrheit mit Fäusten zum Schweigen bringen?« Er fingerte nach dem Pulser in seiner Tasche. Fabio bemerkte nichts davon und stieß verächtlich Luft aus und hockte sich hin.

»Die Wahrheit … Armer Marek. Ich wollte euren Krieg nicht. Aber ihr habt ihn uns aufgezwungen … mit euren Lügen, euren Provokationen, euren ständigen Anfeindungen.«

»Krieg?« Zintok verstand nicht. *Wovon redete er da?*

»Ich muss mich hier auf dem Mars verstecken …«

Endlich erreichte Zintok den Pulser und zog ihn zitternd hervor. Fabio sah beinahe gelassen auf die Waffe und seufzte. » … und jetzt kommst du und setzt mir einen Pulser auf die Brust. Dabei war ich stets ein ehrlicher und ehrenhafter Mann.«

Zintok hustete noch einmal und versuchte die Waffe ruhiger zu halten. »Ehrlich? Du hast meine Ermittlungen sabotiert, … Beweise vernichtet, Killer angeheuert!«

Fabio sah ihn kurz an, dann hob er die Augenbrauen, als er erkannte, dass Zintok nicht gekommen war, um ihn erneut zu erpressen. »Oh warte … Dein Fall?«
Zintok nickte heftig. »Ja, mein Fall!«

»Ja, mein Gott, der interessiert mich herzlich wenig.«

»Aber genug, um mich umbringen zu lassen?«
Fabio sah ihn fragend an. »Dich umbringen … Marek! Warum sollte ich so etwas Dummes tun? Ein Mord in meinem Revier ist ja wohl schlimm genug …«

Zintok richtete sich etwas auf. »Fünftausend Morde trifft es wohl eher.«

Fabio verengte seine Augen. »Was? Was redest du da?«

»Die zweite Kolonialflotte wurde zerstört … Das war es, was Chase an die Öffentlichkeit bringen wollte. Darum hat man ihn ausgeschaltet … ebenfalls den Reporter und hat es heute Nacht mit mir versucht.«

Diwari ignorierte die Waffe noch immer. Er wusste, dass der Junge vor ihm kein Killer war. Er sah ihn blinzeln und wusste, dass er kurz davor war, in Tränen auszubrechen.

»Und du machst bei der ganzen Sache mit. Du Ehrenmann!«, schrie Zintok plötzlich auf, wobei tatsächlich die erste Träne über seine Wange lief.

Ehe der alte Mann etwas erwidern konnte, summte seine Haustür abermals. Diwari richtete sich auf und forderte seine Brüder abermals auf, sie beide alleinzulassen. Zuvor aber bat er einen der drei, ihm ein feuchtes Handtuch und ein Glas mit Schnaps zu bringen. Anschließend öffnete er die Tür. Zu seiner Überraschung stand schon wieder jemand Unerwartetes vor seiner Wohnung. »Ayasha.«

»Ist Zintok noch am Leben?«, fragte sie und warf einen Blick auf die Beine, die sie aus ihrer Perspektive als einziges sehen konnte.

Einer von Fabios Brüdern kehrte zurück und übergab das Handtuch und das Glas. Er nickte Surona respektvoll zu und verschwand wieder im Nebenraum.

Diwari sah auf Zintok. »Mehr oder weniger.« Er ließ Surona eintreten, schloss die Tür und hockte sich zu Zintok am Boden und faltete das Handtuch.

»Ascha? Was tun Sie hier?«, fragte Zintok irritiert durch seine geschwollenen Lippen.

Sie lächelte schief. »Ayasha. Aber um Ihre Frage zu beantworten, Sie haben um Hilfe gebeten und es war falsch, Sie fortzuschicken.«

Der Chief tupfte an Zintoks Lippe. »Ich denke, es ist gut, dass wir jetzt alle hier sind.« Er sah Surona an. »Es ist wie in einer Vorhersehung … Allah wollte, dass wir uns hier treffen. Nutzen wir die Gelegenheit.«

Surona sparte sich jeden Kommentar und sah schweigend zu, wie der Alte mit dem Handtuch das Blut aus Zintoks Gesicht entfernte und ihm danach das Glas reichte.

»Du musst verstehen, dass das alles ein bedauerlicher Unfall war …«, sagte er mit seiner väterlichen Stimme.

Zintok wagte nicht zu trinken. Das Glas war wehrlos seinem skeptischen Blicken ausgesetzt.

»Nimm einen Schluck, das tut dir gut. Es ist ein besonderer Tropfen.«

»Ist es Gift?«

Diwari lachte laut. »Marek, … wenn du nicht so ein sturer christlicher Bock wärst, wären wir beide wohl dicke Freunde.«

Er warf Surona einen längeren Blick zu. Dann seufzte er. »Ja, verdammt, sie hätten diesen Chase nicht töten müssen … Meine Güte, ein Mord in meiner Stadt ist das Letzte, was ich wollte.«

»Sir?!« Surona klappte der Mund auf.

»Du wusstest es?« Zintok setzte das Glas wieder ab.

Diwari schüttelte nur den Kopf. »Nein, nicht sofort … Ich bekam einen Anruf mit der Bitte, euren Fall abzuschließen. Man erklärte mir nur, dass es ein internes Problem bei Sherman sei und man sich der Sache entsprechend selbst annehmen wolle.« Er zuckte die Schultern. »Es ist schließlich in unser aller Interesse, Sherman nicht auf die Füße zu treten. Ich stimmte zu … Dann aber, als du mir gestern sagtest, dass da mehr war, ließ ich euch weitermachen.«

Er lächelte erst Zintok, dann Surona an. »Sie haben mich gewarnt, sicher. Na und? Als ich eure Ermittlungsergebnisse gesehen habe, habe ich mich für euch gefreut.« Er lachte in sich hinein. »Ja, war sogar stolz, so fähige Polizisten unter meinem Haufen von Idioten zu haben.«

Zintok leerte das Glas und reichte es an seinen Vorgesetzten zurück, der es mit einem Nicken entgegennahm.

»Ihr beide habt verdammt saubere und kreative Arbeit geleistet. Da habe ich es direkt an Chamberlain geschickt. Und weißt du, was er gesagt hat?«

Zintok lauschte gespannt.

»Was für ein Hornochse ich sei, unser aller Geldgeber ans Bein pinkeln zu wollen.«

Zintok sah auf den Pulser in seiner Hand. »Das heißt, die können machen, was sie wollen? Auch morden?«

Diwari sah in Richtung des Zimmers, wo seine Brüder warteten und den Wunsch respektierten, nicht zu stören. Als Letztes richtete sich sein Blick auf Surona, die nun die Arme verschränkte. Dass ihr Implantat alles aufzeichnete, war ihm gerade herzlich egal. »Nein, natürlich nicht!« Er flüsterte leicht heiser. »Aber passiert ist passiert.« Sorgfältig legte er das Handtuch wieder zusammen, ehe er weitersprach. »Ich habe über eine halbe Stunde mit Chamberlain diskutiert. Stellt euch mal vor, was geschieht, wenn morgen früh herauskommt, dass die Schiffe in den Jupiter gestürzt sind, weil es eine winzige Fehlzündung oder was auch immer gab.«

»Es wird sich niemand mehr freiwillig in diese Schiffe begeben«, erklärte Surona.

Diwari nickte. »Richtig. Es werden auch keine mehr gebaut, die Werften schließen, der Energieverbrauch sinkt, Pandion reduziert Personal, die Versorgung wird angepasst, die Menschen werden arbeitslos. Die Versorgung der Mondkolonien wird für die Erde unbezahlbar, weshalb sie früher oder später verlassen werden müssen. Der Mars bietet über kurz oder lang keine Jobs mehr, die Menschen werden abwandern. Die ganze Infrastruktur hier wird nutzlos sein … Ebenso wir.« Er tippte erst sich, dann Zintok auf die Brust. Erneut galt ein Seitenblick Surona. »Auch die Krankenhäuser werden schließen. Das ganze Programm war umsonst. Milliarden und Abermilliarden an Dollar, weitere Menschenleben … Hunterttausende Schicksale … und die gesamte Menschheit geht mehr als nur einen gewaltigen Schritt zurück.« Diwari schüttelte seinen Kopf.

»Das wäre das Aus vom Traum in den Weiten des Alls. Das Aus von einem Neuanfang, einer besseren Gesellschaft.« Er tippte erneut auf Zintoks Brust. »Und nur weil du die Wahrheit sagen willst, die nichts mehr ändern und nur noch zerstören kann!«

»Dieser Mord war also ein notwendiges Übel?« Zintok lachte bitter auf. Auch Surona lehnte sich gegen die Wand und atmete tief ein.

Diwari erkannte, dass sie seine Schlussfolgerung verstand. Ob sie sie akzeptierte, stand dabei auf einem anderen Blatt.

»Natürlich nicht. Er war nur ein kleiner Schritt, um den großen Sprung zu wahren.« Der alte Chief richtete sich langsam auf, wobei ihn seine Knie schmerzten, wie sie es in den letzten zwanzig Jahren getan hatten – trotz der geringen Schwerkraft des Planeten.

»Und ganz persönlich gesagt, ich bin gerne hier. Ich mag meine Wohnung, meinen Job. Auf der Erde erwartet mich eine armselige Frührente … oder gar das Gefängnis.« Er sah sich zu seinen Brüdern um. »Sherman hat eine kleine Summe für mich und Chamberlain springen lassen. Ich geb euch beiden jeweils zwanzig Prozent ab …«

Surona klappte den Mund auf und wechselte einen Blick mit Zintok, der den Alten entsetzt ansah. »Du kaufst uns?«

Diwari lachte herzlich. »Aber natürlich – Wir alle kaufen uns. Du kaufst deine Partei, ich meine. Sie kaufen uns zurück, das nennt man Handel!« Er winkte ab.

»Sherman kann man keinen Vorwurf machen, dass die Schiffe zerstört worden sind. Sie waren absolut machtlos. Nicht einmal die Frachter der Kolonien hätten etwas ausrichten können, die Schiffe waren bereits auf beinahe zehn Prozent der Lichtgeschwindigkeit, verdammt! Hast du eine Ahnung, wie unfassbar schnell das ist?!«

»Sie hatten einen Prototypen …«, warf Zintok ein.

»Nein, einen Scheißdreck haben die!« Diwari schüttelte den Kopf. »Lassen wir es darauf beruhen. Zwei Tote sind schon schlimm genug.« Er legte seine Hand auf Zintoks Schulter und legte einen sanften Gesichtsausdruck auf. »Und es wird keinen Dritten geben, das verspreche ich.«

Er griff langsam nach dem Pulser und nahm ihn Zintok ohne Gegenwehr ab. Sofort reichte er ihn an Surona weiter.

»Ich habe in letzter Zeit angefangen, dich zu mögen, auch wenn du ein kleines Arschloch bist. Also lass es so. Es ist vorbei.«

Zintok strich sich durchs Haar. »Verdammt, Fabio! Es geht hier um Mord! Um die Wahrheit. Um fünftausend Menschen. Um unsere Prüfung vor Gott. Kannst du vor den Schöpfer treten mit all dem auf deinem Gewissen, was du gerade gesagt hast?«

Die Antwort war ein Schulterzucken. »Damit befasse ich mich, wenn es soweit ist. Solange sichere ich unsere Existenz und die unserer Stadt, für meine Kinder und Enkel.«

»Großartig, was ist mit der Gerechtigkeit?«, fragte Zintok trotzig.

»Wann hat es denn jemals Gerechtigkeit gegeben?«, zitierte Surona ihn. Zintok erinnerte sich gut daran und sah sie entgeistert an. »Vielleicht sollte man ihr wenigstens eine Chance geben!«

»Marek …« Fabio musste lächeln. »Dass du das mal sagst.«

Zintok deutete mit dem Kinn auf Surona. »Ja, sie hat mir diese verdammten Flausen in den Kopf gesetzt … wie Polizisten arbeiten sollten …«

Der Chief verschränkte die Arme: »Ach, schau mal an! In dir gibt es so etwas wie Anstand.«

»Haha, sehr witzig!«

»Naja …« Surona zuckte mit den Schultern. »Vielleicht kriegen wir Sherman wegen des Reporters dran …«, überlegte sie halbherzig.

Fabio stimmte ihr zu. »Ja, das war wirklich dumm gelaufen. Totschlag ist auf jeden Fall drin, einzelne Köpfe müssen wohl rollen. Mehr aber sollten wir nicht versuchen.«

Zintok schnaufte, als er begriff, wie machtlos er hier war. »Wie hoch war die Summe, die sie dir gegeben haben, damit du nach deren Pfeife tanzt?«

Fabio hob die Augenbrauen. »Du denkst, ich habe es mir in den Arsch gesteckt? Nein, mein Freund.« Er hob wissend den Finger. »Der Löwenanteil ist in neue Gerätschaften geflossen. Taserstäbe, Computer, Uniformen und drei neue Dienstfahrzeuge, die in vier Wochen hier eintreffen. Außerdem fünf neue Bewerber …« Diwari warf Surona einen schnellen Blick zu und erkannte, dass sie deutlich unglücklich war mit allem. Er konnte förmlich sehen, wie sie mit sich rang. Sie hatte wahres Potenzial.

Er wandte sich wieder Zintok zu. »Was also willst du noch?«

Zintok erhob leicht seine Stimme. »Die verdammte Wahrheit!«

»Aber die kannst du nicht bringen … Kapier es doch endlich. Idiot!« Diwari raufte sich sein ohnehin schon lichtes Haar und ging einen Halbkreis, während er nochmal zu erklären begann. »Ich habe doch schon aufgezählt, was hier alles auf dem Spiel steht! Womöglich das Überleben der Menschheit in ferner Zukunft, wenn das auf der Erde so weitergeht!«

»Ich bin verpflichtet! Verdammt! Ich bin es Gott und meiner Marke schuldig. Was bleibt mir denn noch?« Zintok sah Surona fast flehend an. »Ich habe doch nichts anderes mehr!« Vorsichtig versuchte er sich aufzurichten.

»Das ist doch Unsinn.«

»Um es weniger drastisch auszudrücken, Sir«, begann Surona nun leise, »es haben schon recht viele Menschen davon erfahren.«

Zintoks Blick klärte sich. »Genau! Wollen die uns alle kaufen oder töten? Uns? Deine Familie? Tilio?« Zintok sah Fabio in die Augen. In seinen erglomm Hoffnung, noch an sein Recht auf Gerechtigkeit zu kommen. »Der Stein rollt schon … Wir können beiseite springen und die anderen warnen oder wir bleiben stehen.« Zintok senkte nun seine Stimme. »Es ist doch eh nicht mehr aufzuhalten.«

Diwari blickte in Suronas feste Augen und bat stumm um Unterstürzung anstatt Gegenfeuer.

»Es stimmt leider«, musste sie den Chief enttäuschen.

Nun wich jeder Ausdruck aus dem fleckigen Gesicht des Mannes. So hatte er das bisher nicht betrachtet. Er war jetzt schon so lange Polizist. Angefangen in seiner Heimat, später Großbritannien und heute auf dem Mars. Er hatte eine Frau, die er respektierte und ehrte sowie drei Kinder, die er zu rechtschaffenen Bürgern erzogen hatte. Selbst seinen Brüdern, die völlig andere Wege eingeschlagen hatten, merkte man die irakische Herkunft kaum noch an. Faris hatte sogar seinen Namen angepasst, seinen Akzent wegtrainiert und sein Äußeres ruiniert, da Anpassung das Einzige war, was damals wie heute seiner Familie und ihm das Leben rettete.

Es war eine gute Sache, denn ein toter Mann konnte nichts mehr bewegen. Heute war er am Leben, angepasst und systemtreu. Er hatte wohl nicht bemerkt, wie das System um ihn herum zu einem Monster zerfallen war, das ihn umgarnte. Die Menschen misstrauten sich heute mehr denn je, hassten einander mehr als dass sie zusammenstanden. Vor ihm stand Zintok, ein überzeugter Christ, der nicht mit der Wimper zucken würde, einen Moslem zu verraten und zu verkaufen. Daneben eine Atheistin, einst religiös und eines Besseren belehrt. Diwari akzeptierte es wie selbstverständlich.

Schon vor langer Zeit hatte er gelernt, dass jeder Mensch seinen Weg finden und leben musste. Surona hatte wahrscheinlich sogar die klügste Entscheidung von allen getroffen. Millionen waren gestorben, weil sie etwas anderes glaubten als die Amerikaner. Als Faris Diwari musste er sich noch Jahrzehnte nach dem Krieg verstecken. Als Fabio lernte er, dass ein versteckter Mann wohl nie wieder etwas bewegen würde – aber er war am Leben.

» … retten wir, was noch zu retten ist, Sir«, beendete Surona seine Gedanken.
Diwari nickte entschlossen. »Genau das versuche ich.«

»Und dafür kommen wir alle in die Hölle«, seufzte Zintok.

»Die gibt es bei uns nicht.« Der Chief wischte mit der Hand durch die Luft und entlockte Zintok ein gespieltes Lächeln, was angesichts seiner blutenden Lippen eher einem schmerzverzerrten Gesicht glich.

»Ja, du hoffst wohl auf deine zweiundsiebzig Jungfrauen, auf dass du nach deinem Tod endlich deine Frau vergessen und dir die Seele aus dem Leib ficken kannst.« Marek empfand die islamischen Versprechungen mehr als nur lächerlich.

Diwari schüttelte verletzt den Kopf und schwieg. Surona aber griff sich an den Kopf und fluchte. »Verdammt! Zintok, Sie sind ein so einfältiger Vollidiot!« Sie kannte diese alberne Geschichte ebenfalls. Irgendwelche Fanatiker hatten dies irgendwelchen schwachen Geistern erzählt, damit diese sich für irgendwelche Wahnsinnstaten zur Verfügung stellten.

»Es heißt Huris! Das sind Trauben … keine verdammten Jungfrauen! Trauben! Meine Güte nochmal.« Sie stützte die Arme in die Hüfte und sah Fabio beinahe hilfesuchend an, der allerdings nur stumm nickte.

»Es ist wahr, Marek. Aber wenn du über meine Religion lachen willst, dann lach über die zehntausend Idioten, die versucht haben, denjenigen für seine Forschung zu töten, der dies herausgefunden hat.« Er senkte betroffen den Kopf. Niemand auf dieser Welt war perfekt, er am wenigsten.

»Und selbst wenn es Jungfrauen wären, würde ich in alle Ewigkeit meine Frau diesen vorziehen. In diesem und nächsten Leben.«
Zintok sah ihn kurz an. »Du würdest Gottes Geschenk ablehnen, um diesen Mord mit zu vertuschen?«

Surona seufzte. »Zintok! Bleiben sie beim Thema! Vergessen Sie Gott oder Allah. Verdammt nochmal. Am Ende sind das alles nur Geschichten, wie ich sie meinem Sohn vorlese!«

Zintok sah sie boshaft an, unterbrach sie aber nicht. Auch Fabio nickte nur und schien eine Entscheidung getroffen zu haben. Fast so, als widerstrebe es seinem Innersten, griff er sich an sein Herz. Surona trat an die Seite des Alten. »Niemand sollte etwas nur der Religion wegen schaffen. Machen Sie es für sich! Denn es gibt kein verdammtes Leben nach diesem hier. Wir haben nur das eine! Eine kurze einmalige Gelegenheit. Entweder wir machen das Richtige für unsere Nachfahren oder wir versauen es.«

»Aber ich mach doch das Richtige« flüsterte Zintok, als er begriff, dass er wohl wieder einmal der Wahrheit nachjagte um ihrer selbst willen. Damals, als er Jessica ertappt hatte, hatte sie ihm gestanden, dass sie etwas Dummes getan und einen großen Fehler gemacht hatte. Auch erklärte sie, dass sie diesen Fehler nicht wiederholen wolle und dass sie die Details nur verborgen gehalten hatte, um ihm den Schmerz zu ersparen. Zintok aber wollte alles wissen, wollte verstehen, warum er sich so schmutzig fühlte, wann immer er sie ansah, verstehen, was es war, das andere boten. Er wollte alle Motive, den Tathergang und die Gründe verstehen, um daraus zu kombinieren, warum sie ihm dies alles angetan hatte. Auf seiner Jagd dorthin hatte er alles rücksichtslos eingerissen und sehr viel mehr zerstört als sie.

Surona näherte sich ihm und fasste ihm an die Schulter. »Ja, das tun sie.« Sie sah kurz Diwari an. »Aber ich kann auch die Handlung des Chiefs nachvollziehen. Es geht um sehr viel mehr. Größer als ein Einzelner.«

Zintok war wieder den Tränen nahe. »Aber Sie sagten, so arbeiten Polizisten nicht.«

Surona nickte. »Das stimmt. Wir stehen für Gerechtigkeit, … für das Wohl der Allgemeinheit. Martin Chase ist tot, das ist schrecklich. Fünftausend Menschen sind in einem Unfall umgekommen, das ist sehr viel schlimmer.« Sie senkte den Blick. »Sechsundzwanzigtausend allein in dieser Stadt stehen zwischen uns und der Wahrheit …« Sie sah ihn an. »Es wird immer größer. Es entgleitet uns. Wir müssen die richtige Entscheidung fällen, um es zu stoppen.«

»Ich kann nicht lügen.« Seine Augen suchten Diwaris Blick. »Das schulde ich unserem Schöpfer.«

›Unserem‹, dieses Wort hallte in Diwaris Kopf nach. Natürlich hatte Zintok recht, das wusste er so sicher wie jede Zeile aus seinen Gebeten. Sie waren Polizisten und Gottes Diener, auf die eine oder andere Seite. Eines hatten sie trotz aller Verschiedenheiten gemein: das Versprechen vor ihrem Herren. Diwari sah den jungen Burschen mit dem geschwollenen Gesicht noch einmal an und nickte Surona zu. »Ja, die richtige.«

Langsam kehrte er sich um zu seinem Schreibtisch, der an derselben Stelle stand wie in Suronas Wohnung. Mit einer Berührung der eben noch deaktivierten Kristallscheibe seines Terminals öffnete sich das Standardmenü, aus dem er die Kommunikation wählte. Wenige Minuten später hatte er das Abbild eines älteren leicht verschlafenen Mannes vor sich.

»Richter Chamberlain.« Er räusperte sich verlegen.

»Wir haben erdrückende Indizien, die einige Mitglieder der Shermanstiftung mit zwei Toten in Verbindung bringen.«

»Diwari …« Chamberlain schnaufte missmutig. »Ich hatte Ihnen meine Empfehlung doch schon dargelegt.«

»Ja, Hochwürden, doch inzwischen wissen sehr viele Menschen über die zweite Flotte Bescheid … Der Stein rollt«, wiederholte er Zintoks Metapher. »Wir können jetzt einzig noch den Schaden eindämmen.«

Der Richter grunzte und kratzte sich dabei am Kopf. »Schadensbegrenzung? Darüber sind wir wohl hinweg … Wer weiß alles davon?«

Surona und Zintok näherten sich dem Schreibtisch und stellten sich so vor das Terminal, dass der Richter sie sehen konnte. »Alle Mitarbeiter des Observatoriums, ein paar Polizisten und eine zivile Person sowie drei Attentäter, die es auf mich abgesehen haben und derzeit in der Nordstation gefangen sind«, sagte Zintok mit kräftiger Stimme.

»Du meine Güte!« Chamberlain nahm Zintoks Zustand auf, kommentierte ihn jedoch nicht. Stattdessen strich er sich über Nase und Mund und wiederholte seinen Ausspruch ein wenig leiser.

Zintok spielte Bedauern. »Wahrscheinlich macht es schon die Runde …«

Der Richter grunzte erneut. »Gegen das, was jetzt passiert, lässt alles Bisherige verblassen.«

»Man könnte Chase zum Terroristen erklären, der die Schiffe sabotiert hat«, schlug Fabio vor.

»Um Gottes willen!«, rief der Richter aus. »Wollen Sie das US-Millitär zurück auf den Mars bringen?! Gerade Sie?«

Diwari schüttelte den Kopf. Keine sechs Jahre war es her, dass die USA ihre Truppen von den Ausbildungslagern Shermans getrennt und zur Erde zurückbeordert hatten. Chamberlain schüttelte den Kopf. »Aber Sie haben recht, wir müssen den Schaden eindämmen.«

Beide Männer starrten sich eine Weile an. »So oder so werden irgendwelche Schnüffler kommen. Wir sollten bis dahin eine weiße Weste und brauchbare Ergebnisse haben. Gehen Sie ins Sherman-Center, finden Sie raus, wer der Todesschütze war und bringen Sie ihn mir. Fangen Sie mit den Dreien am Bahnhof an … Vergessen Sie aber jede Verbindung zur zweiten Flotte. Das soll unser Problem nicht sein.« Er zuckte mit den Schultern. »Ich werde Chadov zur Kooperation bewegen. Er wird es verstehen.«

»Wird er seinen Mann opfern?«

Chamberlain lachte freudlos. »Er hat seinen verdammten Assistenten geopfert … Er wird mitspielen. Und wir halten uns an die Regeln.« Mit Nachdruck sah er Diwari an. »Wir müssen jetzt alle zusammenhalten. Ohne Ausnahme!«

»Ja, Hochwürden.« Fabio sah Zintok an, der stumm auf den Schirm in die Augen des alten Richters sah. Nun hatte dieser auch etwas gegen den Richter in der Hand.

18

Ayasha Surona saß am Krankenbett ihres Sohnes. Vor mehr als einer Woche hatte man sein Todesurteil ausgesprochen, doch weder Körper noch Geist ergaben sich dem.

Unter Schmerzen und mit vielen Tränen klammerte sich Farhod an sein Leben, so sehr wie Surona an seine kleinen Hände, die sie festhielt, als befürchte sie, dass er sie verließe, sobald sie losließ.

Seit Tagen hatte sie nicht mehr richtig geschlafen oder gegessen. Ihrem Dienst war sie seit jener Nacht nicht mehr nachgekommen. Chief Diwari hatte sie hier bereits mehrmals besucht und ihr seine volle Unterstützung versprochen. Marek Zintok hatte sich seit der Verhaftung einiger hochdekorierter Mitglieder der Sherman-Stiftung nicht mehr blicken lassen. In den Nachrichten berichtete man von einem Zusammenhang mit der vor wenigen Wochen verschwundenen Kolonialflotte.

Sie musste unfreiwillig an ihren widerspenstigen Partner denken, wenn der Fall auf einem der Infoschirme angesprochen wurde, egal ob in der Bahn oder im Netz.

Umso erstaunter war sie, als er soeben das Krankenzimmer betrat.

»Grüße.« Er verzichtete darauf, Gott zu erwähnen. Sie erwiderte den Gruß dennoch nicht.

»Wie geht es ihm?«, fragte er und blieb an der Türschwelle stehen, bis sie ihm die Erlaubnis erteilte, einzutreten.

»Schlechter … Aber er hört nicht auf zu kämpfen.« Sie senkte die Stimme. »Er kommt sehr nach seinen Eltern.«

»Was hat er denn?«
Sie zuckte mit den Schultern: »Neuronale Ceroid-Lipofuszinosen.«

Zintok hatte kein Wort verstanden und würde derartige Dinge vermutlich nicht einmal lesen können, geschweige denn, dass er wusste, was sie bedeuteten.

Surona war dies nicht entgangen. »Organversagen. Es ist vermutlich ein Defekt aufgrund meiner Verletzungen im Krieg … Ich war vielen Stoffen ausgesetzt …« In ihrem Kopf brüllte der alte Vorwurf, dieses Leid erschaffen und zugelassen zu haben. Zintok verstand. »Implantate könnten ihn natürlich retten …«
Surona strich über die verschwitzte Stirn ihres Jungen.

»Wir haben uns für eine grausame Behandlung entschieden.«

Zintok klappte der Mund auf, »Grausam?«

Sie nickte. »Sie behandeln ihn nun mit veränderten Testosteronen und Leuprorelinacetat.«

Zintok verknotete sich gedanklich die Zunge, als er Surona diese Worte so einfach aussprechen hörte. »Das klingt … nun …«, stotterte er.

»Es ist eine unausgereifte Behandlung mit unbekannten Risiken ohne garantierte Linderung.« Surona schüttelte den Kopf. »Wenn er überlebt, wird er nie ein Mann werden … sich nie verlieben … keine eigenen Kinder bekommen.«

Zintok steckte die Hände in seine Taschen. Er fühlte sich so hilflos wie der bewusstlose Junge in diesem Bett.

»Ich hätte ihn abtreiben sollen«, schluchzte sie.

Zintok näherte sich mit einem Schritt. »Das wäre aber Mord.«

»Ich weiß.« Sie nickte verzweifelt. »Damals habe ich das auch geglaubt, heute sehe ich das anders.«

»Das glaube ich Ihnen nicht, Ayasha.«

»Ich mir auch nicht«, flüsterte sie.

Er räusperte sich. »Sie bekommen etwas von der Fall-Prämie … Hab mich mit Fabio darauf geeinigt. Vielleicht finden Sie bessere Ärzte.«

Surona verzog das Gesicht. »Bessere als hier? Nie.« Sie sah ihn an. »Und wie es jetzt wohl aussieht, muss ich mit ihm zurück auf die Erde …«

Zintok schüttelte langsam den Kopf. »Chadov ist Kälteschlafexperte. Er kam dank Fabio davon. Er schuldet uns etwas … Ihnen!« Zintok weitete seine Augen angesichts dieser spontanen Idee. »Reden Sie mit ihm, er hört zu.«

»Das Kolonialprojekt ist gescheitert«, erklärte sie. Zintok legte jedoch den Kopf schief. »Das denke ich nicht. Die Sherman-Stiftung ist nicht untergegangen, sie macht nur eine Pause. Dieser schmierige Pressesprecher hat angekündigt, dass sie irgendwie weitermachen, Fehler künftig vermeiden. Sie haben alle Grenzen aufgehoben. Jeder Mensch ist willkommen, egal welches Alter, egal welcher Hintergrund.«

Surona hob die Augenbraue. »Und werden Sie sich melden?«

»Nein, ich denke, ich bleibe hier.« Er faltete seine Finger. »Auch wenn wohl nicht als Polizist, fürchte ich. Ist ja bald keiner mehr da, den wir beschützen müssen.« Er zuckte mit den Schultern.

»Und was machen Sie dann?«

Mit leicht gerunzelter Stirn überlegte er ins Blaue. »Vielleicht Pandion … Die müssen bleiben. Die haben doch gerade den zweiten Reaktor gestartet und suchen nun noch Leute. Als NCP-Mitglied habe ich da sogar gute Karten, schnell reinzukommen.« Er lächelte ein wenig. »Sie haben außerdem ein paar Schiffe von Sherman gekauft, um ihre Energiezellen zur Erde zu schaffen. Hat wohl Zukunft. Notfalls werde ich Pilot.«

Surona konnte sich dieser Logik nicht verwehren. »Na dann, viel Glück. Danke, dass Sie vorbeigekommen sind.«

»Wie gesagt, machen Sie sich um die Finanzen keine Sorgen … und reden Sie mit Chadov.«

Sie nickte leicht. Als Zintok gerade gehen wollte, rief sie ihm noch einmal nach. »Marek?«

»Ja?«

»War es das wert? All das … für die Wahrheit?«

»Ist irgendwo unser höchstes Gut, oder?«

»Es war ein Unfall, für den keiner etwas konnte. Das ist einfach das Risiko hier draußen. Dass man Schlimmes verheimlicht, um Schlimmeres zu verhindern, ist nicht schlimm.«

Zintok verzog unzufrieden den Mund. »Ja, vermutlich … «

Der Anfang …

Der Erste wird der Letzte sein
- 2099 -

»Seien Sie Teil dieses kleinen Schrittes … «

Slogan der Markus-Sherman-Stiftung zur Bewerbung des Kolonialprogramms von Red City in den Jahren 2059 bis 2100

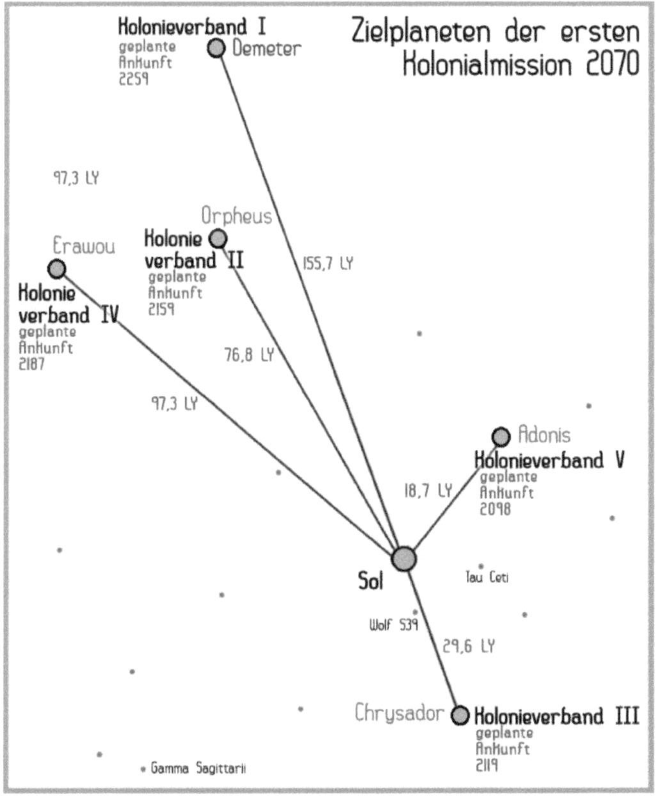

Kolonie Adonis - Jahr 0 - n. d. L.

Pfeifend schob sich das kompakte Schiff in seiner breiten Gestalt über die Bungalows, Anbauflächen und neuen Fundamente bis zum abgezäunten Landeplatz hinter dem Wohnbereich der jungen Siedlung.

Zwei gigantische an der Unterseite integrierte Turbinen spien mit ohrenbetäubendem Lärm bläulich gleißende Plasmasäulen der Erde entgegen und ließen das tonnenschwere Schiff sanft wie eine Feder zu Boden schweben. Unter dem gigantischen Rumpf stiegen Staub und Sand in tobenden Wolken auf und hüllten den weiträumigen Landeplatz in einen undurchsichtigen Sandsturm.

Damian hatte seinen Kopf gereckt und war dem Schiff, das den Namen *Grizzly* trug, mit seinen Augen gefolgt. Seine Arbeit im Gemüsebeet vernachlässigend stand er auf und trat an den leichten Zaun, den sich senkenden Koloss aus Stahl und Kunstfaser dabei nicht aus seinem Blickfeld lassend. In seinen blauen Augen tobte ein stiller Sturm aus Furcht, Sorge und einer grässlichen Hoffnung, die er nur zu gerne abschalten würde. Als das Schiff endlich aufsetzte, zitterten sogar ein wenig die jungen Bäume, die den Landeplatz weiträumig von der Siedlung abgrenzten. Der trockene Sand stob ein letztes Mal auf, ehe sich die pfeifenden Triebwerke abschalteten. Nur langsam legte sich der feine Staub. Der Teil, der nicht vom Wind weggetragen wurde, hielt sich am dunklen Rumpf und erhob jede Kante und Spalte des aus Dutzenden Platten zusammengesetzten Schiffes. Schnaufend und zischend ruhte das Schiff wie ein erschöpftes Ungeheuer, das nach Atemluft rang, bis sich sirrend das Heck öffnete.

Der untere Teil der Klappe bildete eine begehbare Rampe, der obere richtete sich in den blassblauen, wolkenlosen Himmel. Nur Augenblicke später trat Lt.Cmdr. Tony Blake, der ehemalige zweite Offizier der *Grizzly* herunter. Er war ein kräftiger Mann, der über seiner grauen Uniform eine schwarze Lederjacke trug. Um seinen haarlosen Kopf hatte er ein dunkles Tuch gebunden.

An seiner Seite, in einem dunklen, auffällig engen Jumpsuit, ging Julian Haldon, der ehemalige taktische Offizier des Schiffes. Er gehört zu den Wenigen, die bis heute nur zu gerne diesen Planeten wieder verlassen würden. Als Letztes trat Ellen Kraikos, Damians Mutter und die ehemalige Navigatorin, ins Licht. Sie bildete mit den anderen ehemaligen Offizieren der übrigen zwei Schiffen eine sogenannte Übergangsregierung hier auf *Adonis*.

Jedenfalls hatte sie es so ihren beiden Kindern erklärt. Mit einem kräftigen Satz sprang sie einer Jugendlichen gleich seitlich von der Rampe, um die beiden Männer einzuholen. Sie war unglücklich, das konnte Damian selbst von hier hinten erkennen, weshalb er sich hinter dem Zaun still verhielt. Ursprünglich wollte seine Mutter auf diesem Planeten einen kleinen Hof betreiben und die Familie großziehen, anstatt weiterhin Schiffe zu fliegen. *Adonis* erlaubte es allerdings nicht, dass jemand hier tun konnte, was er wollte. Selbst er nicht, obwohl er fast noch ein Kind war. Keine seiner Entscheidungen oder Taten in jüngster Vergangenheit lag in seiner Wahl.

***

Lt.Cmdr. Tony Blake trat in ein halboffenes Zelt und begrüßte mit einem verhaltenen »Guten Morgen« die kleine Gruppe Freiwilliger, die sich hier versammelt hatte. Darunter befanden sich Dr. Oliver Náouk und die Zivilistin Zera Janosh, welche Blake in den letzten Wochen in vielen Bereichen als sehr engagiert kennengelernt hatte.

Einen besonders langen Blick legte er auf Nora Falk, ebenfalls eine der Zivilistinnen. Ihren ebenfalls kahlen Kopf hatte sie mit einem Käppi bedeckt, auf dem eine römische Fünf abgebildet war.

»Nora«, sprach er sie behutsam an und versuchte aufmunternd zu klingen.

»Hast du etwas entdeckt?«, fragte sie nur.

Blake schüttelte seinen Kopf und mied ihren sorgenvollen

Gesichtsausdruck. Hinter ihr sammelten sich weitere Helfer, unter denen er die Jungen Tinus und Lennart Alva erkannte. Beide Brüder waren für die Erzgewinnung in den Minen, wo derzeit die meisten Männer tätig waren, noch zu jung, weshalb man sie wie alle anderen zwischen zehn und zwanzig auf den Feldern eingeteilt hatte. Obwohl die Zwillinge keine Kinder mehr waren, blieb Blake unsicher, ob sie die Belastung der Suche wirklich tragen konnten.

»Solltet ihr nicht auf den Feldern sein?«, fragte er direkt heraus.

»Damit noch zwei weniger suchen können?«, entgegnete Lennart selbstsicher.

»Wir kennen Lukas, seit er ein kleiner Junge war … Wir waren im selben Team«, fügte Tinus hinzu. »Er ist unser Freund.«

Blake überblickte kurz die Frauen, die sich vor dem Zelt die festen Schutzanzüge überstreiften. Sie alle hier waren im selben Team und selbstverständlich machte sich jeder Sorgen, denn sie alle waren Freunde. Dafür hatte das Programm bei Sherman gesorgt. Es gab niemanden auf diesem Planeten, wo die Chemie so weit auseinanderging, dass es zu ernsten zwischenmenschlichen Problemen kommen würde.

»Einverstanden«, sagte Blake schließlich und zog eines der Terminals heran, die auf dem kleinen Holztisch in der Mitte aufgereiht waren. Mit zwei kurzen Sätzen gab er seinen Bericht ein.

»Es gibt keine Beschädigung im Zaun, auch keine Anzeichen, dass jemand das Arenal verlassen hat«, gab er seine Meldung für die Umstehenden auch verbal weiter. Mit dem Bestätigungsbutton sandte er diese Information in die Systemcloud der Siedlung.

Die Meldungen der anderen ehemaligen Offiziere, welche die Führung an den übrigen Sammelpunkten innehatten, überflog er nur, wobei sein Fokus auf den Meldungen der zwei Captains lag. Unbewusst legte er dem Gesagten dieser beiden mehr Gewicht bei. Das Ablegen ihre Ränge, welche nur für den Flug zu diesem Planeten eingegliedert wurden, gelang noch immer nicht.

Keiner der anderen Einträge in der Cloud enthielt auch nur den Ansatz eines Hinweises. Der dreizehnjährige Lukas Falk war noch immer verschwunden.

Eintausend Menschen lebten in diesem engen Areal. Dennoch hatte an den letzten beiden Tagen niemand den Jungen gesehen. Blake nahm den Blick vom Terminal und sah direkt Nora, die Mutter des Vermissten an. »Er ist definitiv nicht außerhalb der Grenze.«

Kein Stück beruhigt stützte sie die Hände auf den Tisch.

»Und wie soll jemand innerhalb dieses Zauns verschwinden?«

»Wenn er sich verlaufen hat … «, warf Zera Janosh ein, »dann ist er in ständiger Bewegung, was die Suche unglaublich erschwert.« Etwas ratlos wirkend deutete die junge Frau auf die felsige Umgebung weit außerhalb der hier entstehenden Häuser. Zera erntete seitens Nora kühle Skepsis. »Verlaufen? In seinem Alter?«

Blake senkte wieder den Blick. Ihm war völlig klar, dass der Junge nicht mitarbeitete und dass Zera wohl damit recht hatte, dass Lukas in Bewegung blieb. Wer nicht gefunden werden wollte, wurde das auch nicht so leicht.

»Wir sollten ihn vielleicht nicht unterschätzen«, warf Haldon ein und verschränkte seine kräftigen Arme vor der muskulösen Brust. »Für mich war in seinem Alter so ein Zaun kein Hindernis.«

»Er hat sein halbes Leben auf dem Mars verbracht und den Sport oft vernachlässigt. Bei dieser Gravitation kann er keine zwei Meter hoch und wieder herunterklettern. Seine Muskeln sind noch lange nicht aufgebaut«, stellte Nora klar.

»Okay …« Blake markierte auf der digitalen Übersichtskarte ein neues Gebiet. »Stellt sich also die Frage, wenn wir ihn bis heute Abend nicht finden, ob wir morgen dennoch außerhalb des Zauns eine Suche organisieren sollten …« Sein Blick galt den beiden Jungen in seinem Suchtrupp. Er würde nie riskieren, Tinus und Lennart der Gefahr dieser Welt auszusetzen.

»Die Frage stellt sich mir nicht«, brachte sich Ellen Kraikos ein. »Lukas ist nicht dumm.« Die erste Maßnahme, den

Jungen aufzuspüren war es gewesen, ihn mit dem im Orbit zurückgelassenen Satelliten und seinem PCP zu orten. Allerdings hatte er den Computer abgeschaltet oder gar weggeworfen. »Er wird niemals hinausgeklettert sein.«

Die junge Frau namens Zera zog ein Pad heran und sah auf das Profil des Gesuchten. »Tja, wer weiß, was ihn trieb …« Sie sah auf dem Bild in dunkle kleine Augen. Das linke war teils von seinen ebenso dunklen Haaren verdeckt. Der Mund unter der winzigen Nase lächelte nicht. »Er war die letzten Tage schon immer so angeschlagen.«

Nora lachte freudlos auf. »Angeschlagen ist gut …« Ihr Blick galt nun Ellen.

»Lass es«, drohte diese und jeder am Tisch hob seinen Blick.

Es war ihr Sohn Damian, der Lukas wahrscheinlich zuletzt gesehen hatte und entscheidende Hinweise geben konnte, wenn er etwas sagen würde. Damian war auch derjenige, der zwischen den beiden Jungen immer wieder einen Streit ausgelöst hatte. Etwas, das es eigentlich nicht geben sollte.

»Ich sage auch nichts«, zischte Nora zurück.

»Sehr gut, Mädels«, warf Haldon ein und nahm einen Ortungsscanner an sich. »Weniger reden ist mehr suchen, denn je länger wir hier rumstehen, desto größer ist die Wahrscheinlichkeit, dass er stirbt. Innerhalb wie außerhalb des Zauns.«

Blake seufzt bestätigend, war dieser Wahrheit gegenüber jedoch unglücklich. »Sei nicht immer so pessimistisch.«

»Ich bin realistisch. Selbst bei größter Vorsicht kann er auf eine dieser verflixten Dornen getreten sein … oder nur gestürzt.« Haldon sparte sich das Aufzählen der Möglichkeiten, wie schnell man in Kontakt mit der hiesigen Pflanzenwelt kommen konnte. »Diese Scheiße wächst verdammt schnell nach und verbreitet sich überall. Es gibt keine hundert Meter von hier winzige Stellen, die längst nicht so frei sind, wie sie sein sollten … oder vor ein paar Wochen waren.«

»Er hat recht!«, entschied Nora, griff ihren Rucksack und prüfte noch einmal dessen Inhalt. Auch die anderen waren soweit. Einander wurden die Schutzanzüge geprüft und anschließend die Handschuhe übergezogen. Einige packten schon jetzt die provisorischen Schlagmesser gegen die tödliche Pflanzenwelt, welche den gesamten Planeten dominierte.

Blake wählte auf dem stationären Terminal das eben markierte Planquadrat 15-B. »Wir werden hier anfangen und dann rüber zum Fluss bis in die Bergkette nach 15-D.«

»Der Bereich ›D‹ ist kaum geräumt«, erinnerte Haldon. »Du sagtest doch eben, dass der Junge nicht dumm sei.«

»Ganz recht. Dennoch würde ich mich genau dort versteckt halten, wenn ich nicht gefunden werden möchte. Es hat dort oben Dutzende an kleinen Höhlen. In kaum einer waren wir drin.« Der Commander richtete seine Worte gegen Lennart und Tinus. »Oder kennt ihr eine bessere Stelle, sich zu verkriechen?«

»Noch nicht, Sir«, antwortete der kräftigere der beiden.

»Dann los.« Blake war sichtlich in seinem Entschluss bestärkt und setzte sich in Bewegung.

»Tony!«, hielt Zera ihn auf und der kräftige Mann wandte sich mit fragendem Blick zu seinem derzeit liebsten Nachwuchs in seinem Team um. »Lukas weiß auch, dass er da oben irgendwann den Männern der Erzraffinerie über den Weg laufen wird.«

Haldon schloss sich verbal Blake an. »Was ein Hinweis darauf ist, dass er seit zwei Tagen in ein und derselben Höhle hocken könnte.« Der kräftige Mann trat aus dem Zelt und ging an dem ehemaligen Offizier vorbei, geradewegs auf das gewiesene Gebiet. Noch im Gehen wandte er sich der Gruppe am Zelt zu. »Und die Schattengewächse im Inneren sind teils weit gefährlicher … Also kommt.«

Nora trat zögerlich in den trockenen Sand und schüttelte dabei ihren Kopf. »Lukas kennt sich hier genauso gut aus wie wir alle. Er wird nicht in den Höhlen sein. Wir verschwenden da oben unsere Zeit.«

»Man kann die Verhaltensmuster eines Kindes nicht berechnen«, merkte Doktor Náouk an. »Dumm oder nicht, erst wenn wir in den Höhlen nachgesehen haben, können wir sagen, ob er dort oben ist oder nicht.« Mit diesen

Worten schloss er sich Haldon an, gefolgt von den anderen des Trupps.

»Soviel zum Pessimismus«, grummelte Blake angesichts der Unsicherheit in seinem Team und überblickte einen Moment lang die Siedlung, welche Heimat für viele Generationen werden sollte. Der Traum war so schön, die Realität eine ganz andere. Sein Blick fokussierte das bucklige Schiffs-Modul, welches Krankenstation, Labor und Küche in einem war.

»Wie schaut es eigentlich in eurem Labor aus?«, fragte Blake an Dr. Náouk gewandt.

»Was meinst du?«

»Irgendein Fortschritt, falls Lukas infiziert ist?« Blake sah nach Nora, ob sie schon weit genug gegangen war. Ihr Blick aber verriet ihm, dass sie jedes Wort verstand.

Resigniert zuckte Dr. Náouk auf die Frage mit den Schultern. »Mehr schlecht als recht. Wir haben noch viel zu wenig Informationen, um irgendwas Sinnvolles zu machen. Selbst die Gewebeanalyse und angesetzten Kulturen von den ersten Opfern ergaben nichts Brauchbares.«

»Und was ist mit diesem vorläufigen Hemmstoff?«, warf Ellen ein.

Náouk verzog unglücklich seinen Mund. Es war bereits möglich, simple Bakterien dahingehend zu manipulieren, dass diese die Enzyme des Giftes blockierten, bis dieses irgendwann vom Körper abgebaut wurde. Das Problem bei dem waren die verschiedenen Stärken, Mengen und Varianten der Giftenzyme.

»Selbst unsere neuste Version ist keine Garantie … Erst recht nicht, wenn jemand länger als zwanzig Stunden dem Enzym ausgesetzt war. Es gibt kein Universalmittel. Dieses verdammte Enzym ist einfach in jedem Organismus auf diesem Planeten und jedes scheint individuell. Wir können aus den gewonnenen Daten nur ein Ratespiel zusammenbauen.«

»Ich hatte mir jetzt irgendwie was Positives erhofft.« Blake hatte seine lederne Jacke abgelegt und einen der Schutzanzüge gegriffen, welchen er über seine graue Uniform zog. Sein Blick galt dem Timer des Terminals. Er zählte die Zeit, die Lukas bereits verschwunden war. *Adonis* Umlaufbahn betrug vierzehneinhalb Monate, ein Tag hatte sechsundzwanzig Stunden und vierzehn Minuten.

»Es tut mir leid, ehrlich«, flüsterte Náouk.

»Ich weiß.« Black schloss den Anzug, legte den Gürtel an und richtete seinen Blick auf alle Helfer. »Wir brechen auf. Und denkt daran, Lukas ist nicht aus Versehen verschwunden. Er ist nicht kooperativ, weiß aber, was er tut. Es wird also ein langer Tag.«

Ellen Kraikos schloss die Handschuhe und setzte sich ebenfalls ein Käppi mit einer römischen Fünf auf.

»Ich wünschte, er wäre dumm und hätte sich nur unter seinem Bett versteckt.«

Nora klappte der Mund auf. »Bitte was?«, entfuhr es ihr mit aufbrausender Stimme.

Holdan legte seine Hand auf Noras Schulter. »Nicht. Das ist nicht hilfreich. Konzentrieren wir uns auf die Lösung des Problems.«

»Ich wäre dafür, die Ursache zu beheben«, zischte Nora. Es war jedem in der Siedlung bekannt, dass Damian Kraikos den Verschwundenen als Letzter gesehen hatte. Beide Jungen waren in den Feldern eingeteilt, wenn auch getrennt. Es schien auch keine Frage, ob es erneut zu einem Streit gekommen war, welcher ganz gewiss und wie so oft mit Geschrei und Tränen geendet hatte.

Ellen hob ihren Finger in Noras Richtung. »Mein Junge hat nichts mit dieser Tragödie zu tun. Ich habe ihn befragt, sehr ausführlich.«

»Er ist der einzige Anhaltspunkt. Beide sind seit Jahren befreundet. Wie kann er nichts wissen?«, fuhr Nora auf.

»Wenn er gelogen hätte, hätte ich es ja wohl bemerkt«, bekräftigte Ellen. »Lassen wir ihn hier raus.«

Nora schüttelte beinahe fassungslos den Kopf. »Damian sagt so viel an langen Tagen. Das wenigste davon ist wahr. Wir alle wissen das.« Sie sah sich um. »Denk nur mal an den Feueralarm im Kino!«

Zera Janosh trat nun ebenfalls aus dem Zelt. »Das ist allerdings wahr«, stützte sie Noras Äußerung. »Bereits in den Trainingscamps haben beide gestritten. Und Damian hat jedes Mal neue Geschichten erfunden.«

Zora nickte dankbar mit verkrampfter Miene. »In seinem Kopf drehte er sich jedes Mal alles zurecht … Und du, Ellen, hechtest seinen Lügen nach, als gebe es nichts anderes. Da ist nichts, was du erkennst.«

Ellen ballte ihre Fäuste. »Ich hechte niemandem nach! Außer deinem Jungen, der die gesamte Kolonie in Atem hält!« Ihr Arm schlug aus und deutete auf die Siedlung hinter der Zeltwand.

»Es ist genug!«, fuhr Blake dazwischen.

Nora war jedoch nicht zu halten, riss Haldons Hand von ihrer Schulter und näherte sich mit bedrohlicher Haltung der Navigatorin. »Schon vor dem Abflug hättest du ihn dir zur Brust nehmen sollen. Er bringt nur Probleme … «

»Ach, jetzt machst du mich verantwortlich?«, konterte Ellen. »Lukas ist kein Deut besser.«

»Er ist verschwunden!« Tränen schossen in Noras Augen. »Auf einem gottverdammten fremden Planeten!«

»Sie sind beide in der Pubertät. Jungs machen in dieser Zeit solchen Scheiß!«, rechtfertigte sich Ellen und verschränkte die Arme.

»Allerdings.« Blake trat nun zwischen die streitenden Frauen. »Aber wie Nora schon sagte, wir sind auf einem fremden und sogar lebensfeindlichen Planeten!« Er sah beide im Wechsel an. »Also seid vernünftig und benehmt euch entsprechend.«

Nora funkelte ihn finster an. »Er ist mein Sohn, der möglicherweise tot ist.«

»Richtig.« Blake schluckte und sah auf die unfreiwilligen Zuschauer dieser Szene. »Wie gesagt, es geht los.«

Als Letztes wandte er sich Ellen zu. »Ich werde noch einmal zu Damian gehen und sorge dafür, dass er sich unserer Situation ebenfalls gewahr wird.«

Die Situation konnte nicht fremdartiger und vergleichsloser sein. Es war keine vier Monate her, dass die Crews des fünften Kolonieverbandes der ersten Mission aus ihrem Kälteschlaf erwacht waren.

Rund achtundzwanzig Jahre hatte der Konvoi für die Strecke von 18721 Lichtjahren benötigt. Gemäß der Pläne

Shermans waren die Schiffe in das Sonnensystem eingetreten und hatten sich in einen stabilen Orbit um den vierten Planeten gesetzt. Die Ferndetektion *Red Citys* hatte diese Welt bereits vor über vierzig Jahren als für Menschen lebensfähig klassifiziert. Problemlos hatte die Besatzung an einer geeigneten Stelle aufgesetzt und als die ersten Menschen in der Geschichte ihres Bestehens einen Planeten um einen fremden Stern betreten.
Die anderen vier Konvois, welche ebenfalls im August des Jahres 2070 von *Red City* aus gestartet waren, würden noch sehr viel länger auf ihrer Reise zu ihren Zielen unterwegs sein. Der erste Konvoi war zum weit entfernten Planeten *Demeter* gesandt worden, der zweite nach *Orpheus*, der dritte steuerte *Chrysador* an und der vierte Verband würde erst in knapp 76 Jahren den Planeten *Erawou* erreichen. Bis dahin sollte auf *Adonis* bereits eine blühende Gesellschaft entstanden sein, die für künftige Siedler bereitstand.

Die Realität sah jedoch anders aus. Nur wenige Stunden nach der Landung verendete das erste Team aus dem zweiten Escortschiff *Bison* an der Flora dieses Planeten. Die Pflanzen dieser Welt waren so tödlich, wie sie exotisch schön waren. Nur mit größter Vorsicht, geschützt durch Raumanzüge, gelang es der Besatzung der Schiffe, die Landungsstelle Zentimeter um Zentimeter von jedem Gewächs und Samenkorn zu befreien. Wochenlang. Die zivilen Kolonisten lagen noch immer in ihrem Kälteschlaf und oft fragte man sich, ob es nicht sinnvoller sei, wieder nach *Red City* zurückzukehren.

Ein jeder hier hätte somit zwar rund 12 Jahre seines Lebens geopfert, aber das war es wohl wert, keinen der Menschen in den Kammern des Kolonieschiffes der hier herrschenden Gefahr auszusetzen. Erst 2120 würde man wieder in das Sol-System einfliegen und jeder war sich darüber im Klaren, dass diese Rückkehr ihre letzte Mission dieses Konvois sein würde. Eine Abstimmung unter allen Crewmen brachte diese Überlegungen zu Ende, denn sie waren die Ersten! Die ersten Menschen auf der ersten interstellaren Kolonie.

Nachdem sie diesen uralten Menschheitstraum, diesen

kleinen Schritt, bewerkstelligt und überstanden hatten, wollte kaum noch jemand klein beigeben. Nach dem kleinen Schritt kam schließlich ein weiterer und noch ein weiterer. Die Kolonisten betrachteten die Natur dieses Planeten als eine weitere Herausforderung, die es zu meistern galt.

Die Mediziner der drei Schiffe waren sich einig, dass man eines Tages gewiss ein präventives Mittel gegen die Wirkungen der Pflanzen finden würde. Es bedurfte nur Zeit, Geduld und sehr viel Vorsicht.

Daher entschieden die Führungsoffiziere der drei Schiffe, erst dann *Red City* über die Besiedlung zu informieren, wenn es hier am Boden für alle sicher war.

Gestaffelt wurden die Zivilisten aus ihrem Kryogenschlaf befreit, informiert und eingeteilt, das Landungsgelände zu reinigen. Niemand sollte mehr sterben. Ein künstlicher See mit gereinigtem Wasser wurde angelegt, die Bungalows und ein hoher Zaun errichtet, um Kinder und Familien zu schützen. Bisher gelang es, es hatte keine weiteren Toten gegeben.

Die Jungen Damian Kraikos und Lukas Falk gehörten zur letzten Staffel und waren vor drei Wochen aus ihrem Kälteschlaf geweckt worden.

Seitdem stritten sie.

Damians Aufgabe war klar und deutlich. Das Gemüse musste frei von den hier wuchernden Pflanzen bleiben, egal wie klein sie waren. Das war die Aufgabe aller hier, da draußen und hier auf dem Feld im Abstand von mehreren Metern. Jeder ging dieser Arbeit nach.

Lukas nicht!, rief sich Damian in Erinnerung. *Wie ein Kleinkind ist er mal wieder weggelaufen. Nur damit sich schon wieder alle sorgen müssen, denn ›der ach so tolle‹ Lukas ist ja immer der Beste. Nie muss er etwas tun, alles wurde ihm in den verdammten Arsch geschoben! Für nichts hat er sich jemals bemühen müssen und zog immer den Fokus auf sich, weil er ja ach so hübsch war.*

Seine Gedanken von Gleichgültigkeit in Wut verwandelt

stieß Damian in die dunkle Erde und durchtrennte eine der unliebsamen fadenfeinen Wurzeln. Mit seinen in dicke Handschuhe verpackten Fingern griff er danach und warf sie in einen kleinen Eimer. Kräftig rammte er die Hacke erneut in den Boden.

›Soll er doch für immer fort bleiben. Es ist besser so für alle.‹ Das hatte Sophie mehr als einmal gesagt. Seit Jahren hatte sie ihn davor gewarnt, sich mit diesem Trottel zu treffen. *Recht hatte sie!*

Lukas war der Dumme und hatte allein dadurch genervt, dass er da war.

»Damian?«, erklang eine tiefe Stimme hinter ihm. Damians Körper fuhr zusammen, als sich ein Schatten zwischen ihm und diesem hier ansässigen Stern schob.

Mit angehaltenem Atem schluckte er hart, konzentrierte sich auf seine antrainierte Gleichgültigkeit und wandte sich um. Er hatte den Commander bereits an dessen Stimme erkannt, musterte ihn dennoch. Über einem Schutzanzug, von dem man alle Rangabzeichen gelöst hatte, trug er einen schweren Rucksack und einen vollständigen Ausrüstungsgürtel. Erneut führte er in seiner Offiziersfunktion ein Team auf die sinnlose Suche nach diesem ebenso sinnlosen Lukas.

»Sir?«, fragte Damian verhalten und schirmte sich die Augen mit der Hand ab.

Blake verschränkte die Arme. »Kein Rang, ich bin Tony.«

Damian nickte und sah auf den Boden. Seine Mutter hatte immer wieder betont, dass auf dem Planeten keine Ränge mehr galten. Nichtsdestotrotz führte dieser Mann diese Funktion noch immer aus, wie damals, als seine Crew die *Grizzly* vom Mars weg und auf Kurs gebracht und fast drei Jahrzehnte später sanft in die Atmosphäre des Planeten gestoßen hatte. In den Logbuchaufzeichnungen hörte man ihn den Vergleich anbringen, die Landung sei wie die Samenzelle, welche ein Ei befruchtet, wodurch neues Leben entstand. Diesen Vergleich fanden die Jungen damals verdammt witzig, auch wenn Damian sicher war, dass Lukas ihn nie verstanden hatte.

»Ich würde dich gerne noch einmal etwas fragen«,

erklärte der ehemalige Offizier mit kräftiger Stimme, die keinen Widerspruch zuließ.
Damian ergab sich der Autorität des Mannes, richtete sich auf und klopfte sich den Sand von den Knien seines Jumpsuit aus festem, undurchdringlichem Material, welchen alle hier tragen mussten.

»Was hab ich diesmal angestellt?«

»Ich hoffe nichts«, erwiderte der Commander. »Es geht um Lukas.«
Damian legte den Kopf schief und versuchte einen besonders irritierten Blick aufzusetzen. Dabei sah er jedoch an dem kräftigen Mann vorbei und fokussierte stattdessen die anderen Kinder im Feld. »Wer?«, fragte er unschuldig.

Blake misslang das unterdrücken eines Seufzers. »Lukas Falk, dein Freund.«

»Ach der«, Damian winkte gespielt ab. »Ja, mal gesehen. Was ist mit dem?«

»Damian!«, fuhr Blake plötzlich auf und hob seine Stimme. »Er ist verschwunden! Und das weißt du!«

»Ja, und?«

»Was ist passiert? Ihr beide wart unzertrennliche Freunde.«

»Waren wir nie …«, zischte Damian, sich beherrschend, nicht aufzustampfen.

Blake ermahnte sich zur Ruhe und löste seine unbewusst geballten Fäuste. Einen halben Schritt trat er näher, mit dem Gedanken spielend, sich hinzuhocken, anstatt seine Autorität auszuspielen. Damian war mit seinen 14 Jahren und aufgrund der geringen Schwerkraft des Mars ungewöhnlich groß, auch wenn es ihm an Kraft fehlte. Respekt vor älteren hatte er darüber hinaus schon lange keinen mehr.

»Wir alle kennen euch … Ihr wart jahrelang ein Herz und eine Seele«, versuchte er es mit positiven Einwürfen.

»Blödsinn!«, stieß Damian aus und trat in die aufgelockerte Erde. »Nichts waren wir! Er war nichts! Er ist nichts! Und er soll mich in Ruhe lassen!«

Blake wich unbedacht zurück. Unbändige Wut und Abneigung schwangen in der kratzigen Stimme des Jungen mit, wie er sie noch nie bei einem Heranwachsenden gehört hatte. Er schüttelte langsam den Kopf. Was war nur geschehen? Und wie sollte er etwas aus dieser jungen und doch so verbitterten Seele herausbekommen? »Wenn es wieder einen Streit gab, sag es mir bitte … Ich kann helfen …«

Damian hob seine Augen, funkelndes Blau im Schein der fremden Sonne. Kalt sah er den Commander an, ohne jede Regung. »Nein, es ist kein Streit! Ich kenne diesen Typen kaum. Er hat mich ein paar Mal genervt. Das ist alles, was ich weiß.« Damians Stimme war ruhig und besonnen, wie auswendig gelernt.

Blake nickte zögerlich und meinte nun zu verstehen. »Er ist also deinetwegen weggelaufen?« Den Vorwurf in seiner Frage hielt er verborgen. Damian zuckte leicht mit seinen schmächtigen Schultern. »Warum sollte der irgendwas meinetwegen tun?«

»Weil ihr Freunde seid …«

»Nen Dreck sind wir!«, zischte er voller Abscheu, seine Maske abermals verlierend.

Blake war das hier herrschende Muster bereits bekannt. Wenn man Damian der Lüge bezichtigte, sofern er tatsächlich log, wurde er wütend. Unterstellte man dies zu Unrecht, blieb er ruhig. Konnte man ihm jedoch beweisen, dass er log, brüllte er wie ein Kleinkind. Warum war er mit dieser psychologischen Schwäche nur durch den Test gekommen? Es musste etwas geschehen sein, das nach der Eignung stattgefunden hatte.

In ihm erwachte erneut der Gedanke, sich auf Augenhöhe niederzuknien, um beruhigend auf Damian einzuwirken. So oder so verhielt sich dieser Junge nicht entsprechend seines Alters, Pubertät hin oder her. »Als beste Freunde kann man einander tiefer verletzen als irgendwer sonst. Hat er etwas getan …?«

Es war genug. Damian explodierte innerlich, warf seine kleine Schaufel fort und ballte seine bebenden Hände zu Fäusten, die er unbedacht gegen den kräftigen Mann erhob. »Was weiß ich, was dieser Typ gemacht hat! Ich kenn den nicht!«

Wer war dieser Hosenscheißer eigentlich? Noch nie hatte er ihn leiden können. Das wusste er sehr genau. Das wusste Sophie und das hatte Lukas zu spüren bekommen, jeden Tag. Damian war sicher, wenn er sich daran hielt und es oft genug sagte, würde es eines Tages auch wahr werden. »Kapieren Sie das? Ich habe nichts mit dem zu tun.«

Der ehemalige Offizier kaute einen Moment lang auf seiner Unterlippe, ehe er vorsichtig nickte. »Du weißt, dass die Pflanzen auf diesem Planeten sehr giftig sind«, sagte er mit gesenkter Stimmer. »Willst du etwa, dass er stirbt? Weißt du, was das bedeutet, wenn das passiert?«

Damian richtete seinen Blick auf seine Füße und die Möhren davor, welche er vor den hier im Boden wachsenden Pflanzen schützen musste. Es war sein erster Job und für den Rest seines Lebens. In dieser Kolonie warteten noch sehr viel mehr Aufgaben für die knapp 300 Kinder, die sich mit ihren Eltern auf diesem Planeten ansiedeln wollten. Seine Verantwortung, besser gesagt die Verantwortung aller Kinder hier war die wichtigste zum Bestehen des Programms, für das sie alle ausgewählt und ausgebildet worden waren. Sollte ihn Lukas also kümmern? Durfte ihn Lukas kümmern? Nicht nach dem Programm. All das sollte und musste ihm egal sein. Damian war sich sogar sicher, dass er sich eines Tages einfach daran gewöhnen würde. Denn es nützte jedem einzelnen Menschen auf diesem Planeten, der gesamten neuen Gesellschaft. Das hatte Sophie ihm deutlichgemacht.

»Was geht mich fremdes Elend an«, flüsterte er, bückte sich und griff nach seiner Schaufel.

Blake atmete hörbar aus. »So etwas sagt man nicht.« Tadel hing in seiner Stimme. »Wir kümmern uns um einander! Wo hast du solche Äußerungen her?« Auch Wut schwang dabei.

Damian zuckte mit den Schultern, vermied es jedoch, aufzublicken. Was für eine Rolle spielte das, woher welcher Satz stammte? Diesen hatte er zum ersten Mal aus dem Mund seiner Schwester Sophie gehört, als er ihr erzählt hatte, wie sehr Lukas den Tränen nahe gewesen war, als er ihn nach Sophies Vorgaben versetzt, beleidigt und ausgelacht hatte. Wenn sich jemand kümmerte, dann sie. Unentwegt stellte sie sich zwischen die beiden Jungen, um Damian zu zeigen, wie gefährlich es war, wegen eines einzelnen die Reise seiner gesamten Familie zu gefährden. Auch Lukas hatte sie deutlich gemacht, dass es ein großer Fehler war, weiterhin dessen Freundschaft zu suchen. Das Programm hatte strikte Regeln, die beide in Verdacht waren zu brechen.

Den Jungen fordernd ansehend fühlte Commander Blake in sich eine ungreifbare Form der Ohnmacht, hier einen brauchbaren Hinweis zu erhalten, den Vermissten zu finden.

Dass Damian Kraikos jemand war, der gerne einmal seine eigene Welt schuf, war unter den meisten hinreichend bekannt. Konnte dies aber genügen, die reale Welt völlig zu verdrängen? Ab wann war der Selbstbetrug gefährlich?

»Lukas ist in realer Gefahr … «

»Drauf geschissen«, fuhr Damian ihm tief verachtend über den Mund. Wütend funkelte er Blake an. »Was wollen Sie von mir, hä? Fragen sie doch den Baum da drüben. Der weiß genauso viel wie ich.«

Damians zitternder Finger schoss in die Richtung zweier junger Eichensetzlinge am Anfang eines angelegten Weges, der zum künstlichen See führte. Die hellen Augen des Jungen folgten seinem Finger und flatterten unsicher. Schnell riss er den Arm wieder herunter und hockte sich hinunter zu den Möhren vor seinen Füßen.

Blake senkte enttäuscht seinen Kopf. Der Richtungsanzeige des Jungen war er nicht einmal gefolgt. In seinem Unverständnis bot sich hier kein Sinn, beim Sohn seiner Navigatorin nach Informationen zu suchen oder sich weiter um diese zu bemühen, denn selbst wenn der Junge etwas wusste, war er nicht gewillt, etwas preiszugeben. Optional stand natürlich im Raum, dass er tatsächlich nichts wusste.

Blake überschlug die Ausbildung in *Red City*, in welcher er unter anderem den Umgang mit möglichen Problemen ähnlicher Natur erlernen musste. Kriminalistik wie Pädagogik waren dabeigewesen. Bei Damian schien alles vergebens. Als Alternative blieb noch Einschüchterung. Jemand in Bedrängnis war meist kooperativer als ein verschlossener Geist, dem man gut zuzureden versuchte. Zweifelnd sah er auf den kahlen Kopf des Jungen, der sich unbekümmert seiner Arbeit widmete. Die Wut von eben schien wie weggeblasen. Die Sprunghaftigkeit in ihm rechnete er der Pubertät an. Er selbst war in dem Alter alles andere als zahm gewesen .

»Wenn du es dir anders überlegt hast, ruf mich an, okay?«

Damian sah nicht auf. »Da gibt es nichts zu überlegen.«

Blake kniff den Mund zusammen und sah sich zum Zelt um, wo die meisten des Suchtrupps bereits losgegangen waren.

»Denk darüber nach, denn das hier ist nicht das, weswegen wir hier sind …« In der Hoffnung, mit diesem Schlusssatz etwas auszulösen und dem Gedanken im Kopf, welche Probleme Damian möglicherweise in zehn oder zwanzig Jahren verursachen konnte, verließ der Commander das Feld und folgte den knapp zwanzig Frauen und auffällig wenigen jungen Männern in Richtung der Bergketten am Rande der Siedlung.

***

Damian wischte sich den Schweiß von der Stirn und strich über seinen kahlen Kopf. Leichte Stoppeln waren nachgewachsen. Es war ein merkwürdiges Gefühl. Langsam hob er seinen geröteten Kopf und sah dem Suchtrupp mit mahlenden Zähnen nach.

»Ich weiß genau, warum wir hier sind«, zischte er und blickte auf das Gemüse zu seinen Füßen.

Wir alle haben schließlich dieses Programm durch, dachte er bei sich, griff grollend nach der Schaufel und setzte seine Arbeit fort. *Mein halbes Leben lang wurde ich ausgebildet, hier zu leben!* Kraftvoll stieß er in die Erde.

»Das alleine zählt!«, zischte er lauter als beabsichtigt, sein Innerstes durch sein Arbeitsgerät sprechen zu lassen. »Alles Auserwählte! Für die verdammte Harmonie!« Seine

Schaufel warf Sand in die Luft »Nur perfekte Menschen durften in diese verfickten Schiffe«, spie er aus und rammte die Schaufel wieder in den Boden.

Einige der anderen Kinder, die offenbar das Gespräch mit dem Commander verfolgt hatten, suchten das Weite.

»Keine religiösen!«, rief er aus und schlug in den Sand.

»Keine kranken!« Die Erde flog über ihn hinweg.

»Keine dummen, außer Lukas!«, fletschte er zwischen seinen Zähnen hindurch. »Und keine Schwuchteln … « Wütend schlug er in die Erde. Einmal, zweimal, dreimal. Seine Hände bebten, seine Muskeln zuckten, seine Augen zwangen sich, die Tränen der Wut zurückzuhalten.

Sein Ausbilder und seine Eltern waren eindeutig: Diese Mission war undenkbar wichtig. Sophie hatte es lang und breit erklärt: Wenn er und Lukas Freunde blieben, würde er in *Red City* bleiben müssen. Und somit auch sie und ihre Eltern. Alles Geld, jeder Besitz, welchen die Familie besessen hatte, war in die Ausbildung in der Shermanzentrale geflossen, die er allein gefährdete. Sophie war sich sicher, dass Damian nicht nur die Existenz seiner Familie, sondern möglicherweise die des ganzen Schiffes gefährdete. Eintausend Kolonisten hätten warten müssen, wenn das Schiff dank ihm plötzlich keinen Piloten mehr gehabt hätte. Diese Verantwortung wollte Damian nicht tragen, um keinen Preis der Welt. Denn dafür war bereits zu viel investiert worden. Seit er vier Jahre alt war, hatte er auf dem Mars gelebt, seit seinem siebenten Lebensjahr hatte sich seine Familie auf diese Mission vorbereitet. Seine Eltern hatten nie etwas anderes im Sinn gehabt und Sophie war in allem ein wahres Vorbild, das sich immer an den Besten maß. In den letzten beiden Jahren hatte sie ihm beinahe täglich verdeutlicht, dass es nichts Wichtigeres als das Programm gab. Selbst er, sie oder Lukas nicht.

Somit war dieser kleine Mistkerl dort, wo er jetzt war, am bestens aufgehoben. Damian war sich durchaus sicher, dass er sich dran gewöhnen würde, ihn nun endlich los zu sein. Weder sollten noch wollten sie Freunde sein, weshalb er alles versuchte, das zu unterbinden, wobei er noch nicht einmal verstand, was es war, dass es beide immer wieder zusammenzog.

Ein Schlussstrich musste her, damit all das endlich ein Ende haben konnte. Wie Sophie wollte er das Beste für das große Ziel. Dann bedeutete es eben, den einzigen wegzustoßen, mit dem er alles teilen konnte. Unter Sophies Leitung begann ein beständiger innerer Feldzug gegen einen unsichtbaren Feind, welchen Lukas mit ständig neuen Ideen immer wieder näherte, um irgendetwas zu retten, das zerstört gehört.

Nähe durfte nicht entstehen! In den stillen Momenten beeindruckte es Damian, wie hartnäckig Lukas war, mochte es sogar und hasste es daher. Lukas war für sein Alter viel zu einfallsreich, humorvoll, verständnisvoll und geduldig. Es nervte ihn und natürlich Sophie, die jeden Tag stärker forderte, dies nun endlich zu beenden. Damian hatte irgendwann nicht mehr gewusst, wen er mehr hassen sollte und entlud all seine negativen Gefühle auf den Jungen, der am wenigsten dafür konnte. Noch immer forderte Sophie diesen Kampf, obwohl sie bereits an ihrem Ziel waren.

***

Die Nachmittagssonne brannte heiß auf das kahle Gelände aus dunklen Felsen. Reihum säumte das alte Gestein einen gigantischen erloschenen Vulkan, dessen Ausbruch vor mehr als eintausend Jahren gigantisch gewesen sein musste. Er hatte reichhaltige Erde hinterlassen, welche nach den notwendigen Maßnahmen der Siedler trocken und staubig zurückgeblieben war.

Die Gruppe hatte sich weiträumig und in Zweierteams über die Südseite des Bergs aufgeteilt.

Hunderte Meter entfernt am Fuß stand ein Versorgungswagen mit Proteinriegeln, einem Topf Suppe und kaltem Wasser.

Nach numerischer Vorgabe legte der Suchtrupp gestaffelt seine Pausenzeiten ein.

Commander Tony Blake hatte sich als Letzten eingeteilt und stieg erschöpft den Hang hinunter, nur noch den Versorger im Blickfeld.

»Vorsicht«, rief Dr. Oliver Náouk und deutete auf einen Strauch, der mit seinen scharfkantigen schmalen Blättchen zwischen zwei Felsen stand. Das feine weiße Gehölz reckte sich in Dutzenden feinen Zweigen dem Licht zwischen den Steinen entgegen und die gefährlichen Blätter stachen in verschiedenen Abständen reihum in alle Richtungen. Blake nickte. »Gesehen.« Abfällig begutachtete er die namenlose Pflanze. »Verdammtes Dreckszeug.«

»Es läuft doch«, konterte Náouk

»Ja, aber nicht gut.« Blake sah hinunter auf die Siedlung in etwa zwei Kilometern Entfernung. Sein Blick galt der Siedlung. Von hier sah alles so idyllisch aus. Felder, Hütten, die Baustelle und in der Mitte der glitzernde See. Das medizinische Modul des Konvoischiffes, eines der wenigen, welches noch nicht abmontiert worden war, hob sich selbst von hier hinten stark ab. Dahinter, eng aneinander gestellt, lagen die Bodenplatten der Kälteschlafmodule, welche sehr viel später recycelt werden würden. Dazwischen stachen Pfeiler und Metallstreben in den Himmel. Es sollte das erste richtige Gebäude werden, erstellt nach Shermans Plänen. All dies war von einem groben Halbkreis aus rund fünfzig Bungalows umrundet. Schmucklose graue Klötze, die das Zentrum der Siedlung bildeten.

Insgesamt gab es fünf solcher Bereiche neben vereinzelten Ausbrüchen jener Kolonisten, die etwas Abstand bevorzugten oder ihren neuen Wohnsitz nahe ihres Aufgabenbereichs errichtet hatten. Einige Siedlerhäuser verwerteten das Holz der hier entfernten Pflanzen, um ihren grauen Bungalows ein wenig Individualität zu verleihen. Das meiste landete jedoch in den Schmelzöfen der Erzraffinerie am vorderen Ende der Bauten nicht unweit der Minen.

Im Originaldesign sollten die Bezirke deutlich weiter auseinanderliegen. Es gab für alle Schritte exakte Vorgaben, um eine funktionierende Infrastruktur binnen eines Jahres zu errichten. Neben der Metallverarbeitung, den Farmen und Handwerkern standen Schulen, Theaterhäuser und sogar ein Kinosaal recht zeitnah auf dem Plan.

Die Pflanzen, der Boden, selbst das Wasser auf dem

Planeten machten all diese Pläne zunichte.

»Mit derlei hat nicht mal Sherman gerechnet …«

»Und die rechneten wirklich mit allem«, setzte Náouk seufzend nach.

»Dieser Planet fordert uns mehr als gedacht und wir wissen nichts.«

Náouk lächelte etwas. »Das soll sich ändern. Dr. Menara plant, ein lebendiges Tier zu studieren, um dessen Biologie in Wirkung mit den Pflanzen zu erforschen.«

»Plant?«, fragte Blake und nahm einen großen Schritt über eine kleine Spalte im Boden.

»Wir haben keine Ahnung, welche Tiere hier gefährlich sind … und es benötigt für die Langzeitstudie ein Gehege, das seiner natürlichen Umgebung entspricht …«

»Also kein Zoo in nächster Zeit?«

Náouk schüttelte den Kopf. »Kein Zoo.«

Gemeinsam errichten sie den Wagen und griffen als erstes nach zwei Wasserflaschen. Náouk sah auf den Glasbehälter in seiner Hand. »Er hat vermutlich seit vierzig Stunden nichts getrunken.«

Blake setzte ab. »Ich weiß.« Sein Blick schweifte über den alten Vulkan. Keines der anderen Mitglieder seines Teams war zu sehen. »Wenn wir ihn heute nicht finden, gehen wir in den äußeren Zirkel.«

»Dort wird er bereits tot sein«, zischte Náouk und entschuldigte sich im selben Atemzug.

»Wir werden alles Menschenmögliche tun, ihn lebend zu finden«, beschloss Blake zum gefühlt tausendsten Mal und setzte sich auf die kleine Anrichte im Schatten eines kleinen Schirms.

Seine Augen richteten sich zur Siedlung. »Und diesen Bengel nehm ich mir noch mal zur Brust. Damian weiß etwas … Ich werde ihm bewusst machen, dass wir ihn wegen unterlassener Hilfeleistung drankriegen, sobald er 18 ist.«

»Sind wir schon so weit … « Dr. Náouk unterbrach sich und richtete seine Augen auf etwas, das in Blakes Rücken lag. Für den Bruchteil einer Sekunde hoffte der

Commander, der Arzt habe den Jungen entdeckt, der unwissend von der Suche einfach wieder zur Siedlung zurückkehrte.

Er wandte sich um und sah wie seine Navigatorin Ellen Kraikos mit eiligen Schritten den Hang herunterkam. Ein farbenfrohes Kopftuch flatterte auf ihrem Kopf im leichten Wind.

»Ellen?«, fragte Blake mit einem leichten Vorwurf in seiner Stimme. Weder war es ihre Pausenzeit, noch sollte irgendjemand allein hier herumlaufen.

Die junge Frau winkte nur ab. »Ich hole Wasser.«

Blake griff eine Flasche aus der Kühlbox und reichte sie ihr. Sie ergriff diese und nahm noch eine Zweite. »Für Nora«, erklärte sie. »Sie hat vorhin keine Pause gemacht … und sieht auch nicht ein, eine zu machen.«

Blake nickte. »Trag nicht so viel, die Schwerkraft hier ist höher als auf der Erde … Vom Mars ganz zu schweigen.«

Ellen erwiderte die Geste. »Ich bin kein Weichei.« Sie hob die Flasche leicht an. »Aber das hier kann ich für Nora tun.«

Wieder nickte Blake. »Du musst dich nicht schuldig fühlen.«

Ellen verdrehte leichte die Augen. »Es ist nicht Schuld, es ist Empathie, dass ich helfe.«

Dr. Náouk stieß Blake ermahnend an und trat einen Schritt vor. »So hat er es auch nicht gemeint. Die Situation zerrt einfach an allen Nerven, die wir haben.«

»Sorry«, brachte Blake heraus. »Ich bin nur durch …« Seufzend strich er sich über den Kopf und fühlte sein langsam nachwachsendes Haar.

Jeder hier hatte den Schock der ersten Toten noch nicht ganz verwunden. Die Mannschaften der Schiffe hatten über Tage einen Langzeitplan ausgearbeitet, um einen Unglücksfall unter den Kolonisten unter allen Umständen zu vermeiden. Dennoch stand diese Siedlung auf den verstorbenen Gebeinen jener, die sie hergeführt hatten. Man war noch nicht einmal dazu gekommen, einen Gedenkplatz zu errichten. Dass nun trotz aller Maßnahmen nicht nur ein Zivilist, sondern sogar ein Kind möglicherweise den Tod gefunden hatte, würde mehr als nur die gesamte Moral der Siedlung herunterreißen. Schließlich kannte hier beinahe jeder jeden.

»Schon gut.« Ellen zuckte mit den Schultern und sah auf den Vulkan. »Wir schaffen das. Irgendwo wird er sein und wenn er lebt, bekommt er einen Anschiss, der sich gewaschen hat.«

Blake verzog unglücklich den Mund »Erst nachdem wir seine Seite der Geschichte gehört haben.«

»Mom?!«, rief plötzlich eine kratzige Stimme aus Richtung der Siedlung herüber.

Ellen erkannte sie sofort und straffte die Schultern und trat um den Versorgerwagen herum. »Damian«, rief sie ihrem Jungen entgegen, der sich zügig in ihre Richtung bewegte. »Geh nach Haus!«

Damian setzte ein trotziges Gesicht auf. »Seid ihr da fertig?«

»Fertig?!«, rief Ellen ihm entgegen.

Náouk schob sich an ihr vorbei. »Geh bitte in die Siedlung, es ist hier nicht sicher.«

»Was ist mit Essen?«, fragte der Junge, den Arzt ignorierend.

Ellen sah auf die Uhrzeit ihres PCPs. »Sophie sollte sich darum kümmern.«

»Sie ist fies! Sie versalzt es mit Absicht«, quengelte Damian.

Ellen verdrehte die Augen und sah kurz in den wolkenlosen Himmel. »Stell dich nicht so an! Du bist doch kein Kind mehr!«

Damian deutete auf den Versorgungswagen des Suchtrupps. »Kann ich nicht …«

Ellen trat einen Schritt hervor und schnitt ihm das Wort ab.

»Kannst du *was*? Uns helfen? Weißt du was von Lukas?«

Der Junge spielte eine Geste des Entsetzens. »Wen interessiert der denn jetzt?«

»Es reicht!«, fuhr Commander Blake auf.

Dr. Náouk versuchte sich noch einmal zwischen den Jungen und den Erwachsenen zu stellen. »Damian, bitte geh nach

Haus.« An Blake gewandt riet er, mit der Suche fortzufahren und diesen Vorfall zu vergessen.
Ellen aber schüttelte ihren Kopf und trat auf Damian zu. »Was ist nur los mit dir? Du hast Hausarrest, verstanden? Geh jetzt zu Sophie, störe sie nicht und nerv uns nicht. Wir reden heute Abend!«

»Dann verhungere ich eben!« Damian stampfte auf und rannte zur Siedlung zurück.

»Lukas hat seit 2 Tagen nichts gegessen!«, rief Ellen ihm wütend nach und fühlte plötzlich die kräftige Hand Dr. Náouks auf ihrer Schulter. »Ellen, nicht«, sagte der Mediziner behutsam. »Wir reden heute Abend mit Dr. Hunter. Sie ist nur wegen solcher Dinge mit dabei.«
Sich der Vernunft des Arztes beugend, wandte sich Ellen um und machte sich wieder auf den Weg in das felsige Land.

Blake sah den Arzt finster an. »Ich hasse Teenager.«

»Er macht sich in Wahrheit Vorwürfe«, erklärte Náouk. »Sobald wir zurück sind, mach ich den Termin mit Hunter!«

***

Kochende Wut brodelte in Damians Innerstem. Der erloschene Vulkan in seinem Rücken war ein Dreck dagegen. Wieso war Lukas nur so verdammt wichtig? Was hatte er je getan, außer zu nerven?

Am Bungalow angekommen trat er gegen die dünne Tür aus Nanoröhrenverstrebungen. Schlicht war es im Inneren gehalten. Es gab neben der Kochecke den Wohnraum, das elterliche Schlafzimmer und zwei Nischen. Eine für ihn, eine für Sophie. Die Toiletten und Duschen befanden sich auf den Teilen der Schiffe, die nicht zum Bau dieser Bungalows demontiert werden konnten.

»Du sollst Essen machen!«, brüllte er in die Wohnung und starrte auf die Tür zu Sophies Nische. Nur Augenblicke später öffnete sich diese. »Was schreist du hier rum, du kleiner Bastard?«

»Gibt kein Essen!«, brüllte er zurück. »Mom rastet aus wegen diesem beschissenen Lukas!«

Sophie sah in die Kochecke und verzog ihren Mund. Beide Kinder wussten, dass der gemeinsame Vater nicht vor dem Abend aus den Minen kommen würde. »Das kannst du auch vernünftig sagen. Ich muss auch arbeiten«, zickte sie ihn an.

»Lukas auch, aber der drückt sich wieder mal«, antwortete Damian und warf sich auf einen der hölzernen Stühle, die in einer der Werkstätten hier auf diesem Planeten gefertigt worden waren.

Sophie sah ihn an. »Wie jetzt? Ist er immer noch weg?«

Damian verschränkte die Arme. »Wolltest du doch so.« Er zuckte mit den Schultern. »Hast doch immer gesagt, dass er wegbleiben soll.«

Sophie klappte der Mund auf. »Ihr solltet voneinander wegbleiben, du auch von ihm!«

»Und?« Damian zog eine Grimasse. »Wo ist der Unterschied?! Er ist weg und fertig.«

Sophie kam unangenehm nahe heran. »Wo ist er?«

So kräftig wie es ihm möglich war sprang Damian auf und stieß seine Schwester nach hinten. »Das ist doch scheißegal! Du hast, was du wolltest! Lass mich jetzt endlich in Ruhe!«

»So war das nicht gemeint, du dummes Kind!«

»Selber dumm. Jetzt ist das aber so.«

Sophie ahnte Schlimmstes und schüttelte langsam ihren Kopf. »Was hast du getan?«

Damian schrie laut und schrill auf. Sein Stimmbruch schien wie aufgelöst. Wütend stampfte er auf die metallische Bodenplatte des Bungalows. »Nichts hab ich getan!«, brüllte er sie an. »Wieso denkt das jeder?«

Sein Vulkan stand kurz vor dem Ausbruch. Mit Tränen in den Augen, geballten Fäusten und einer ohnmächtigen Wut, die nicht mehr zu beherrschen war, stürzte er hinaus in die grelle Sonne und rannte, wie er noch nie in seinem Leben gelaufen war, vorbei an Dutzenden gleichgebauten Bungalows, kleinen Gärten, Feldern und geplanten Baustellen.

Dieser verdammte Lukas! Seit er ihn kannte, ging alles nur noch schief. Erst war es falsch, dass er da war, nun war es falsch, dass er weg war. Was Damian auch tat und versuchte, es war niemals das Richtige.

Die Siedlerhäuser seines Viertels hinter sich lassend sah er ins Zentrum, wo man einen Fluss gestaut, das Wasser gereinigt und einen See angelegt hatte. Er wusste sehr genau, dass Lukas nur dann gefunden werden konnte, wenn dieser auch gefunden werden wollte.

***

Nur wenige wussten von dem überfluteten Höhlensystem nahe des angelegten Sees. Vor zwei Monaten war hier noch ein reißender Fluss ins Tal gestürzt, welches einst durch den Vulkan entstanden war. Die Filteranlage an der Quelle sirrte leise vor sich hin, reckte wie eine Pflanze die Solarsegel selbstständig der Sonne entgegen und entließ Hunderte Liter an sauberem Wasser in das felsige und gefestigte Flussbett. Daneben ein steiniger Strand, der nichts weiter war als Geröll und Sand.

Zwischendrin, verborgen von flachen Felsplatten, ebenfalls ein Überbleibsel des Vulkanausbruchs, lag ein verwundenes Höhlensystem.

Damian kletterte durch einen engen Spalt, den feuchten Geschmack von Wasser auf seiner Zunge und drang tiefer in die hier unten herrschende Schwärze ein.

Weit hinten erkannte er ein bläuliches Licht flimmern und ein ihm bekannter Ton erklang. Noch einen Schritt tiefer drang er ein und knurrte förmlich, als er Lukas in der hintersten Ecke sitzen sah, wie dieser der Musik nach an seinem Rekord in *Flashbound* arbeitete. Noch so ein Ding, in dem er unschlagbar war. Nur einen flüchtigen Blick tauschten beide aus. Lukas sah wieder auf das Display und spielte weiter. Damian setzte sich ihm schweigen gegenüber.

Mit grimmigem Blick musterte er den Jungen, der in seiner Ponyhofweltblase lebte, in der es keine Probleme zu geben schien. Dennoch konnte er fantastisch davor weglaufen. Es war unerträglich und schon allein deshalb besser, ihn nie wieder zu sehen. Beide hatten füreinander auch keinen Nutzen mehr. Die Prüfung war bestanden und beide lebten nun hier, nachdem sie beinahe 30 Jahre im Cryogenschlaf verbracht hatten. Warum war es diesem Trottel so wichtig, weiterhin einander Zeit zu verschwenden? Und warum machte er jedes Mal so einen Stress, wenn es keine solche Zeit gab?

Damian atmete schwer aus und weckte so die Aufmerksamkeit seines Gegenübers.

»Was?«, blaffte Lucas über sein PCP hinweg und widmete sich weiterhin seinem Spiel.

»Die drehen alle am Rad, weil du wieder Zickenterror machst.«

»Ich zicke nicht«, stellte Lukas klar.

»Wer rennt denn wie ein Baby davon?«

»Babys können nicht rennen …«

Damian schwieg und verdrehte die Augen. Natürlich rannten Babys nicht. Dieser Punkt war auch nicht Sinn der Redewendung. »Klugscheißer«, zischte er und kickte einen kleinen Stein zur Seite.

Lukas sah kurz auf. »Du wolltest doch, dass ich weglaufe.«

Damian mied den Blick, verschwieg, dass es Sophie gewesen war, die ihn gedrängt hatte und die Vorgaben nahegelegt hatte, wie er sich am schnellsten befreien könne. »'Nen Dreck weißt du, was ich will.«

»Hast mich seit Monaten mit deiner Gehässigkeit runtergemacht. Zu jeder Gelegenheit«, setzte Lukas nach.

Damian hasste es, dass Lukas reden konnte wie ein Erwachsener. Kein vernünftiges Gespräch war mit ihm möglich, das hatte er selbst in einem unbedachten Moment gesagt.

»Kapiere nicht, was du von mir willst!«, brummte Damian.

Lukas deaktivierte das PCP und verengte seinen Blick. »Wir haben uns Freundschaft geschworen.«

Damian winkte ab. »Blödsinn, wir waren im selben Programm. Fertig.«

»Du weißt genau, was war.« Lukas‘ Stimme wurde etwas höher, so wie immer, wenn er sich ärgerte.

»Wir haben zusammen gelernt. Da war nichts«, stellte Damian klar.

Das PCP flog scheppernd auf den Boden. »Ja, genau, dreh dir weiterhin alles so, wie du es brauchst.«

»Ich drehe gar nichts.«

»Dann denk mal an die Abende im Park? Wir haben täglich deine Musik gehört, stundenlang geredet …«

»Was haben wir?« Damian lachte verächtlich. »Wovon redest du?«

»Unsere Ausflüge, verdammt!« Lukas Stimme schlug hoch, worauf Damian sich aufstellte und seine Fäuste bedrohlich in Lukas‘ Richtung ballte. »Schwachsinn! Wir waren kurz da, und? Ein paar Stunden sinnloses Abhängen wegen Langeweile. Alle waren ständig im Park!«

»Ach, und all der Scheiß, den du mir erzählt hast? Über Sophie, deine Träume und das … Du weißt schon …?«

»‘Nen Scheiß habe ich erzählt! Dieser Müll ist nur in deinem Kopf! Lass mich in Ruhe, geh zurück und mach einfach keinen Stress mehr!«, forderte Damian und brachte so sein Anliegen auf den Punkt.

Lukas aber griff schweigend nach seinem PCP, öffnete es und wählte den Bilderordner. Nach einigen Minuten wandte er das Display in Damians Richtung. »Ein Foto von 377«, erklärte er und stand dabei auf und schob das PCP weiter vor. Das Display zeigte beide Jungen in den Ausbildungsuniformen *Red Citys*. Breit grinsend streckten sie ihre bläulich verfärbten Zungen in die Kamera und hielten jeweils einen Getränkebecher nach oben. Im Hintergrund zeichneten sich Bäume vor einem orangenen Glaskonstrukt ab. Die Parkkuppel der roten Stadt hob sich schmal in die Höhe und grenzte die hier angepflanzten Gewächse auf der Fläche eines Fußballfeldes ein.

Damian wandte den Blick ab und sah zum Höhlenausgang, was Lukas sofort die Wut in die Venen trieb. »Oh ja! Jetzt schnell aussteigen, … weil wieder ein Fakt deiner beschissenen Ausflucht im Wege steht.«

Damian reagierte nicht, sah auch nicht ein, irgendetwas

zu sagen, das hier und jetzt noch Sinn machen würde.

»Ich dachte, wir sind Freunde...«, flüsterte Lukas, deaktivierte das PCP und setzte sich wieder.

»Wozu?«, fuhr Damian plötzlich auf. »Wozu der Scheiß? Lass es doch einfach sein!«

Lukas strich sich über den kahlen Kopf und schüttelte diesen heftig. »Warum bist du immer so bescheuert?«

»Weil du es bist!«, brüllte Damian ihm entgegen und verfluchte die Tränen in seinen Augen. Zum Glück war das Licht hier unten zu gering, um etwas zu erkennen.

»Du hast unsere Freundschaft kaputt gemacht, einfach so ... weil *›darum‹*, oder was?«, fragte Lukas offen provokant.

»Man kann nicht zerstören, was es nicht gibt!«, fuhr Damian weiter auf.

»Und wieso bist du mir dann vom ersten Tag an nachgelaufen? Jeden Morgen standest du vor unserem Quartier!«

»Schwachsinn! Du bist angeschissen gekommen.«

Lukas erhob wieder seine Stimme. »Ahja, genau. Dann war ich also den halben Tag in deinem Zimmer? Und nachts habe ich dann wohl mit Pichu gechattet?«

Damian hob seinen Kopf und schluckte. Nicht einmal Sophie kannte den Namen seines Kuscheltiers, eines dreißig Zentimeter langen und quietschgelben Kängurus. Unsicher, wie er nun reagieren sollte, flüchtete er sich abermals in Ahnungslosigkeit und scharrte mit den Füßen im Boden. »Was auch immer du glaubst.«

»Was ich glaube?« Lukas weitete seine Augen und suchte die alten Chatlogs heraus. »Soll ich dir vorlesen, was ich glaube? Ist alles geloggt.«

»Kann man fälschen.«

Lukas sprang wieder auf. »Fälschen? Wer hat dir dermaßen ins Hirn gekackt?«

Damian funkelte ihn wütend an. Es war, wie es war, daran gab es nichts zu rütteln. »Vielleicht hast du auch nur einen Schaden durch den Kälteschlaf bekommen ... Schon mal daran gedacht?«

Lukas zuckte mit dem Bereich seines Gesichtes, wo

seine Augenbrauen sein sollten, welche aber noch nicht wieder nachgewachsen waren. »Ich? Viel eher du. Denn sonst würdest du dich richtig erinnern.«

»'Nen Scheiß erinnere ich mich!«, sprang Damian nun ebenfalls auf. »Beweg einfach deinen fetten Arsch nach Hause und gut ist!« Er stampfte auf. »Lass mich mit deinem Müll in Ruhe!«

Lukas sah seinen ehemaligen Freund an und begann zu akzeptieren, dass nichts mehr zu machen war. Das Ende, das sich Damian so sehr wünschte, war längst Realität.

Resigniert klappte er sein PCP zu. »Dann war's das also? Einfach so.« Er zuckte mit den Schultern. »Alles verdrehen und mich fertig machen?«

Damian stöhnte genervt auf. »Na und? Halt dich von mir fern, dann musst auch nicht mehr flennen, weil ich deiner Einbildung nicht gerecht werde.«

Lukas zog die leicht kitzelnde Tränenflüssigkeit in seiner Nase hoch. »Okay …«

»Na endlich. Und höre auf, deinen Scheiß rumzuerzählen, was gewesen sein könnte.«

»Meinen Scheiß …«, wiederholte Lukas flüsternd.

»Tja, … vielleicht glaubst du dir ja irgendwann deinen Scheiß selbst.«

Langsam bewegte er sich Richtung Ausgang, als Damian kräftig in den Matsch der Höhle trat. »Halt endlich die Fresse! Was weißt du schon von meinem Scheiß? Bist nur ein dummer Junge! Ich hatte anfangs Mitleid mit einem Idioten. Na und, es war nie mehr als das!«

»Kannst ja einfach mal aufhören, mich wie einen Idioten zu behandeln.«

Damian lachte eisig auf. »Warum? Du nervst mich vom ersten Tag an.«

»Ja. Seit du dir einredest, dass ich nerve.« Unruhig trat Lukas nun von einem Fuß auf den anderen. In seinen Augen flatterte das Bedürfnis nach Flucht, wie schon die Tage zuvor. Nur gab es innerhalb dieses Zauns keinen Ausweg.

»Keiner nervt wie du!«, brüllte Damian ihn mit einem Mal an. »Weder Marten noch Alex. Nicht mal Sophie.

Gegen dich nerven die nie!«
Lukas weitete überrascht seine Augen. »Echt jetzt? Du behandelst keinen von denen wie mich. Zu Marten oder Alex bist du sogar verflucht nett! So wie zu mir am Anfang!«

»Und welche Rolle spielt das?« Damian sah ihn missverstanden an und Lukas überlegte, ob er es wirklich noch einmal erklären sollte. Konnte Damian wirklich nicht verstehen, dass jemand, der verletzt wurde, anders reagierte als jemand, dem alles recht gemacht wurde? Selbst seiner Schwester eiferte er nach, obwohl er sie nach eigenen Aussagen als ›ätzend‹ empfand.

»Du begreifst es wirklich nicht, oder?«, fragte er leicht zögerlich.

»Keiner beschwert sich! Nur du!«

»Dann behandle mich doch mal wie sie«, forderte Lukas und das nicht zum ersten Mal.

»Sonst noch Wünsche? Komm mal klar in deinem Hirnschiss!«
Lukas Fluchtverlangen war ins Unermessliche gewachsen. Die Unruhe drückte sich in Gestik und Stimme aus. »Wenn du mich nicht mehr brauchst …«

Damian verdrehte die Augen. »Wozu auch? Ich brauche …« Er verstummte, als Lukas in den Boden griff und mit bloßer Hand eine Wurzel ins trübe Licht hob. Mit der anderen Hand packte er das zweite Ende und zog daran. Die nadelfeinen Dornen daran schnitten sich in seine Handflächen.

»Was zur …?« Damian kroch es heiß und kalt durch seine Adern. Wer sollte ihm nun glauben, dass dieser verdammte Freak sich das selbst angetan hatte? »Bist du verrückt?« Er stürzt auf ihn zu und packte ihn an den Schultern. »Soll mich das jetzt beeindrucken oder was?«

»Kann dir doch egal sein«, zischte Lukas und wandte sich ab. »Ja, wäre wirklich besser, wenn wir uns nie getroffen hätten.«
Damian griff Lukas‘ Handflächen und hielt sie in das seichte Licht, das sich durch winzige Ritzen schob. Blut

rann aus den feinen Schnitten und bilde dort sofort hellblaue Bläschen.
Lukas ließ sich sinken und sah mit leicht benebeltem Blick um sich. »Meine Eltern wollten damals das Programm tauschen und auf eines der anderen Schiffe gehen … nach Orpheus.« Er sortierte seine Erinnerungen. Wie eine Droge verteilte sich das Pflanzengift in seiner Blutbahn. »Aber ich bestand darauf, bei dir zu bleiben, weil es mir wichtig war. Denn ich habe gesehen, dass es dir wichtig ist.«
Damian schüttelte fassungslos den Kopf. »Du bist so dumm. So dumm!«

»Ja … Mag sein.« Erschöpft sackte Lukas zusammen und atmete schwer ein.
Damian sah hilflos zum Ausgang der Höhle, auf Lukas und anschließend auf das PCP am Boden. Sofort griff er danach und klappte es auf. Der Computer war offline, weshalb er nicht detektiert werden konnte. Er wischte einmal über das Display und hing an der Sperre. Als Erstes versuchte er das Passwort, welches er noch kannte und musste feststellen, dass es geändert worden war. Beinahe vorwurfsvoll sah er Lukas an. »Gib mir dein Passwort.«

»Fick dich«, flüsterte Lukas und rollte sich zitternd ein.

Damian griff sich an den Hinterkopf, ging einmal nach rechts, einmal nach links. Er musste etwas tun – jetzt.

Er hasste Lukas für das, was nun kommen würde.
Wieso konnte er nicht einfach aufhören, ihn so zu quälen?
Er befestigte das PCP an seinem Gürtelclip, griff nach dem Jungen vor sich und wuchtete diesen hoch. »Fick dich selbst, du Idiot!«
Mit kräftigen Zügen zerrte er ihn aus der Höhle und zog ihn ans Tageslicht.

»Hilfe!«, rief er so laut, wie es seine Stimme hergab.
Die ersten Siedlungsbungalows waren nicht weit, jemand musste ihn hören.

»Hilfe! Ich habe Lukas!«, schrie er noch einmal.
In der Siedlung regte sich jedoch nichts.

Kurzerhand schlang er sich Lukas‘ Arm um den Hals und zog diesen zurück auf seine Füße. Das Gewicht des Jungen ließ Damian schnaufend aufstöhnen. »Du bist eine so fette Sau … Eine dumme, fette Sau …«

In einem ungeahnten Aufgebot an Kraft versuchte sich Lukas loszureißen. »Dann verpiss dich doch!«

Durch die plötzliche Gewichtsveränderung taumelte Damian und stürzte in den trocknen Sand. Die Hände noch um Lukas Arm geschlungen schlug er schmerzhaft mit dem Gesicht auf und blieb liegen.

Den Bruchteil eines unendlichen Momentes regte sich keiner der beiden. Langsam schob Damian seine Hände vor und drückte sich nach oben. »Du verdammtes Arschloch«, fluchte er und spuckte etwas Sand aus. Sich hinhockend tastete er nach seinem Gesicht, in dem er einen brennenden Schmerz verspürte. Es war feucht von Blut und mehr. Entsetzt wandte er sich zu Lukas um. Unter seinem linken Auge steckten zwei Dornen. »Nein«, flüsterte er und sah auf den Boden. Vor sich steckte eine winzige Pflanze im Sand, nur eine Blüte mit kleinen Stacheln.

»Idiot«, zischte er, richtete sich auf und sah auf die Siedlung vor sich. Erst realisierte Damian es nicht sofort, als die Bungalows vor ihm verschwammen. Ein Blick auf seine Hände gab ihm Gewissheit. Seine Sehkraft versagte, das Gift der Dornen drang tief in seinen Kopf ein. »Du hast mich umgebracht«, wimmerte er.

Lukas richtete sich auf. »Oh verdammt, es tut mir leid«, sagte er nicht weniger weinerlich. Seine verletzten Hände griffen nach Damian. »Komm«, er zog an dem entsetzten Jungen, hatte jedoch nicht die Kraft, ihn zu bewegen.

»Du musst aufstehen«, flehte er, hockte sich neben ihn und zerrte an dessen Schulter. »Los.«

Damian zitterte am ganzen Körper. »Geh ins Lazarett … Schnell … Ich will nicht dass du stirbst«

»Nein … Komm …«

»Geh endlich, du Arsch.«

»Aber warum?«, jammerte Lukas und zerrte erneut an Damians Arm.

»Das ist doch völlig egal. Mach einfach.«

Lukas schüttelte verzweifelt seinen Kopf. »Du bist der

wahre Idiot.«

»Ja … Mag sein«, stöhnte Damian. »Aber ich habe mich damals entschieden … und das ziehe ich jetzt durch.«

Lukas versuchte Damian ins Gesicht zu sehen. Die blauen Bläschen hatten bereits sein Auge überlappt und auch das andere war blass geworden. »Was? Was hast du entschieden?«

»Dass ich nicht dein Freund sein will.«

Mit Entsetzen in den Augen rüttelte Lukas an Damians Schultern. »Aber du bist es doch.«

»Nein …«

»Ich habe da ja wohl 'nen Wörtchen mitzureden.«

»Nen Scheiß hast du«, flüsterte Damian mit schwächlicher Stimme. »Sophie hat mich vor dir gewarnt.«

»Gewarnt?« Lukas verstand nicht. »Wie, gewarnt?« Noch einmal schüttelte er ihn, diesmal gab Damians Körper nach und stürzte zurück in den Sand.

»Damian!« Lukas packte ihn und schrie auf. »Du Idiot. Warum bist du nur so ein verdammter Idiot!«

»Ich muss … vergessen …«, flüsterte Damian, ehe ihn die Ohnmacht ereilte.

Fassungslos starte Lukas auf den regungslosen vor sich liegenden Körper. Nicht einmal Damians Brust hob oder senkte sich. Ihm selbst wurde bereits schwarz vor Augen, als er an Damians Gürtel sein PCP erkannte. Mit zitternden Fingern griff er danach und gab das Passwort ein. Mit zwei Klicks aktivierte er den Ortungsmodus und sendete einen Hilferuf aus.

***

Schmerzen durchzogen sein Gesicht und Dunkelheit umgab ihn wie einen drückenden Schleier.

»Ruhig.« Eine kräftige Hand legte sich behutsam auf seine Schulter.

»Was …«, brachte Damian gequält heraus.

»Du hast Glück gehabt«, sagte die Stimme Dr. Náouks. Dumpfes Licht umrahmte den Mann, der an seiner Bettkante saß. Nach und nach schälte sich aus dem Verschwommenen die Krankenstation des Kolonieschiffes heraus, bis er die blinkenden Monitore an den Wänden und die eingeklappten Medicbetten erkennen konnte.

»Wir konnten in Lukas‘ Blut einen Wirkstoff finden.« Dr. Náouk bewegte sich leicht zur rechten Seite. »Dein linkes Auge ist jedoch verloren.«

Damian erschrak und griff an sein Gesicht, das größtenteils unter einem dicken Verband verborgen lag. »Mein Auge.«

»Du hattest wirklich Glück. Wir hatten keine Zeit mehr, das Mittel zu testen. Commander Blake entschied, es dennoch zu verwenden, da du bereits im Sterben lagst.«

Damian atmete kräftig aus. Sieben Jahre Training, sieben Jahre im gläsernen Käfig der Marskolonie und nach 30 Jahren im Kälteschlaf wäre er beinahe gestorben an dem Ort, für den seine Eltern seine Kindheit geopfert hatten.

»Ich habe Lukas‘ Blut in mir?«

Abermals nicke Dr. Náouk. »Ja, zum Teil … Es ist Teil des Wirkstoffs. Offenbar aus einer stillen Mutation, davon hat jeder Mensch Tausende. Seine weißen Blutkörperchen reagierten mit dem Hemmstoff und bildeten ein abgewandeltes Enzym. Dies schwächte das Pflanzenenzym deutlich.«

Damians flatterndes Auge fixierte den Arzt, welcher nun zu lächeln versuchte. »Es war Glück und Zufall. Wir können in ein paar Jahren aus dem Blut einen nützlichen Impfstoff synthetisieren.«

Der Junge sah zur anderen Seite und stellte fest, dass er mit Dr. Náouk allein auf der Station war.

»Du hattest wirklich Glück«, setzte Dr. Náouk seine Erklärung fort. »Sogar weit mehr als gedacht.« Der verhaltene Blick des Mannes galt dem Monitor hinter Damians Blickwinkel. »Denn deine Zellen reagieren auf recht ungewöhnliche Art mit dem Wirkstoff und dem Pflanzenenzym. Es wirkt der Verkürzung deiner Telomere entgegen. Drastisch!«

Damian sah ihn fragend an und Náouk erklärte es mit einfachen Worten. »Das bedeutet, du wirst wohl merklich länger ein Teenager bleiben als dir lieb ist …«

Damian stieß Luft aus seiner Nase. »Das heißt, ich muss noch länger mit diesem Idioten meine Zeit verschwenden?«

»Idioten?«, frage Náouk und runzelte die Stirn.

»Ja, der dumme fette Idiot«, brummte Damian.

Dr. Náouk seufzte. »Ich befürchte, du sprichst von Lukas.«

Damian verzog sein Gesicht. »Ja, wen sonst, oder gibt es hier noch andere Idioten?«

Náouk schluckte und trat etwas zurück. »Tja, er hatte nicht so viel Glück wie du …«

Damian hob ein wenig den Kopf. »Was meinen Sie?«

Der Arzt versuchte sich in Beherrschung. »Stell dich nicht dumm … Die Gifte der Schattengewächse sind weit stärker …. und er hatte es länger in seinem Blut als du das deine.«

Damian klappte den Mund auf und schloss ihn wieder. »Oh …«, flüsterte er und schluckte. »Tja … okay.«

»Okay?«, wiederholte Náouk mit starkem Vorwurf in seiner Stimme. Seine Beherrschung war auf dem Nullpunkt.

»Was ist dein Problem?«

Damian legte den Kopf zur Seite, so dass er den Mann nicht mehr sehen konnte. »Nichts.«

Náouk ließ dies nicht auf sich beruhen. »Er ist tot, verdammt! Dein bester Freund ist tot!«

»Er ist nicht mein bester Freund!«, zischte Damian mit tiefer Stimme.

»Was war er dann?«

»Ist doch nicht wichtig«, flüsterte der Junge, noch immer vom Arzt abgewandt.

»Selbstverständlich ist es das!« Der Mediziner trat um das Medicbett und sah in Damians halbverbundenes Gesicht. Nur der Ausdruck darin ließ ihn seine innere Wut sofort vergessen.

Schmerz stand darin, was ihn seine Meinung ändern ließ.

»Damian, sprich mit uns.«

Er hatte es satt zu reden. Jeder erzählte etwas anderes, egal ob die Ausbilder, seine Eltern, Lukas oder Sophie. Sie alle wollten reden, als ob das etwas ändern konnte. Damian wollte auch nicht, dass sich etwas änderte. »Nein … Ich habe es versprochen«, flüsterte er und wandte erneut sein Gesicht ab.

»Versprochen?«, fragte Náouk noch einmal. »Was versprochen?«

»Ist doch egal ...«, flüsterte Damian und schlug nach der einzelnen Träne, die sich ihren Weg aus seinem gesunden Auge in das Kissen unter seinem Kopf suchte. Er würde sich schon daran gewöhnen, irgendwie.

Náouk entschied, hier nichts mehr tun zu können, verließ den Krankenbereich und trat in den schmalen Korridor, der in die eine Richtung zur deaktivierten Kommandobrücke führte und in die andere nach draußen in die Siedlung.

Mehrere Personen hatten sich dort versammelt. Darunter Damians Mutter Ellen, welche heftig mit ihrer Tochter Sophie diskutierte. Nora Falk hockte am Boden, vor ihr Dr. Hunter, der Psychologe, welcher ihre Hand hielt.

»Wie konntest du nur?«, fluchte Ellen Kraikos ihre Tochter an. Sie stellte diese Frage wohl nicht zum ersten Mal. Das Kopftuch in ihren Händen war nur noch ein kraftvoll verdrehtes Knäuel.

Sophie stand nur tränenaufgelöst da und ließ jedes Wort schweigend über sich ergehen.

»Warum, verdammt!«, brüllte Ellen ihre Tochter an, was Commander Blake dazu anhielt, sich ihr einen Schritt zu nähern, als er als einziger das Dazukommen des Arztes bemerkte. Der kräftige Mann trat auf Náouk zu. »Und?«

»Er kommt durch.«

»Wir haben hier ein größeres Problem.«

»Größer als der Junge?«

»Durchaus.« Blake deutete auf Sophie, die mit den Händen vor dem Gesicht wimmerte, dass sie Lukas nie verlieren wollte.

»Seine Schwester hat ihn die ganze Zeit manipuliert … Schon damals.«

»Manipuliert? Sie ist fünfzehn!«, verdeutlichte der Mediziner.

Blake nickte unzufrieden. »Dennoch. Sie kam gegen ihren Bruder bei Lukas nicht an. Lukas bemerkte sie noch nicht einmal. Also trieb sie die beiden Jungen auseinander.«

»Was?« Náouk erkannte nun mit geweiteten Augen, dass hier etwas vor sich ging, was einfach niemand bemerkt hatte. Er blickte um sich, sah auf die Tragödie um sich herum. Eine aufgelöste Mutter, ein verstörter Teenager, ein verzweifeltes Mädchen, das den Zorn seiner Mutter ertragen musste und ein toter Junge. Náouk sah auf sein PCP, auf dem das Gegenmittel aus Lukas‘ Blut abgebildet war. »Das Leben ist schon pervers«, sagte er angesichts dessen.

Blake sah ihn an. »Wohl wahr, aber wie sagt man so schön? Aus Tod folgt Leben?«

»Ich habe keine Ahnung, ob das so gemeint ist.«

Blake nickte. »Oh doch, so bitter es ist, genau so ist es gemeint.«

Der Commander fühlte tief mit Nora mit. Nichts, was er oder jemand anders tun konnte, würde ihr diesen Verlust nehmen. Auch nicht der Gedanke, dass ihr Sohn durch seinen Tod ermöglicht hatte, diesen Planeten zu bewirtschaften, wie es anfangs gedacht war und darüber hinaus die Lebenserwartung eines Menschen deutlich erhöhte.

»Wenigstens ist er der Letzte gewesen, der an diesen verdammten Pflanzen gestorben ist.«

Blake verzog angesichts dieser Entwicklung seinen Mund. Musste es denn ein Junge sein? Nicht einfach jemand anderes? Hätte es nicht er selbst sein können? Hätte man dieselbe Erkenntnis nicht aus einem heimischen Tier gewinnen können? Er strich sich über sein Gesicht. »Wir sollten Sherman hierüber nicht informieren.«

Náouk deaktivierte das Pad. »Nein, noch nicht.«

»Nein, gar nicht«, entschied Blake über den Kopf aller hinweg. »Wenn bekannt wird, was wir hier gefunden haben … Nein … Verhalten wir uns still. Es wird noch vier andere Kolonien geben, die Shermans Wissensdurst stillen können. Klinken wir uns aus. Für Lukas.«

Blake sah Nora an. Wenn er ihren Schmerz schon nicht stillen konnte, so wollte er ihn nicht noch verstärken.

Ende

Glossar

(Auszug)

'38 Beschluss':

2038 beschließen alle verbliebenen „Atom-Nationen", binnen der kommenden vierzig Jahre die letzten Atommeiler abzuschalten. 2078 fährt Indien den letzten noch laufenden Reaktor herunter.

AAXO:

2028 treffen sich die führenden Köpfe der Weltraumbehörden CNSA, JAXA und ISRO um den Finanzhaushalt zu diskutieren. Nach wie vor verweigert die USA China die direkte Mitwirkung a den ESA/NASA-projekten. Aufgrund dieser beschließen China, Japan und Indien ein gemeinsam finanziertes Projekt: Die *Asian Aerospace Exploration Organisation.*

Camon, Kyan: (2013 - xxx)

Erfinder des Sprungsystems sowie moderner Sublichtantriebe. Erdenbürger, arbeitete beim Kolonialprojekt von 2050 mit.

Chadov, Kostya: (1994 - xxx)

Erfinder des Kälteschlafsystems und Mitbegründer der Sherman-stifftung, welche er 2081 als alleinige Inhaber übernimmt. Nach dem Unfall der zweiten Kolonialflotte 2085 hält er das Unternehmen durch einen Handel mit dem Energiekonzern Pandion [...] in Betrieb.

Chase, Martin: (2018 -2085)

Professor, Doktor. Hat direkte Beteiligung an der Entwicklung des Kälteschlafsystem im Jahre 2046. Seit 2058 Mitarbeiter der Sherm anstiftung. Seine Söhne wurden von ihrer Geburt an auf das Koloni alprojekt vorbereitet. Seine Ehefrau starb sieben Jahre nach dem Start bei dem Versuch, das Kälteschlafsystem weiter zu optimieren. Chase wurde am Neunzehnten Juli 2085 in Red City ermordet.

ErASA:

2034 schließen sich ESA und Roskosmos zu einem gemeinsamen Programm zusammen. (Auslöser war die Gründung der AAXO) In Kooperation mit der NASA wird „ZeroCity" geplant und umge setzt, an der wenig später auf Druck der ErASA auch die AAXO beteiligt ist.

Galileische Monde - Io, Europa, Ganymed und Kalisto.

Nach der Kolonisierung des Mars teilten sich die Weltraumbehörden AAXO, NASA und ErASA die galileischen Monde auf. Für AAXO war Kalisto vorgesehen. ErASA steuerte Europa an und die NASA den Mond Ganymed. Die unerwartet hohen Kosten ließen bereits 2072 AAXO (noch vor der Landung) das Projekt verlassen.

Gravopulser:

Ein im Jahre 2044 von M. Sherman entwickelter Generator, der ein starkes Gravitationsfeld erzeugt und Schiffe primär vor Kleinst-eilchen und Strahlung schützt. Eine größere Version dieser Anlage befindet sich in der Marskolonie auf jeder der zehn Kuppeln.

Implantat:

Elektronische Verbesserungen, die einige Menschen aufgrund ihrer Genetik benutzen können um leistungsfähiger zu werden.

Irakistan:

Moslimisch/demokratischer Staat auf der Erde von 2040 bis 2140. Nach den Kriegen der USA Anfang des einundzwanzigsten Jahrhun derts gegen die Islamische Welt wurden der Irak und Afghanistan annektiert. 2038 greift die USA über diese beiden Stellungen den Iran an und vernichtet diesen restlos. Aus den Ländern Syrien, Irak, (ehemals) Iran und Afghanistan wird der „geduldete" Islamische Staat Irakistan etabliert. 2064 wird nach einem mehrere Jahre an dauernder Krieg Saudi-Arabien an Irakistan angeschlossen. [...]

Kälteschlaf:

Durch langjährige genetische Manipulation ist es möglich, Menschen unter dem 30sten Lebensjahr einzufrieren. Der Kälteschlaf kann the oretisch unendlich andauern. Nach dem Auftauen ist ein erneutes Einfrieren erst wieder möglich, wenn sieben Jahre nach dem Erwa chen eine neue genetische Veränderung stattgefunden hat.

Kolonialprojekt:

Fünf Kälteschlaff-kolonieschiffe wurden 2070 in die Richtung fünf bereits fernkartografierter Sonnensystemen geschickt. [...] Der zwei te Start im Jahre 2085 endete in einen Unfall, so dass es zum dritten geplanten Start im Jahre 2100 nie gekommen ist. Da es keine Auf zeichnungen gibt, wird angenommen, dass es dieses Projekt niemals gegeben hat.

Kolonial II-Katastrophe:

Der zweite Start im Jahre 2085 endete in einen Unfall im Jupiter. Alle versuche, es geheim zu halten scheiterten. Den geplanten drit ten Start hat es niemals gegeben.

Markus-Sherman-Stiftung:

Ein privates im Jahre 2055 ins Leben gerufenes Projekt zur Kolonisie rung des Weltraums. Siehe Markus Sherman

Mars:

Der vierte Planet im Sol-System und erste Kolonie der Menschheit aus dem Jahre 2047, sowie Werftplanet für die Modulklasse.

Marsstunde:

Die 25ste Stunde in der Zeitrechnung mit einer Dauer von 37 Minu ten.

Diese Option war einfacher, als an jeder Stunde den ungeraden Wert von 1,54 Minuten anzuhängen.

Modul-Klasse:

Primärer Schiffstyp zur Kolonisierung des Weltalls aus den Jahren 2070 - 2100.

NCP:

National Christian Party.
Orthodox konservative Partei zum Erhalt moralischer Vorstellungen aus Sicht des Christentum. Bezieht sich in vielen Fällen auf das alte Testament.

Oel-Kriege:

Offizielle Bezeichnung *„Krieg gegen den Islam" (2047 – 2064).* Resul tat aus dem *„Krieg gegen den Terror" (2001 – 2045)*. Aufgrund des enorm wirtschaftlichen Aufschwungs, welchen die USA und Europa durch diese Kriege gewonnen haben, spricht man auch von den *„Öl-Kriegen".*

Oortsche Wolke:

Ein gigantisches Asteroidenfeld um das Solsystem.

Pandion:

Einziger Energiekonzern auf dem Mars.
Sponsor der NCP.
Gegründet 2068 in Red City

PCP:

Personal Computer Pad.
Die Weiterentwicklung des normalen Computers als handliches All roundgerät.

Pulser:

(MX-1) Standard Handfeuerwaffe

Pulsergewehr:

(LNX – 32) Standartgewehr eines Infanteristen

Pulsantrieb:

Rückstoßunterlichtantrieb, auf Plasmabasis für gängige Raumschiff typen. Kontinuierlich in seiner Geschwindigkeit steigerbar bis zu einer Maximalgeschwindigkeit von 0,86 c

Red City:

Hauptstadt auf dem Mars. Gegründet 2065. Der einzige Ort, an dem Menschen leben.

RedRailWay:

RRW, Einschienbahnnetz, welches Red City verbindet.
Sponsor der Republikaner.
Gegründet 2072 in Red City

Sherman, Markus (2022 - 2054)

Mitarbeiter der Nasa und Hauptinitiator des großen Detektionspro jekts für detaillierte Planetensuche.
Seine bahnenbrechende Ortungstechnik erlaubte es den Menschen in der Mitte des 21 Jahrhunderts etliche definitiv bewohnbare Wel ten zu entdecken. Auf seinen Ideen hin ist das Kolonialprojekt 2070 entstanden.
Während der Etablierung des Forschungsinstitutes stirbt Sherman bei einem Unfall. Seiner zu Gedenken wurde das Projekt nach ihm benannt.

Schallschläger

Eine nicht tödliche Waffe, die einen unterfrequentierten Ton ausstößt, der nicht zu hören ist, jedoch eine Druckwelle erzeugt, die mehrere Personen auf bis zu zwei Meter zurückdrängen kann, ohne dabei zu verletzen.

ZeroCity

Überdachte Testsiedlung von 2038 bis 2048 für die Kuppelkonstruk tionen RedCitys in den Wüsten Afrikas. 10 Jahre lebten und forsch ten dreihundert Wissenschaftler in dieser Autarken Konstruktion, um Schwächen und Notwendigkeiten für das Leben auf dem Mars aufzudecken. Der Betrieb der Teststadt wurde nie eingestellt.

Auszug historischer Abriss

(Auszug)

Die Geschichte der Erde

1994 - Kostya Chadov wird geboren
2013 - Kyan Camon wird geboren
2018 - Martin Chase wird geboren
2020 - Markus Sherman wird geboren
2025 - Russland formiert sich zu einer neuen Sowjetunion.
Kostya Chadov Forschung wird gefördert.
2026 - Für Ganymed und Kalisto werden Forschungsstationen geplant.
2027 - Abschaffung der Sozialleistungen in Europa
Welt ist ein 100% de stabiler Kapitalismus
2028 - Gipfeltreffen der Weltraumbehörden CNSA (China),
JAXA(Japan) und ISRO (Indien)
2029 - Gründung der „AAXO" *(Asian Aerospace Exploration Organisation)*
(Ziel Kalisto und Titan)
2030 - Afghanistan wird von den USA annektiert
2031 - „Roskosmos" und „ESA" arbeiten aufgrund des AAXO-Bündnisses
enger zusammen.
2032 - Kostya Chadov verlässt Russland und tritt der britischen ESA bei
2033 - Irak wird von der NATO annektiert und wird NATO-Mitglied
2034 - „ErASA" (ESA und Roskosmos) einen sich zu einem Programm.
Kooperation mit AAXO.
2035 - NASA und ErASA/AAXO errichten Raumstation „Spaceport" und
ZeroCity in der Sahara
2036 - Internationale Mondbasis „Luna1" wird begonnen.
2037 - Kostya Chadov (mit Martin Chase haben erstmals
einen Menschen eingefroren
2038 - Iran wird durch die USA erobert. 30 Millionen tote Zivilisten.
Beschluss der Kernkraftfreien Erde.
2039 - Captain Kyan Camon wird vor dem Militärgericht unehrenhaft
entlassen. Geht zur NASA.
2040 - „Irakistan" wird gegründet (ehemals Irak, Iran, Syrien, Afghanistan)
zwangsfrieden zw. Suni und Shia
2041 - „ZeroCity" für 5 Jahre von 300 Wissenschaftlern besiedelt.
u.a. M. Sherman und K. Camon

Aufbruch ins All

2042 - Mondbasis „Luna1" wird besiedelt. Markus Sherman entwickelt
neues Sensorensystem.
2043 - RedCity wird geplant und vorbereitet.
Kriegspropaganda gegen den Islam beginnt erneut.
2044 - M. Sherman entwickelt Graviton-Pulser.
2045 - Saudi Arabien wird von den USA aus Irakistan angegriffen.

Der Islam wird zersplittert.
2046 - K. Chadov trifft *(in ZeroCity)* M. Sherman und K. Camon
2047 - Auswertung ZeroCity, NASA/ErASA und US-Militär planen die Kolonisierung des Mars
2048 - Ersten Güter und Arbeiter werden von „Luna1" zum Mars vorgeschickt. USA haben Saudi Arabien erobert.
2049 - Marskoloschiffe werden vom Luna1 gestartet
Beginn Kartografierung / Sensorentest Sherman
2050 - Mars kolonisiert durch NASA, ErASA und AAXO
Observatorium gebaut.
2051 - Erste-Kuppel wird erstellt.
2052 - Pandion Cooperation wird auf dem Mars gegründet.
USA bezieht Stellung
2053 - Als Reaktion auf den Islam etabliert sich auf der Erde das Christentum in den Köpfen der Menschen
2054 - Markus Sherman stirbt, als er 14 Bauarbeiter rettet.
Planung der Stationen auf Mond Ganymed wird begonnen.
2055 - Sherman stiftung gegründet von K. Camon (42) und K. Chadov (61)
Teilw. Trennung vom US-Geld
2056 - Die Hauptstadtkuppel wird eröffnet - bebaut - besiedelt.
2057 - Fünf erdähnliche Planeten sind bestätigt:
Orpheus, Adonis, Demeter, Chrysador und Erawou.
2058 - Kostya Chadov(64) holt Martin Chase (40) an Board der Stiftung
US-Militär nur beratend tätig
2059 - Werbekampanie sucht 10 000 Menschen für Kolonialprojekt
NASA baut erste Modulklasse
2060 - Sherman stellt hunderte von Arbeiter ein, die fortan auf dem Mars leben. Zwischenhalt für Station „Ganymed I", die teurer und schwere ist, als anfänglich gedacht.
2061 - Erste Marsboden-werft wird errichtet
Testflug der erste Modulklasse durch US-Militär.
Kolonisierung Ganymed durch NASA und Europa durch ErASA.
Sherman kauft erste Teile Red Citys.
2062 - Die ersten 5000 mögliche Kolonisten sind gefunden
2063 - See-Kuppel wird begonnen
Zivilisten mehren sich mit jeder Materiallieferung.
2064 - 'Red City' wird für Zivilisten und zusätzliche Arbeiter zugelassen.
Kolonisten Training beginnt.
2065 - Krieg Saudi Arabien - Irakistan beendet.
Muslime wird das arbeiten in „sensible Bereiche" Verboten.
2066 - Hunderte von Kolonisten kommen dazu. Ausschreibung für militärisches (NATO)Personal
2067 - Kolonial-praxistest wird erfolgreich abgeschlossen. Religiöse bilden Proteste gegen Sherman.
2068 - Marsbevölkerung bei 10.000 Menschen.
Parteien etablieren sich vor Ort.

2069 - Finale Prüfung, welche alle möglichen Kolonisten endgültig
auswählt /NASA finanziert Start
2070 - Fünf Kälteschlaf-Kolonieschiffe gestartet (19. August)
2071 - Irdisch christliche Proteste gegen die Kolonisierung nehmen ab.
US-Militär verlässt den Mars
2072 - AAXO gibt Kalistopläne auf und überträgt seine Anteile an
Kostya Chadov, und verlässt die Mission.
2073 - Neu orbitale Raumstation wird begonnen (Spaceport2)
2074 - Farhod Surona wird geboren
NASA übernimmt AAXO-Pläne für„Kalisto“
2075 - Menschen fordern eine Kirche in RedCity – Sherman gibt nach.
2076 - See-Kuppel wird fertig gestellt. Red City nimmt formen an.
Kalisto wird von NASA-team besiedelt.
2077 - Zweites Werft wird gebaut.
Zehn weitere Modulklassen stehen bereit.
2078 - Das letzte irdische Atomkraftwerk wird abgeschaltet.
Fusionskraftwerke haben übernommen.
2079 - Erster Test einer Microsingularität; 5 Monate aufgeladen = Drohne
vom Mars zur Erde gesprungen.
2080 - Einwanderungswelle Mars: Werft und Mondenversorgung gibt
Arbeit / Camon geht in Rente (72)
2081 - K. Chadov (71) übernimmt geschlossen die Stiftung.
2082 - Pandion Cooperation exportiert „saubere“ und günstige Atom-
Energie zur Erde.
2083 - Shermanstiftung erwirbt 49% der NASA-Aktien von Red Citys
2084 - „Spaceport2“ wird durch NASA vom Sherman-Geld im Erdorbit
vollendet. Ziel der NASA: Mond Titan.
2085 - Der zweite Koloniaslflug endet in einer Katastrophe
Farhod Surona wird eingefroren
2086 -

[...]

2098 - Kolonieschiff 5 erreicht „Adonis“ - kontaktiert aber nicht den Mars.
Entdeckung der Regenerationstechnik.

Liebe Leserin und liebe Leser :)

Dieses Buch hatte einen verdammt langen Weg – und erfuhr 2020 sogar ein neues Korrektorat ;)

Insgesamt lag es seit Anfang 2014 bei vier Verlagen unter Vertrag, wo es jeweils über ein Jahr lang eingemottet wurde, bis irgendwer oder irgendwas die „Zusammenarbeit" wieder aufbrach.

Noch einmal so viel Verlage waren stark interessiert, scheuten jedoch, ein so großes Projekt zu realisieren; bei Komplettübernahme aller Bücher fürchtete man den Flop, bei der Einzelübernahme fürchtete man den Erfolg und meinen „Umzug" zu größeren Verlagen … Tja, Verlage sind schon irgendwie schizo.

Deshalb sterben sie wohl aus. :P

Selfpublishing fürchtet nichts! Außer dem Naserümpfen jener, die nicht müde werden zu behaupten, Selfpublishing sei per se scheiße sei, weil, wenn etwas gut wäre, ein Verlag sich garantiert erbarmt hätte …

hust xD

Nunja, es kam, wie es kommen muss, und Galax sah, dass es gut war ^^ Somit ist dies hier das Erste von sieben Büchern, die die Vergangenheit des Universums beleuchten, in denen die „Koloniewelten" spielen (*werden*). ;)

Ich hoffe, es hat unterhalten. Der nächste Band wird auch recht bald erscheinen und die Ereignisse aus 'Red City' zu einem Abschluss führen, der dann auch weit mehr SciFi und deutlich weniger Krimi sein wird.

Insgesamt wird es vierzehn verschieden lange, für sich geschlossene Erzählungen geben, wobei die meisten Bücher aus einem Roman und einer oder zwei Kurzgeschichten zusammengestellt werden - jeweils nach Chronologie sortiert. Einzig das dritte und sechste Buch enthält nur einen, aber deutlich längeren Roman.

Im Grunde gehört der bereits 2008 geschriebene Roman „Demeter" an siebenter Stelle zu den „Koloniewelten", steht jedoch aufgrund seiner Länge für sich allein.

Jede offene Frage aus „Demeter" werden übrigens in den kommenden Büchern beantwortet und neue Weichen gestellt. Alle Erzählungen schaffen die Basis für die abschließende Serie „Akina"

LG
Galax Acheronian

Chronologische Übersicht der Reihe

Band I:

2085 - Ein kleiner Schritt
2099 - Der Erste wird der Letzte sein

Band II:

2119 - Ein großer Schritt
2138 – Für die Zukunft

Band III:

2143 - Ein fremder unter Millionen

Band IV:

2172 - Aus dem Paradies
2187 - Schicksale
2203 - Erstkontakt

Band V:

2233 - Was wirklich zählt
2250 - Familienbande

Band VI:

2253 – Mischka

Demeter:

2254 - 2256 - Demeter

Band VII:

2258 - Nur das Beste
2263 - Epochen
2264 - Schätze des Heiligen

Akina:

2264 – Akina
2265 - Akina – Jahr II

Kaufanregungen ;)

Schon vielen Jahren schreibt Galax Acheronian Science Fiction. Die sich inzwischen angesammelten Storys gibt's auch gebunden:

Science fiction Stories

Neun Erzählungen aus den Jahren 2010 bis 2013 mit einer exklusiven Bonusgeschichte auf 330 Seiten.

überall im Handel

12,99 als Print
und
2,99 als E-Book

Science fiction Stories II

(Band II)

Vier längere Novellen und zwei Kurzgeschichten, die zwischen 2013 und 2019 geschrieben worden sind.

Ebenfalls mit einer Bonusgeschichte, und zahlreichen Illustrationen auf knapp 400 Seiten.

Ab 2020 überall, wo es Bücher gibt.